悦读经典文丛

古代茶诗100首赏析

余悦　荣君/著

江西美术出版社
全国百佳图书出版单位

·南昌·

序言

乐品茶诗赏雅篇
——《古代茶诗100首赏析》

◎余 悦

中国是茶的故乡，又是诗的国度。茶是中国文化的精神图腾，诗是中华文明的语言精粹，当茶与诗相遇并交融，茶事借助文学载体，文学展现茶趣才情，便诞生了承载东方生活美学的独特艺术形式——茶诗。茶诗成为茶文化与诗歌界不可或缺的重要组成部分。

茶香浸润着五千年历史，茶诗延展着两千年文脉。虽然《诗经》中的写“荼”之作是否属于茶诗尚有争议，但西晋时期孙楚的《出歌》、左思的《娇女诗》初现茶饮意象，无疑成为茶诗的滥觞。特别是唐代“茶道大行”，陆羽《茶经》确立了茶文化体系后，茶诗便成为文人雅士记录饮茶体验、寄托生命哲思的重要载体。从煎茶声中的禅意，到茶烟里的隐逸情怀，茶诗不仅构建了中华茶文化的诗性表达，更折射出中国文人的精神世界。“茶圣”陆羽诗作《六羡歌》“不羡黄金罍，不羡白玉杯”，开创了以茶明志的先河，道出茶人超脱物欲的精神追求；诗僧皎然《饮茶歌诮崔石使君》描绘“三饮便得道”，将饮茶境界与禅宗顿悟相融，奠定了茶诗的哲学基调；“茶仙”卢仝《走笔谢孟谏议寄新茶》以“七碗茶歌”名垂千古，从“喉吻润”到“通仙灵”的渐进体验，构建了中国茶道的审美范式。

宋代茶风鼎盛，雅俗交融，点茶技艺的精进，两宋内省、精致的思想趋向，促进了茶诗的雅化与市井化，使之并行不悖。学博才高、灵心慧眼的苏轼，在《汲江煎茶》中写下“活水还须活火烹”的名句，彰显宋人对茶艺的极致追求，而“坐听荒城长短更”的结句，又将饮茶升华为对时间与存在的哲学思考；“六十年间万首诗”的陆游，现存茶诗320余首，其《临安春雨初霁》之作中对“晴窗细乳戏分茶”的记叙，反映了茶艺生活的日常与社会普及的程度，并将茶事与家国情怀交织，展现了士大夫的复杂心境；随着市民阶层的兴起，开创独具特色的“诚斋体”的杨万里，《澹庵坐上观显上人分茶》等作品记录市井茶俗，是中国历代茶诗中描写分茶艺术最详最佳的篇章，也标志着茶诗呈现出雅俗共赏的特质。

元明清之际，是茶叶由以团茶为主导向散茶为主导的转型期，是六大茶类齐备的新兴期，是茶艺“开千古茗饮之宗”的变革期，也是茶诗嬗变与多元发展的丰富期。元代耶律楚材《西域从王君玉乞茶因其韵七首·其七》以“黄金小碾飞琼屑，碧玉深瓯点雪芽”描绘边塞饮茶之趣，拓展了茶诗的地理空间；明代文徵明《煮茶》“竹符调水沙泉活，瓦鼎烧松翠鬣香”，将书画艺术的构图美学融入茶诗创作；清代郑燮“墨兰数枝宣德纸，苦茗一杯成化窑”，将茶器审美融入诗境，寄托着文人雅癖，标志着茶诗向生活美学的深度转化。

作为韵脚间的茶道美学，茶诗的体裁多种多样，诸如：古风有五古、七古；律诗有五律、七律、排律；绝句有五绝、七绝、六绝；此外，还有宝塔诗、回文诗、福堂体等。茶诗的艺术形式，以茶为本、以诗为体，涵盖了多种类型。包括吟咏本体、托物言志的咏物诗，文人茶事酬答交谊的唱和诗，《五言月夜啜茶联句》为代表的文人雅集的联句诗，茶诗与文人画结合、开创多维艺术空间的题画诗。茶诗的内容丰富多样，既有物质层面的茶树、茶山、茶园、茶叶、茶具、茶水、茶品，又有茶事活动中的茶境、茶宴、茶会、茶礼、茶缘、茶趣、茶艺，还有精神象征的茶情、茶理、茶思、茶韵、茶哲、茶德、茶道。这些内容，集中在品茗之道、社交礼俗、隐逸情怀、茶禅一味四大维度。古代茶诗既是社会生活的历史镜像，又是茶道美学的诗意表达；既是东方智慧的伦理载体，又是精神传统的薪火相传。当代社会，古代茶诗所构建的精神谱系正在突破文学范畴，成为理解中华文明特质和世界文明互鉴的重要锁钥。

古代茶诗数量众多，自唐宋以来的各个朝代，著名的诗人、文学家、学者都有佳作传世，普通的文人、茶人和爱茶者也不乏创作。据不完全统计，古代茶诗数量当在两万首以上。在浩如烟海的典籍中钩沉茶诗，极为不易。我曾花费十年时间，遍翻古籍，主持编纂《中国茶文化经典》（1999 年出版），其中就包括两千来首古代茶诗。2002 年，我主编的《茶吟遣兴——茶诗茶词撷英》得以面向社会。2005 年，我在日本京都作《中国茶诗的总体走向》演讲。同时，我指导研究生撰写并发表了多篇关于古代茶诗的研究论文，并出版专著《北宋茶诗研究》。多年来，我希望编撰一本普及性的古代茶诗选本，奉献给当代社会和广大读者，却因“文债”缠身，事务繁忙，一直未能如愿。所幸被聘为万里茶道茶学院任职，而万里茶道茶学院专家指导委员会常务副主任荣君先生精于中国传统文化与浔阳地域文化，又是格律诗词创作与研究的行家里手，对古代茶诗也情有独钟，屡有诗词佳作与茶联问世，并在大学开设“中国古代茶诗赏析”课程。我们一拍即合，方才有了这本《古代茶诗 100 首赏析》。

《古代茶诗 100 首赏析》既是一本通俗易懂的读物，也是一部雅俗共赏的著作。入选本书的茶诗，兼顾不同历史时期的作品，以见茶诗流变；首选名家名作，以显茶诗水准；同时，作者层面力求广泛，以表茶诗创作普遍。至于茶诗佳作的遴选标准，则以艺术之美、情感之真、创新之奇、哲思之深作评判。然而，由于茶诗佳作甚多，难免挂一漏万。茶诗的赏析，重在分析作者的人生际遇、诗中的自然意象、诗人的情感体验、当时的茶文化背景，通过解构物境、赏识艺境、体悟道境，探析中国古代茶诗的文化密码，洞察文人精神世界的镜像。赏析力求进行跨学科、多维度的解读，不仅还原古代茶诗的历史现场，更揭示其作为文化基因在当代进行价值重构的可能。本书由我负责选目并提供资料，赏析部分则由赖荣君先生撰稿，这是一次茶文化研究者与诗词名家的愉快合作。《古代茶诗100首赏析》既是一本奉献给爱茶、爱诗人员的图书，也是茶文化教育和茶艺培训的拓展教材。江西美术出版社为本书精心设计，选配了精美的古代传世茶画，又使该书具有收藏价值。

《古代茶诗100首赏析》杀青之时，正值祥龙辞岁，金蛇迎新之际，故以“新年快乐”藏头诗记其事：

新春升卿舞翩跹，
年丰岁稔尽开颜。
快意平生煮香雪，
乐品茶诗写雅篇。

古代茶诗如同穿越时空的茶烟，袅绕着中华文明特有的精神馨香。新春伊始，当我们在景瓷宜陶的茶具中注入滚水，看着茶叶舒展沉浮的优美，千年来的茶诗韵致，正随着氤氲茶香悄然复苏，也为现代人找寻诗意栖居提供了精神家园！

余　悦

乙巳年正月初一于洪都旷达斋

目录

唐代茶诗

宋代茶诗

金元茶诗

明清茶诗

唐代茶诗

一

答族侄僧中孚赠玉泉仙人掌茶并序

唐·李白

余闻荆州玉泉寺近清溪诸山，山洞往往有乳窟，窟中多玉泉交流。其中有白蝙蝠，大如鸦。按《仙经》：蝙蝠一名仙鼠，千岁之后，体白如雪，栖则倒悬。盖饮乳水而长生也。其水边处处有茗草罗生，枝叶如碧玉。惟玉泉真公常采而饮之，年八十余岁，颜色如桃李。而此茗清香滑熟，异于他者，所以能还童振枯，扶人寿也。余游金陵，见宗僧中孚，示余茶数十片，拳然重叠，其状如手，号为“仙人掌茶”。盖新出乎玉泉之山，旷古未觌。因持之见遗，兼赠诗，要余答之，遂有此作。后之高僧大隐，知仙人掌茶发乎中孚禅子及青莲居士李白也。

常闻玉泉山，山洞多乳窟。
仙鼠如白鸦，倒悬清溪月。
茗生此中石，玉泉流不歇。
根柯洒芳津，采服润肌骨。
丛老卷绿叶，枝枝相接连。
曝成仙人掌，似拍洪崖肩。
举世未见之，其名定谁传？
宗英乃禅伯，投赠有佳篇。
清镜烛无盐，顾惭西子妍。
朝坐有余兴，长啸播诸天。

《萧翼赚兰亭图》（局部）　南宋　佚名　台北故宫博物院藏

李白（701—762），字太白，号青莲居士，又号谪仙人；出生于蜀郡绵州昌隆县（今四川绵阳），也有一种说法是出生于西域碎叶城（今吉尔吉斯斯坦托克马克），祖籍陇西成纪（今甘肃天水），是中国古代有名的浪漫主义诗人。李白所在的唐代，饮茶的风气开始在文人雅士中盛行，而此前，中国人最爱喝的还是酒，茶只是一种带有药用功能的小众饮品。直到有了李白、陆羽等文人雅士和社会名流的加持，茶才慢慢受人关注并得以推广开来。而李白的这首诗，是较早描写茶树、茶叶和茶事的诗作之一。

唐天宝元年（742），李白奉诏入翰林院待用，本想借此一展宏图，但终因性格与当时官场格格不入，以致遭谗见疏，天宝三载（744）被玄宗赐金放还。天宝十一载（752），寄居金陵（今江苏南京）的李白在栖霞寺碰到自己的族侄中孚和尚，中孚将产自玉泉山的仙人掌茶赠予李白品尝，李白感慨系之，挥笔写下了这首著名的《答族侄僧中孚赠玉泉仙人掌茶并序》。

诗的序言中记载了他当时的创作由来，大概意思是：我听说荆州玉泉寺靠近清溪的山峦，山洞中有许多钟乳石窟，石窟间泉水四处流淌。其中有一种白色的蝙蝠，体型大如乌鸦。按照《仙经》的说法，蝙蝠也叫仙鼠，上了一千岁就会变得通体雪白。它休息的时候就倒挂在山洞上面，是饮着石窟中的玉泉水生长的。水边到处都是茶树，枝叶像碧玉一样鲜艳。玉泉寺的高僧经常采摘饮用，因而八十多岁了，脸色还如桃李一样。这种茶叶清香润滑，跟别的不一样，所以能够返老还童，让人青春焕发、益寿延年。我在金陵的时候碰到了族侄中孚禅师，他拿了几十片这种茶叶给我看，卷曲着叠在一起，形状像手掌一样，所以被称作仙人掌茶，是玉泉山新出产的，以前从来没有见过。中孚将它赠送给我，并且写了一首诗，要我也回赠他一首，于是，我便写下了这首诗。后来的高僧和隐士们一定会知道，这个仙人掌茶就是从中孚禅师和我李白这里传扬出来的。

诗的内容与序言所讲的意思差不多，意思是：玉泉山的山洞里有很多石窟，里面的蝙蝠大如白鸦，倒挂在月光下面。茶树生长在石头中间，碧绿的泉水流淌不息。茶树的根枝被芳香的津液浸润，茶叶采服可以滋养身体。茶树丛绿叶翻卷，枝蔓相连，生机勃勃。采下的茶叶晒干后就像仙人的手掌，好像可以用来拍一拍洪崖（传说中的仙人名，黄帝臣子伶伦的仙号）的肩膀。这是一种从未见过的茶，应该由谁来给它取名并传扬呢？我的族侄是有道行的禅师，给我送了茶叶和佳作，说起来很惭愧，我就像无盐（“中国古代四大丑女”之一的钟无艳，又名钟无盐，以丑女自喻）一样，无法面对美丽的西施（“中国古代四大美女”之一，指对方）。而中孚你却余兴未尽，咏诗念佛，其声可波及天上诸仙。

在当时，制作茶叶很少有直接放在太阳底下晒的。陆羽《茶经》中说，“规，一曰模，一曰棬，以铁制之，或圆，或方，或花”，意思是说当时唐代做茶叶的“规”（模型），也叫模或棬，是用铁做成的，有圆形、方形、花朵形等。这种东西是制作茶叶的模具，当时一般的制作方法是将生叶蒸好，再用模具压制。因此，李白诗中所写的仙人掌茶的制作方法，在当时算是别具一格的创新。

而仙人掌茶也因为李白的这首诗，成了后世众多茶客们仰慕的佳品。

二

重过何氏五首（其三）

唐·杜甫

落日平台上，春风啜茗时。
石栏斜点笔，桐叶坐题诗。
翡翠鸣衣桁，蜻蜓立钓丝。
自今幽兴熟，来往亦无期。

《东溪雅集图》（局部） 明代 仇英 藏地不详

杜甫(712—770),字子美,号少陵野老,祖籍襄阳(今属湖北),自其曾祖时迁居巩县(今河南巩义西南), 唐代伟大的现实主义诗人,与李白合称“李杜”。杜甫少有济世之志,为求功名,曾长期客居长安,其间,他两次游览何氏(何将军)山林,写下了《重过何氏五首》这一组诗。

诗中提到的这位“何氏”,名叫何昌期,历史资料中很少有关于他的记载,目前我们仅知道他是唐代的一名千牛卫上将军,曾做过郭子仪的偏将。但从杜甫的诗中,我们可以看得出来,这是一位性情疏淡、喜爱读书的儒将,他对当时朝廷穷兵黩武的做法不感兴趣,而是选择了隐居山林,饮酒题诗,读书教子,与文人雅士交往,自得其乐。

杜甫这首诗的大概意思是:我们悠闲地坐在平台上,欣赏着落日的光景,迎着惬意的春风,品尝着清香的茶饮。又斜着身子倚在栏杆上,用笔蘸上墨水,在桐叶上写下诗句。翡翠鸟在晒衣架上欢快地鸣叫,蜻蜓悠闲地站在钓鱼竿上。我们的雅兴越来越浓厚,真希望这样彼此往来的美好时光绵绵无期。

这一组诗的第二首和第五首都写到了酒,而第三首中却出现一个词:“茗”。按照《说文》的说法,“茗”为茶芽。“荼”是茶最早的一种称呼,原义是指苦菜,因为茶叶味苦,就被叫作“荼”。《尔雅注》说:“早采者为荼,晚取者为茗,一名荈。”后来一般就将茶之早采者称作“荼”,茶之晚采者称作“茗”,再后来,“荼”和“茗”都用来泛指茶叶、茶饮,而不分什么早采晚采了。而对茶叶的了解,唐人开始更多的是关注其药用和保健功能,如苏敬《唐本草》、陈藏器《本草拾遗》、孟诜《食疗本草》、孙思邈《千金要方》、陆羽《茶经》等一众文献中,都写到了茶叶的功效,包括少睡、安神、明目、清头目、解毒、消食、醒酒、去肥腻、下气、通便、利水、治痢、祛痰、祛风解表、坚齿、治心痛、疗饥、益气力、延年益寿等。茶有如此多的功效，不仅可以止渴生津，满足人们对味觉的需求，还能让人保持头脑清醒，长期饮用对人的身体也有保健作用。更重要的是，茶的价格并不昂贵，一般人都消费得起，不像酒，制作起来要消耗掉大量的粮食，以致到了中唐以后，因为粮食匮乏，朝廷不得不多次颁布禁酒令，提高酒价，实施政府专卖。政府禁酒使得不少嗜酒的人转向饮茶，以茶代酒的现象频频出现，也因此大大促进和普及了饮茶风尚。茶自身的这些优点，是其能够被人们接受并迅速传播的最根本原因。

唐代封演编撰的中国古代笔记小说集《封氏闻见记》中说："古人亦饮茶耳，但不如今人溺之甚；穷日尽夜，殆成风俗，始自中地，流于塞外。"这说明，饮茶在唐代已经开始流行。因此，杜甫的诗中出现"啜茗"一词也就不足为奇了。而围绕着"我"和何将军优雅的"啜茗"，落日、栏杆、笔墨、桐叶、翠鸟、蜻蜓等一众意象精巧组合，形成了一幅超然世外、悠闲自得、春风和畅、其乐融融的美景。

三

吃茗粥作

唐·储光羲

当昼暑气盛，鸟雀静不飞。

念君高梧阴，复解山中衣。

数片远云度，曾不蔽炎晖。

淹留膳茶粥，共我饭蕨薇。

敝庐既不远，日暮徐徐归。

《松荫图》 唐代 李昭道 美国弗利尔美术馆藏

储光羲（约706—约763），盛唐诗人，润州廷陵（今江苏丹阳）人，祖籍兖州（今属山东济宁），也有一说是润州（今江苏镇江）人。开元十四年（726）进士，诏中书试文章，官监察御史。其诗追慕魏晋，效法陶渊明闲适、隐逸的田园诗风格，语言质朴。

这首诗的大概意思是：盛夏的天气酷热难当，连鸟儿都热得静止不动，懒得飞翔。尽管有高大的梧桐树遮阴，但暑气仍然令人热得要解下衣裳。远远地飘来几片云朵，但根本遮不住这漫天的炎热。主人盛情地邀请我留下来，和他一起品尝用茶叶煮好的米粥，共享有蕨菜就米饭的午餐。我的家离这里并不远，等到太阳落山，凉快一点儿，我就慢慢走回去。

整首诗除了颇有陶渊明“暧暧远人村，依依墟里烟”的质朴与美感外，还提到了一样当时比较常见的饮食：茗粥。唐代的烹饪著作《膳夫经手录》中说：“茶，古不闻食之，近晋宋以降，吴人采其叶煮，是为茗粥。”可见，茗粥就是唐人用茶叶熬煮出来的稀饭。那么这种稀饭到底有什么功效呢？王维曾经写过一首叫《赠吴官》的诗，里面有一句“长安客舍热如煮，无个茗糜难御暑”。意思是说长安城里的客舍热得像煮开的水一样，让人难以忍受，如果没有“茗糜”的话，根本消不了暑热。这“茗糜”实际上就是“茗粥”，是用茶叶熬煮出来的稀饭。从王维的诗里可以看得出来，这种用茶叶熬煮出来的稀饭是用来消暑热的。

目前世界上现存最早的中医食疗学专著《食疗本草》，是唐代著名医学家孟诜所写，其中讲到了茶叶在食疗中的独特功效：“茗叶利大肠，去热解痰，煮取汁，用煮粥良。又茶主下气，除好睡，消宿食，当日成者良，蒸捣经宿，用陈故者，即动风发气。”这里面实际上已经讲到了，茶可以去热消痰，用茶叶水煮粥喝是一种很好的办法。由此可见，唐代时已经有用茶煮粥作食疗的风气了。

而实际上，用茶煮粥的做法至少在晋代就已经出现。陆羽《茶经》中曾经引用过傅咸（西晋文学家，傅玄之子）的一段话："闻南方有蜀妪作茶粥卖，为廉事打破其器具，后又卖饼于市，而禁茶粥以困蜀妪，何哉？"意思是听说南边集市上有个四川的老太婆做茶粥卖，被当差的打破了做粥的工具，后来她又在市场上做饼卖，禁止老太婆卖茶粥，不知到底是为什么。这一番记述，证明了唐代之前用茶做粥的情况早已出现，只是到了唐代，茶粥的消暑去热功能得到了更多人的认同，而将茶叶用在食物中，也变得更加普遍了。比如白居易在《谢恩赐茶果等状》中提到的茶果，就是唐代茶食的一种，以及后来日本饮食文化中的"环饼""油饼""八种唐果子"等，也都是唐代茶食文化的体现。

四

喜园中茶生

唐·韦应物

洁性不可污，为饮涤尘烦。
此物信灵味，本自出山原。
聊因理郡余，率尔植荒园。
喜随众草长，得与幽人言。

《事茗图》（局部） 明代 唐寅 故宫博物院藏

韦应物(约737—791),唐代诗人,出生于京兆万年(今陕西西安),以山水田园诗闻名，诗风淡雅，与柳宗元并称“韦柳”。因出任过苏州刺史，世称“韦苏州”。《喜园中茶生》一诗作于其任滁州刺史期间(783—784)，这是年近五旬的韦应物在京城做了几个小官后，开始出任地方官的第一站，此后，他又转任过江州刺史、苏州刺史，仕宦之路一直平淡无奇，少年时的壮志已经消散，心态开始归于平静。

《全唐诗》介绍韦应物时，称其“性高洁”，而这首诗正好是韦应物用茶比喻自己品性的最好写照，大概意思是：（茶）洁净的品质不可玷污，作为饮料，可以洗去尘世的烦恼。它确实有美好的滋味，因为来自山野之间。我在打理公务之余，随意将它种植在荒草园中。让人惊喜的是，它跟着其他草木一起茁壮成长，让我（将其做成新茶后）得以有机会跟避世隐居的高人（幽人）在一起品茗交谈，彼此交流心得。

韦应物是长安人，当时的长安并不种植茶叶，但饮茶的风气已经流行开来，人们对茶叶的品性、功效等均有了更多的了解，尤其到了韦应物所在的中唐时期，许多文人官吏、高僧雅士不仅嗜茶，而且亲自开辟茶园，种植茶叶。像韦应物这样在公务之余种茶的现象，已经十分普遍。因此，从长安初到当时已有茶叶种植的滁州，韦应物就入了俗流，在打理郡务之余，随手种下了一些茶树，并与之结缘。

除了《喜园中茶生》之外，韦应物还有另外两首与茶有关的诗，一首是《简寂观西涧瀑布下作》，另一首是《澄秀上座院》。第一首诗中提到的简寂观（原称太虚观），位于庐山东南山麓，南朝（宋）陆修静于南朝宋大明五年（461）所创，是历史上著名的道教场所。陆修静曾在此整理道经，潜心修行，收徒布道，完善了南天师道。韦应物在江州（江西九江）期间曾经两次来到这里，写下了《寻简寂观瀑布》《简寂观西涧瀑布下作》等，后者有“茶果邀真侣，觞酌洽同心”一句，展示诗人在简寂观瀑布下，与道人（真侣）一起品茶饮酒、悠然自得的洒脱心情。

另一首《澄秀上座院》中提到的“上座院”已不可考，但显然也是一处雅静的所在，诗中有“秀公今不在，独礼高僧影。林下器未收，何人适煮茗”的句子，描绘了寺庙中的生活场景。树林下的器具尚未收拾，还有什么人前来煮茶品尝吗？通过这一细节，展现了寺庙生活的闲适和宁静，也表达了诗人对寺庙中高僧品茗的向往和羡慕之情。毫无疑问，这种宁静、清幽的山林生活，正是诗人所追求的，而想要达成这一愿望，自然离不开茶叶的参与。也许，这便是茶对于唐代文人独特而厚重的生活意义与精神价值。

五

五言月夜啜茶联句

唐·颜真卿等

泛花邀坐客，代饮引情言。——陆士修

醒酒宜华席，留僧想独园。——张荐

不须攀月桂，何假树庭萱。——李萼

御史秋风劲，尚书北斗尊。——崔万

流华净肌骨，疏瀹涤心原。——颜真卿

不似春醪醉，何辞绿菽繁。——皎然

素瓷传静夜，芳气满闲轩。——陆士修

《兰亭修禊图卷》（局部） 元代 赵孟頫（传） 美国大都会艺术博物馆藏

这是一首非常有意思的茶诗。它由一群文人雅士集体创作而成，大家在一起论事或者消遣时，兴致来了，一人起头，你一句我一句，联成一首完整的诗。在唐代，此类联句创作活动十分流行，是一种非常高雅的娱乐活动。除了上述这首联句以外，颜真卿等一帮文人雅士还创作了许多以登临游赏、送别赠答等为主题的联句，如《五言夜宴咏灯联句》《五言玩初月重游联句》《登岘山观李左相石尊联句》《送耿湋拾遗联句》《五言重送横飞联句》等等。联句中还有一类调侃游戏意味浓厚的诙谐滑稽作品，包括七言的大言、小言、乐语、滑语、醉语、谗语联句等；也有一些趣味十足的作品，如颜真卿等人创作的《七言重联句》、严维等人创作的《一字至九字诗联句》等，娱乐消遣的特征很明显。

创作《五言月夜啜茶联句》的发起人颜真卿（709—784），字清臣，京兆万年（今陕西西安）人，祖籍琅琊临沂（今山东临沂），是唐代中期杰出的书法家。他创“颜体”楷书，与赵孟頫、柳公权、欧阳询并称“楷书四大家”。除颜真卿之外的各位创作者中，陆士修是嘉兴县尉，张荐是代宗、德宗时的史官修撰，李萼曾任庐州刺史，崔万生平不详，还有一个皎然，俗名谢清昼，是“山水诗鼻祖”谢灵运的十世孙，中唐时期的著名诗僧，素以文章俊丽而闻名天下。

这首诗的大概意思是：邀请大家一起坐下，把茶泡好（泛花，冲泡泛起茶沫、水花），用来替代美酒，表达真挚的情意；喝酒需要华美的筵席，留下僧人却需要雅静的园圃；用不着高攀月桂（追求功名），也不必在庭院中种植萱草（忘忧草）；御史（指颜真卿，曾做过御史）的性格像秋风一样爽朗，尚书（亦指颜真卿，也曾做过尚书）的地位像北斗一样受人尊重；茶水的芳华可以清净身体，洗涤心灵；不像春天的美酒那样让人迷醉，也不像大豆果蔬那样制作起来十分烦琐；简洁的器皿在安静的夜色中频频流转，茶叶的清香在轩榭间弥漫。整首联句呈现出一派天宁地清、举杯漫饮而悠然自得的状态，充分表达了在座众人对纷繁世俗的淡漠和对邀集者（颜真卿）的尊崇，突显了大家对简朴生活和内心宁静的追求。诗中没有出现一个茶字，却把茶叶的冲泡、茶饮的功效、茶汤的特质、茶气的清香等完美地融合在一起，让人读来颇有身临其境、闻香漱玉的感觉。

作为唐代的大文人，颜真卿不仅书法自成一体，为官为文也颇有成就，因此，他的社会影响力一直很大。在湖州当刺史期间，颜真卿身边集聚了一大批文人雅士，其中不仅有京城高官、地方长吏，也有山人隐士和诗文僧侣，当然还有大名鼎鼎的茶圣陆羽，他们组成了当时颇有名气的“湖州文人群”。在“群主”颜真卿的倡议下，这些人长期活跃在风景秀美的江南湖州，共同参与编修一部集典故、辞藻，按韵编排的鸿篇巨制——《韵海镜源》，大家相互切磋学问，闲暇之余则品茗交游，“沙龙式”地创作联句来唱和把玩，怡情悦性。在我们今天看来，集会啜茶以创作联句不仅是“以文为戏”的娱乐活动，更是一种清雅淡然、淳朴自然的文化精神的体现。虽然创作出来的作品不能与典雅端庄的唐诗相提并论，但因为风气使然，这种当时十分流行的娱乐方式影响深远，直接催生了宋代充满着风雅与睿智的“茶令”习俗。

六

送陆鸿渐栖霞寺采茶

唐·皇甫冉

采茶非采菉，远远上层崖。
布叶春风暖，盈筐白日斜。
旧知山寺路，时宿野人家。
借问王孙草，何时泛碗花。

《陆羽烹茶图》（局部）　元代　赵原　台北故宫博物院藏

皇甫冉（718—约770），字茂政，润州丹阳（今江苏镇江）人，祖籍安定（今甘肃泾川），唐代诗人。皇甫冉天赋异禀，10岁便能作文写诗，张九龄呼之为“小友”。天宝十五载（756）考中进士，曾先后做过无锡尉、左金吾兵曹参军、左拾遗、右补阙等官职。为躲避战乱，皇甫冉曾经寓居义兴（今江苏宜兴）阳羡山，这首诗就写于其寓居义兴期间。

茶在唐代初期，还和以前一样，要么作为药用，要么煮成菜汤一样用来粗饮解渴，直到有了陆羽等人，茶才被赋予精神文化内涵，成了一种可以与酒媲美的高雅饮品。在这一过程当中，陆羽厥功至伟，他不仅写出了《茶经》这一重要作品，对有关茶的各类知识进行了系统概括，而且深入实践，亲自采茶种茶、制茶品茗，以自身对茶的一往情深带动了当时无数文人雅士加入爱茶的行列，直至形成风潮与习俗，让茶终登大雅之堂，成为中国文化的千古标识。

诗的题目中说到的“陆鸿渐”，就是指唐代茶圣陆羽，“鸿渐”是他的字。根据有关典籍记载，陆羽曾经用《易》自行占卜，得到了《渐》卦：“鸿渐于陆，其羽可用为仪，吉。”意思是说鸿雁飞于天上，四方皆是通途，两羽翩翩而动，动作整齐有序，可供效法，是一种吉兆。按照这个卦义，当时还没有姓名的陆羽（陆羽出生后因相貌丑陋，被人遗弃，由竟陵龙盖寺智积禅师收养）便将自己的姓定为“陆”，取名为“羽”，又以“鸿渐”为字。整首诗的大概意思是：采茶可不是采摘普通的菉草，而是要跑很远的路，上到山崖顶上去摘；茶树上的片片嫩叶，就像暖暖的春风散布好的，太阳西斜的时候，筐子里的茶叶已经装满了；即便你很熟悉山寺的道路，也会时不时地借宿在山野人家；你采回来的那些上等叶子（王孙草），什么时候才能泡成（泛碗花是指冲泡过程）清香四溢的好茶呀？

这首诗最重要的价值，就是真实反映了陆羽历尽艰辛，从事茶叶采摘与研制的过程。公元758年，陆羽为躲避安史之乱，来到长江流域，一门心思访研茶事。他曾经沿着长江南岸对各地茶山茶园、野溪名泉进行实地考察，逢山采茶、遇泉品水，思不暇止、笔不暇录。在此期间，陆羽来到浙江吴兴苕溪，碰到了时任无锡县尉的皇甫冉。皇甫冉对陆羽的才气十分仰慕，两人相谈甚欢，各自引以为知己。皇甫冉本身也知茶爱茶，因此，对陆羽深入山林乡村考察茶事之举敬佩有加，以诗为赞，便也在情理之中了。

也正是在与皇甫冉结交的这一时期，陆羽不仅结交了皎然等众多好友，还写出了流芳百世的《茶经》。

七

九日与陆处士羽饮茶

唐·皎然

九日山僧院，东篱菊也黄。

俗人多泛酒，谁解助茶香。

《采菊图》（局部）　明代　唐寅　台北故宫博物院藏

皎然（约720—约795），俗姓谢，字清昼，湖州人（今属浙江吴兴），法号皎然，久居吴兴杼山妙喜寺，唐代有名的诗僧、茶僧，中国山水诗创始人谢灵运十世孙，活动于大历、贞元年间，不仅颇有诗名，而且在文学、佛学、茶学等诸多方面也有深厚造诣。他为后人留下了470首诗篇，《全唐诗》编其诗为815至821，共7卷。他的诗风清丽闲淡，多为赠答送别、山水游赏之作。他的《诗式》是当时诗格一类作品中较有价值的一部。

唐上元元年（760），陆羽从栖霞山麓来到苕溪（今浙江吴兴）。在此期间，他碰上了湖州杼山妙喜寺的住持皎然，两人一见如故，成为忘年之交。皎然不仅是诗僧，也研究茶文化，他看到陆羽对茶如此痴迷，便将自己未完成的茶著作交给陆羽，希望陆羽能够完成。于是，陆羽在妙喜寺一住就是四五年，足不出户，闭门著书。其间经常身披纱巾短褐，脚穿草鞋，独行山野中，深入农家，采茶觅泉，评茶品水，或诵经吟诗，杖击林木，手弄流水，思索徘徊，每每至天黑兴尽，方才号泣而归，时人称之为当代版的“楚狂接舆”。就是在这种状态下，陆羽写出了皇皇巨著《茶经》，以及《源解》《江表四姓谱》《南北人物志》《吴兴历官记》《湖州刺史记》等多部作品。

在认识陆羽之前，年长十几岁的皎然已经游历过很多地方，而且因为唐代寺庙饮茶之风颇为流行，皎然积累了丰富的与茶有关的知识。陆羽入住妙喜寺后，两人经常在一起探讨有关茶的问题，并且一起开辟茶园，共同实践。陆羽写作《茶经》的时候，皎然不仅在物质上提供了诸多帮助，如住宿等，而且把自己积累的茶的知识和对茶的理解毫无保留地传授给他，碰到问题，共同探讨解决。闲暇之余，两人及当时湖州的一帮文人雅士便在一起品茗论道、对饮题诗。这首《九日与陆处士羽饮茶》，便是在这种背景下创作的。

诗题中的“处士”，又称隐士、高士，古时候用来指有德才而隐居不愿做官的人，后来泛指未做过官的士人、读书人，最早出自《荀子》中“古之所谓处士者，德盛者也”。用“处士”称呼陆羽，也充分说明对他的看重。整首诗的大概意思是：九月九日重阳节到了，在山上的寺院里面，东向墙篱边的菊花也变黄了（意指成熟）；那些世俗的人们，只知道用菊花来泡酒（泛，漂浮在酒面上），谁又懂得菊花泡出来的茶更加清香四溢呢？

菊花茶是中国古代比较常见的饮品，在古人看来，菊花清凉淡雅，性味偏苦寒，具有疏风散热、清肝明目、清热解毒等功效。菊花的这种特性，与文人雅士淡泊名利的追求契合，因此，菊花很受古代文人喜爱。晋代陶渊明便是其中典型的一位，他的“采菊东篱下，悠然见南山”等诗句，就把菊性与人品进行了完美融合。而皎然的这首《九日与陆处士羽饮茶》，也同样表达了作者心中高洁的情怀和超脱的心境，以及对陶渊明“悠然天地间”的向往。

八

饮茶歌送郑容

唐·皎然

丹丘羽人轻玉食，采茶饮之生羽翼。
名藏仙府世空知，骨化云宫人不识。
云山童子调金铛，楚人茶经虚得名。
霜天半夜芳草折，烂漫缃花啜又生。
赏君此茶祛我疾，使人胸中荡忧栗。
日上香炉情未毕，醉踏虎溪云，高歌送君出。

《庐山高图》（局部）　明代　沈周　台北故宫博物院藏

皎然（约 720—约 795），是唐代有名的茶僧、诗僧，早年出入于儒、墨、道三家，安史之乱后皈依佛门，与颜真卿、韦应物、顾况、灵澈、陆羽等文人雅士均有交往，他的诗作多属语言简淡、格调闲放之类。但这一首《饮茶歌送郑容》却有些不太一样，颇有纵横洒脱、意气横舒之味。

整首诗采用的是歌行体形式，是古代经常会用到的一种诗歌体裁，源于汉魏六朝乐府诗，据说是南朝宋的鲍照所创，适合表现纵横恣肆、流畅飘逸的情绪与感觉，张若虚的《春江花月夜》就是歌行体创作中的佼佼者。明代文学家徐师曾在《文体明辨》中对“歌”“行”及“歌行”进行过较为贴切的解释，他说：“放情长言，杂而无方者曰歌；步骤驰骋，疏而不滞者曰行；兼之者曰歌行。”

据后世考证，这首诗大约创作于 760—765 年，当时的皎然应该居住在庐山东林寺，他送别的好友郑容在古籍中没有记载，生平已不可考。诗作的大概内容是：居住在丹丘（传说中昼夜长明的神仙所处之地）的仙人（羽人，经修炼而身生双翼的得道仙人）并不看重奢侈珍贵的美食，他们喜欢采下茶叶，煮泡饮用之后便会生出翅膀（饮茶以助羽化成仙）；他们的名声隐藏于神仙所居之府而不为人所知，肉身羽化于得道者所住的宫室（云宫）而不被人了解；仙山上的茶童用心打理着煮茶的金锅(铛，平底浅锅)，那陆羽(楚人，指陆羽）写的《茶经》已经有一些名气了，但比起喝茶来还是个虚名啊；秋天的晚上，青草大多已经枯萎折断了，我们小口喝着茶水，浅黄色的花朵（可能是菊花茶）又在杯中烂漫地展开；谢谢你送来的茶，可以帮我祛除疾病，还可以驱散我心中的忧愁和恐惧；太阳已经照在庐山香炉峰上，但我们饮茶的情趣还没有消散，带着如饮酒一般的醺然茶意，我脚踩虎溪(东林寺门口的山溪，留有著名的“虎溪三笑”的典故）的祥云，一路高歌，送你走出山林。

庐山种茶的历史比较久远，据《庐山志》记载，早在汉代，就“各寺亦于（庐山）白云深处劈岩削谷，栽种茶树，焙制茶叶，名云雾茶。”《庐山志》也记载：“晋朝以来，寺观庙宇僧人相继种植。”尤其是东晋高僧慧远禅师，曾将庐山野茶引种在东林寺周边，并且亲手制茶，用于待客；在他的邀集下，文人高士常常在一起煮茶吟诗，对座谈经，通宵达旦。因此，皎然在庐山饮茶悟道、送客远行也就再自然不过了。而这首极具浪漫风格的歌行体诗作，在展现飘飘欲仙的茶道意境和依依送别之情外，更有了重要的茶史茶学价值。

九

饮茶歌诮崔石使君

唐·皎然

越人遗我剡溪茗,采得金牙爨金鼎。
素瓷雪色缥沫香,何似诸仙琼蕊浆。
一饮涤昏寐，情来朗爽满天地。
再饮清我神，忽如飞雨洒轻尘。
三饮便得道，何须苦心破烦恼。
此物清高世莫知,世人饮酒多自欺。
愁看毕卓瓮间夜,笑向陶潜篱下时。
崔侯啜之意不已,狂歌一曲惊人耳。
孰知茶道全尔真,唯有丹丘得如此。

《茶事图》（局部）　明代　文徵明　台北故宫博物院藏

皎然（约720—约795）作为唐代最有名的茶僧，对茶叶的了解和茶学兴起的贡献，远非一般人能及。皎然遁入佛门后，长年隐居在湖州杼山的妙喜寺，但才华横溢的他“隐心不隐迹”，与当时的名僧高士、权贵显要有着广泛的联系。在此期间，皎然不仅与颜真卿、顾况、韦应物、刘长卿、孟郊等众多文坛大家往来密切，而且还结识了忘年交陆羽，并将自己在茶艺茶学上的研究所得悉心传授给陆羽，帮助他完成了中国历史上第一部茶学专著《茶经》。

唐德宗贞元（785—805）年间，崔石走马上任湖州刺史，当时皎然依然居于湖州妙喜寺，两人一见如故，经常在一起饮茶论道。这首诗就是两人在一起品尝越州茶时，皎然的即兴之作。大概意思是：越地有人给我送了一些产自剡溪的名茶，采摘下来的时候都是金黄的嫩芽，现在放进鼎具里面进行烹煮；雪白的瓷碗里盛满漂着淡青色浮沫的茶汤，多么像仙人们饮用过的琼树（传说中的仙树）之蕊制成的浆液啊；第一口喝下去（喝第一道），马上就消除了昏寐不醒的感觉，神清气爽，情思充盈于天地之间；第二口喝下去（喝第二道），我的心灵得到净化，就好像忽然飞来的雨滴洒落在微尘之上；第三口喝下去（喝第三道），就可以得到道的真谛，哪里还需要什么苦心修炼，破除烦恼；这东西（茶）的清雅高妙不被大众了解，而世上的俗人只知道依靠喝酒来自我欺骗；你看毕卓因为贪图饮酒，晚上醉宿在酒瓮旁，多么令人尴尬，而陶渊明在东篱下饮酒为乐，也让人好笑；崔使君，你不停地喝，喝多了之后高唱放荡不羁的歌曲，同样会让人惊讶；谁又知道，真正能够保全本性的是饮茶之道，也只有丹丘子（传说中的神仙）才真正懂得其中的奥妙啊。

这首《饮茶歌诮崔石使君》是非常难得的浪漫主义与现实主义相结合的诗作。诗人在饮用越人赠送的剡溪茶后激情满怀、文思泉涌，即兴挥笔，从友人赠送剡溪名茶开始讲到茶的珍贵，赞誉剡溪茶清郁隽永的香气，甘露琼浆般的滋味，在细腻地描绘茶的色、香、味、形后，生动展现了一饮、再饮、三饮的奇妙感受。随后又急转到“三饮”之功效，神韵相连，层层递进，对饮茶的精神享受做了最完美、最动人的歌颂。更值得注意的是，这首诗中提到了“茶道”二字，另一处提到“茶道”的是唐代封演的《封氏闻见记》，这也充分说明，皎然所在的时代，已经开始有了“茶道”的概念。而皎然在中国“茶道”形成的过程当中，贡献无疑是极大的。他诗中留下的“三饮”（一饮涤昏寐、再饮清我神、三饮便得道）之说，构成了古代茶道的重要内涵。此后，借助饮茶使人们的思想得以升华，超越尘世，栖身物外，达到羽化成仙或参禅修行的美妙境界，成为中国古代茶道的主要类型之一。

十

过山农家

唐·顾况

板桥人渡泉声，茅檐日午鸡鸣。

莫嗔焙茶烟暗，却喜晒谷天晴。

《卢仝烹茶图》（局部）　元代　钱选　台北故宫博物院藏

顾况（727？—826后），字逋翁，祖籍云阳（今江苏丹阳），后迁家至海盐（今属浙江）横山。他一生官位不高，曾任著作郎，因作诗嘲讽权贵，被贬为饶州司户参军。晚年隐居茅山（今江苏境内），号“华阳真逸”。顾况是一个关心人民疾苦的现实主义诗人，诗歌主张与诗风都与元结相似，对白居易的创作有一定影响，据史籍记载，白居易年轻时步入诗坛的时候，就得到过他的奖掖与提携。

这首六言绝句，大约作于顾况晚年隐居润州延陵大茅山期间（另一说此诗为张继所作）。茅山位于江苏省西南部，横亘于句容、金坛、溧阳、溧水和高淳之间，略呈S形走向，是秦淮水系东支、太湖水系西支的源头和分水岭之一，也是著名的道教第一福地。茅山产茶的历史源远流长，早在晋代，道家葛洪就在此以茶炼丹。唐代茶圣陆羽，据传也曾隐居茅山。至宋代，茅山“乾茶”（指茅山长春茶）因其叶片形状特异、色质莹碧、香醇沁肺，成为进贡皇室的贡品。因此，隐居此地的顾况，对当地山农制作茶叶的场景自然非常熟悉。

诗中提到的“焙茶”，是当时的一种制茶工艺。“焙”是用微火烘烤的意思。陆羽在《茶经》中说，唐代烘焙茶叶的工具叫“育”，“以木制之，以竹编之，以纸糊之”，中间还有一层隔板，上面有盖，一侧开门。焙茶时，将“育”放于“床”（即木板架）上，把茶叶放在中间的隔板上，下面一层则放置贮火器，“贮煻煨火，烘烤潮气”，把茶叶的水分烘干，遇到黄梅季节潮气重的时候甚而“焚之以火”。一般情况下，焙茶多用文火烘，使茶饼常温，这样水分逐渐蒸发而茶叶的色、香、味俱能保留。焙茶既是烘烤茶叶，又是贮藏茶叶的方法。到了宋代，焙茶的工具又称作“茶焙”，用竹条编制而成，外面裹以竹叶，其形状和唐时的“育”大致相同。中间也有隔板，上面放茶叶，下面放容火器。人们将茶饼用竹叶或嫩香蒲叶封裹好后，放在茶焙中的隔板上，每隔二三日焙烘一次，所用火温需保持如同人体体温一般。

整首诗的大概意思是：我走过横跨山溪的木板桥，听着悠闲美妙的泉水声；来到山野人家的门前，太阳已近中午，高高地照在草屋的茅檐上，有鸡儿在咯咯地叫，好像是在欢迎外面的来客；屋主正在烘烤茶叶，抱歉地跟我说，烘茶的烟火太重，还请勿怪被熏着了；说话的当儿，天已经放晴了，正好可以晾晒打下来的谷子，这是多么让人高兴的事啊。

司空图的《二十四诗品》曾对诗歌的风格进行过归类，其中有“自然”一品，特点是“俯拾即是，不取诸邻，俱道适往，著手成春”。顾况的这首诗，大约就属于这一类，不经心地摘取几处生活场景，却勾勒出一幅地道的山村风光图，于质朴清淡的笔墨中含有一种真淳的生活美，给人以独特的艺术享受。

十一

与赵莒茶宴

唐·钱起

竹下忘言对紫茶，全胜羽客醉流霞。

尘心洗尽兴难尽，一树蝉声片影斜。

《竹林五君图》（局部） 唐代 阎立本 台北故宫博物院藏

钱起（约 720—782）是唐代吴兴（今浙江湖州）人，字仲文，又称钱考功，大书法家怀素和尚的叔叔，名列“大历十才子”之首。他的诗以五言为主，多送别酬赠之作，有关山林诸篇常流露出追慕隐逸之意。与刘长卿齐名，称“钱刘”；又与郎士元齐名，称“钱郎”，著有《钱考功集》。赵莒是钱起的朋友，字恒宁，号赤城子，既擅长文字，又精通哲学，是当时颇有名气的诗人，被人称作“文心之师”。传说赵莒爱茶，曾经发现位于秦岭南麓的新茶树，并与当地文人雅士一起制作新茶，共同品尝，时人称之为“赵莒茶”。朋友们受其影响，常常参加赵莒举办的茶宴，唐代以茶会友、以茶雅聚之风，也逐渐流行开来。

钱起的这首诗，便是唐代茶聚场景的生动写照。

诗中提到的“紫茶”，指的是原产于浙江长兴的紫笋茶，其茶芽细嫩、色泽带紫、形状如笋，故被称作紫笋。传说陆羽曾经品尝过此茶，认为其品质极高，便向宫廷推荐。于是，唐肃宗年间（757—762）开始，紫笋被定为贡茶并受到广泛推崇。后来因为需求量大，朝廷便将其产地扩展至长兴县顾渚山一带。陆羽在他的《茶经》中说“阳崖阴林，紫者上，绿者次，笋者上，牙者次”，这就是对紫笋茶的评鉴。后来一直到明朝洪武年间（1368—1398），紫笋都在朝廷贡茶之列，至于后来传有“十日王程路四千，到时须及清明宴”“牡丹花笑金钿动，传奏吴兴紫笋来”等诸多名句。

钱起诗中还提到了“流霞”，指的是唐代颇有名气的流霞仙酒。李商隐在《武夷山》一诗中提到的“只得流霞酒一杯，空中箫鼓几时回”，就是指这个酒。其起源于道家的传说，汉代王充《论衡·道虚》中记载有项曼都学道的故事，讲到他“口饥欲食，仙人辄饮我以流霞一杯。每饮一杯，数月不饥。”所以，流霞便成了让人欲仙欲道的美酒。

整首诗的画面感非常强：我们一起坐在竹林中，沉浸在紫笋茶的清香中，连开口说话都忘记了，这种状态，远胜过道士（羽客）们醉倒在流霞仙酒当中。红尘杂念已经一扫而光，但品茶的雅兴却难以消尽，一直在蝉声鸣唱中等来了夕阳西下。

这样一种风雅宁静的感觉，正是唐代文人高士所向往的意境。其实在唐代之前，茶更多的是被用作食用或药用，进入初唐后，茶开始向饮用过渡，茶艺、茶道也由此逐渐萌发。陆羽的《茶经》横空出世之后，茶道、茶艺正式成形，从宫廷到民间，制茶、饮茶成了一种文化技能和文化载体，以至于在当时就出现了一个庞大的士子饮茶群体，陆羽、皎然、颜真卿、卢仝、皮日休、陆龟蒙、白居易、贯休等人均在其中，大家“呼朋引伴”，乐此不疲，催生出包罗万象的唐代茶文化。

而钱起的这首《与赵莒茶宴》，就是时人醉心茶饮、求得心灵净化与升华的典型反映。

十二

连句多暇赠陆三山人

唐·耿湋　陆羽

一生为墨客，几世作茶仙。——耿湋
喜是攀阑者，惭非负鼎贤。——陆羽
禁门闻曙漏，顾渚入晨烟。——耿湋
拜井孤城里，携笼万壑前。——陆羽
闲喧悲异趣，语默取同年。——耿湋
历落惊相偶，衰羸猥见怜。—— 陆羽
诗书闻讲诵，文雅接兰荃。——耿湋
未敢重芳席，焉能弄彩笺。——陆羽
黑池流研水，径石涩苔钱。——耿湋
何事亲香案，无端狎钓船。——陆羽
野中求逸礼，江上访遗编。——耿湋
莫发搜歌意，予心或不然。——陆羽

《南轩图》（局部）　明代　沈周　台北故宫博物院藏

耿湋（736—787），字洪源，河东（今属山西）人，唐代“大历十才子”之一。宝应二年（763），耿湋进士及第，为盩厔县尉，后入朝为左拾遗（一说右拾遗）。大历十年（775）、大历十一年（776）年间，以左拾遗充括图书使赴江淮，贞元初迁大理司法。耿湋工于诗，与钱起、卢纶、司空曙等诸人齐名，时人称其“重芳叠业，特生才子；抱明禀秀，卓膺诗人”。耿湋一生久经离乱，行踪遍及辽海、西北等地，这些经历对他的诗歌创作有较大影响，他以边塞为题材的诗篇，写得比较真切，且有一定的思想内涵。由于一生贫弱多病，加上时局纷乱，他的诗篇多带有感伤色彩，其中，描写长年战乱后荒凉情景的作品尤为出色。耿湋的这一类诗作，包含了对人民所遭受的苦难的深切同情，称得上是那一时期社会生活的真实写照。

诗题中所说的陆三山人，指的是陆羽。按照唐人的习惯，“三”在姓后多为排行，“山人”则是对隐士高贤的尊称。诗歌采取当时颇为流行的联句形式，由耿湋和陆羽两人共同创作完成。耿湋在诗中表达了对陆羽在茶的造诣、诗文、交友等方面的赞美和崇敬，而陆羽则展示了自己的闲雅与自谦，以及二人之间趣味相投、互相赞赏的美好情意和友谊。

整首诗的大概意思是：你（指陆羽）这一辈子看起来只是一个文人，但注定要作为茶仙受到世世代代的尊崇；我（陆羽说自己）就是喜欢做一个喝点儿酒喝点儿茶的人（酒阑者指一半嗜酒一半嗜茶的人。《史记·高祖本纪》中有“酒阑”一词，裴骃集解：“阑，言希也。谓饮酒者半罢半在，谓之阑”），非常惭愧，做不了肩负治国重任的贤才（负鼎，典出《史记·殷本纪》。商时，伊尹曾背负鼎俎见汤，后遂以“负鼎”等喻以烹调致汤王道之事。亦用以指辅佐帝王，担当治国之任）；天刚亮的时候，宫门已经可以听见漏斗报时的声音，浙江顾渚山上正好升起缕缕晨烟（顾渚山产的紫笋茶当时是入宫的贡茶）；我（陆羽自指）在很荒凉的地方（孤城）寻找泉水（拜井：《后汉书》记载“汉耿恭行军时缺水，拜井而得水”），又带着篓子行走于千山万壑之间（采茶）；有的人喜欢闲适，有的人喜欢喧嚣，趣味各不相同，尽管志趣不同，但有的喜欢进取，有的喜欢退隐（语默，源自《易·系辞上》，原文为“君子之道，或出或处，或默或语”，意思是君子在社会上相处时，有时进取，有时隐退；有时发声，有时沉默）；我（陆羽自指）经历过各种波折，知道相遇才有惊喜，而衰老憔悴之后，更希望获得怜悯；（你）热爱诗书，喜欢讲解诵读，文气高雅，爱好兰花香草；我（陆羽自指）不敢出入优雅高贵的宴席，又如何能写出美好的诗文（彩笺，彩色的纸张，用于题写诗文）；研磨的墨汁流入了池子里的水，使其变成了黑色，小路边的石头上长出了青苔，像一串串铜钱；没什么事就不必亲近敬香的案台，无缘无故也不用去玩耍钓鱼的小船（指故作淡泊的归隐）；（你）是在荒野中寻找失传的礼仪，在江湖上访求遗落的典籍（指陆羽撰写《茶经》）；不需要过度去发掘我写作的深意和价值，或许，这并不是我内心想要的样子。

这首诗最大的史学价值，是出现了“茶仙”二字，从此以后，陆羽便被人称作“茶仙”。元代辛文房的《唐才子传·陆羽》中说，“羽嗜茶，造妙理，著《茶经》三卷……，时号‘茶仙’”，便是由此而来。

十三

东亭茶宴

唐·鲍君徽

闲朝向晓出帘栊，茗宴东亭四望通。
远眺城池山色里，俯聆弦管水声中。
幽篁引沼新抽翠，芳槿低檐欲吐红。
坐久此中无限兴，更怜团扇起清风。

《品茶图》（局部）　明代　佚名　台北故宫博物院藏

鲍君徽，约活动于唐德宗建中至贞元（780—804）前后，字文姬，鲍徵君之女，善诗，早寡，无兄弟，奉母以生，与尚宫“五宋”（初唐著名大诗人宋之问的后裔宋廷芬的五个女儿，即宋若莘、宋若昭、宋若伦、宋若宪、宋若荀，多有才名，或入朝为女官）齐名。唐德宗因闻其《关山月》诗名，召入宫与侍臣赓和，赏赉甚厚。其入宫不久，即厌倦樊笼一般的宫廷生活，以奉养老母为由，上疏乞归。

唐代饮茶之风盛行，以茶为主题的诗歌创作有不少，但涉及宫廷茶宴的并不多见，比较有名的包括李郢的《茶山贡焙歌》、张文规的《湖州贡焙新茶》等，鲍君徽的这一首也算是其中的佼佼者。

所谓茶宴，实际上就是以茶为媒，大家在一起互动以增进情感、交流思想、传播信息、培育雅好。从更宽广的意义上说，中国古代的茶宴，已经上升成了一种生活方式、生活美学及文化传统，广泛涉及哲学、茶学、美学、文学、艺术、音乐等方方面面，也与人的世界观、人生观、价值观和综合化文化素质密切相关。茶宴的内容更是包罗万象，涵盖了煮茶、鉴茶、品茶、品水、论道等环节，同时还融入了文学、音乐、鉴古、书画、香艺、花艺、服装等元素，堪称凝聚了人间所有美与雅、文化与风华的社会生活。

相对而言，鲍君徽诗中所记述的这次茶宴，倒还称得上清新淡雅，没有其他宫廷茶宴那么奢靡烦琐、争奇斗艳。诗歌的大概意思是：某一天清闲的早上，天刚刚亮，（我）掀开帘子，走出宫门，来到摆好了茶席的四面通透的东亭（宫廷内的一处亭子）；远远望去，城郭和山峰的秀色完美地融合在一起，低下头来用心倾听，伴随着潺潺的流水声，用笛管琴弦演奏出来的音乐悠扬地响起；竹林深处的池子旁边，新长出来的竹子抽出了翠绿的枝叶，芬芳低矮（低檐，在此为低矮的意思）的木槿即将绽放出红色的花朵；久久地坐在亭中，（悠闲地品着香茶），让人有无尽的兴致，而更让人喜爱的，是手中团扇摇来的缕缕清风。短短的几句，把视觉（望、眺）、听觉（聆）、直觉（欲吐红）、触觉（起清风）等完美地融合在一起，有一种万物通透、意味绵长的独特审美。

从文字记载来看，中国古代的茶宴大体可分为四类，即达官贵人的官宴、清致脱俗的寺宴、往来交谈的宅宴和亲近自然的野宴。而鲍君徽记述的这一次，则既有官宴（宫廷茶饮）的成分，又不失亲近自然的味道，算是别具一格的存在。从中也可以看得出来，唐代宫廷的茶宴，并非都是展示奢华、醒酒消食的盛宴，也有追求清新淡泊、自然野趣的一面。

十四

凉风亭睡觉

唐·裴度

饱食缓行初睡觉，一瓯新茗侍儿煎。

脱巾斜倚绳床坐，风送水声来耳边。

《荷亭消夏图》（局部） 南宋 刘松年（传） 私人收藏

裴度（765—839），字中立，河东闻喜（今山西闻喜县）人，唐代中期杰出的政治家、文学家。裴度出身河东裴氏东眷，唐德宗贞元五年（789）考中进士。唐宪宗元和年间累迁司封员外郎、中书舍人、御史中丞，后又拜中书侍郎，同中书门下平章事，元和十二年（817）封晋国公。唐穆宗时数度出镇拜相，官终中书令。裴度表示支持宪宗削藩，因而与宰相武元衡均遭到刺杀，武元衡遇害，裴度头部也受了重伤，旋即继任武元衡为相，拜门下侍郎、同平章事，以平定藩镇的叛乱为己任。在穆宗、敬宗、文宗三朝，裴度数度出镇拜相，屡遭朝臣中伤，晚年随世俗沉浮，归居洛阳，以求避祸。史称其“出入中外，以身系国之安危、时之轻重者二十年”，被时人比作郭子仪。在文学上，裴度主张“不诡其词而词自丽，不异其理而理自新”，反对在古文写作上追求奇诡。留守东都时，他与白居易、刘禹锡等人唱酬甚密，是洛阳文事活动的中心人物之一，《全唐诗》及《全唐文》均录其诗文。

凉风亭是裴度晚年归居洛阳时经常光顾的地方，据说他与白居易、刘禹锡等人常在此饮酒品茶，畅论诗文及天下诸事，当时来到洛阳的名人也大多会到此一聚，拜见裴度，以至于每每有人从洛阳返回京都，唐文宗都会问上一句：“你见到裴度了吗？”可见裴度在当时的社会关注度有多高。

这首诗选取饭后的一个小小生活场景，巧妙地展示了裴度无比闲适惬意的人生状态与追求。整首诗的大概意思是：吃饱了饭之后，我缓缓地往前散步，突然就有了一些睡意，侍僮见了，赶紧用茶铛给我煮上一罐新茶：我摘下头巾，斜靠在躺椅（绳床，又称胡床，即交椅）上，清风习习，将煮茶的水声送到了耳边，非常动听。此情此景，实在是惬意之极，以至于刘禹锡看了他的这首诗，大呼高妙，并随即和了一首《奉和裴晋公凉风亭睡觉》：“骊龙睡后珠元在，仙鹤行时步又轻。方寸莹然无一事，水声来似玉琴声。”

从裴度的这首诗中可以看出，唐代的茶饮已经成为文人返璞归真、追求精神放松和自由的重要媒介，当他们做不成隐士、山人、处士、僧侣时，便在喧嚣的市井生活中创造出一种自然的茶境，以求自娱。正如萧茂挺《赠韦司业书》中说的那样：“所未忘者，有碧天秋霁，风琴夜弹，良朋合坐，茶茗间进，评古贤，论释典。”唐代诗人朱庆馀在自己的《凤翔西池与贾岛纳凉》中也说“拂石安茶器，移床选树阴。几回同到此，尽日得闲吟”，其中所描述的茶境，与裴度的这首《凉风亭睡觉》实在是异曲同工。

十五

巽上人以竹间自采新茶见赠酬之以诗

唐 · 柳宗元

芳丛翳湘竹，零露凝清华。

复此雪山客，晨朝掇灵芽。

蒸烟俯石濑，咫尺凌丹崖。

圆方丽奇色，圭璧无纤瑕。

呼儿爨金鼎，余馥延幽遐。

涤虑发真照，还源荡昏邪。

犹同甘露饭，佛事薰毗耶。

咄此蓬瀛侣，无乃贵流霞。

《品茶图》（局部）　明代　文伯仁　台北故宫博物院藏

柳宗元（773—819），字子厚，唐代河东（今山西运城）人，杰出诗人、哲学家、儒学家、政治家，“唐宋八大家”之一。知名作品有“永州八记”等，总数多达六百余篇，经后人辑为四十五卷，名为《柳河东集》。因为他是河东人，被人称作“柳河东”，后终于柳州刺史任上，又称“柳柳州”。柳宗元与韩愈同为中唐古文运动的领导人物，并称“韩柳”。永贞元年（805）十一月，柳宗元因“永贞革新”失败，被贬为永州司马，因无处可居，只得寄寓在永州龙兴寺内，与僧人重巽相识结交。有一年春天新茶出产，重巽赠予柳宗元，柳则作此诗回赠。从诗的内容看，柳宗元此时心情已较平静。

古人认为，茶叶的品质好坏，直接与茶树的种类、采摘的时间、当地的气候等多种因素相关。一般情况下，茶树喜好阴凉湿润，故古人认为种在竹林下的茶叶最佳。正如刘禹锡在《西山兰若试茶歌》中所说：“阳崖阴岭各殊气，未若竹下莓苔地。”重巽上人赠给柳宗元的茶叶，正是竹间茶。而且这种茶叶，是种在具有浓厚文化象征意义的湘竹林中的。

整首诗的大概意思是：芬芳的茶树丛被遮掩在青翠的湘竹林中，叶片上散落的露珠，凝聚着大自然的精华；还有您这些居住在雪峰山的人（指寺中的得道高僧），清晨早早就采回了神奇的细嫩茶芽；朝雾蒸腾在石涧奔湍的山泉上，距离山崖的顶端近在咫尺（指采茶之不易）；制成的或圆或方的茶饼，色泽艳丽，非同一般，像圭璧这样的美玉一样，找不到一点儿瑕疵；我吩咐家人赶紧用华贵的炊器烧水煮茶，挥之不去的香味，飘散到了幽静偏远的地方；这浓郁的茶香让我洗涤了忧虑，回归了本性（真照：犹真相，指人的本性），找到了净源，荡去了多日来的浑浑噩噩；它就好像佛祖赐予的甘露一般的饭食，一下子熏香了毗耶城（毗耶：古印度大城名，一说国名，相传为释迦牟尼逝世的地方）和从事佛事活动的芸芸众生；就算是蓬莱和瀛洲（蓬瀛：蓬莱和瀛洲，传说中仙人所居之地）的仙客们，也会忍不住感叹，（有了这么好的茶），就用不着把流霞（流霞：传说中神仙的饮品，后泛指美酒）仙酒看得那么珍贵了。

王国安先生在《柳宗元诗笺释》中认为，此诗作于唐元和二年（807）春，其中一个重要依据就是新茶当采制于春天，再加上这个时候，柳宗元已经在永州待了一年多，与重巽的关系日益深入。重巽上人是龙兴寺僧人，籍贯不详，据说他对佛经的阐释有过人之处，是“楚之南”首屈一指的高僧，颇受当时学佛的士大夫们尊崇。柳宗元与其朝夕相处，交往非常密切，在佛学方面受其影响极大。从诗中也可以看得出来，唐代宗教对茶文化的影响是非常深远的，一般人认为，茶可以治病，可以解渴，仅此而已，而唐代的僧侣道士们则认为，茶叶具有宁静清雅的特性，能够提神醒脑，放松精神，且与佛道所倡导的清心寡欲理念相契合。于是，从唐代僧人皎然开始，寺院中逐渐兴起了以茶代酒的风气。为了满足佛教用茶的需要，各大小寺院也大力种茶、制茶，以至于许多流传下来的名茶都产自名山显寺。封演所著《封氏闻见记》中说：“南人好饮之，北人初不多饮。开元中，泰山灵岩寺有降魔师，大兴禅教。学禅务于不寐，又不夕食，皆许其饮茶。人自怀挟，到处煮饮，从此转相仿效，遂成风俗，自邹、齐、沧、棣渐至京邑，城市多开店铺，煎茶卖之，不问道俗，投钱取饮。”这不仅说明了坐禅和饮茶的密切关系，也说明了禅宗对茶传播的作用，致使“田间之间，嗜好尤切”，饮茶习俗风靡全国。而柳宗元的这首诗，便是明证。

十六

西山兰若试茶歌

唐·刘禹锡

山僧后檐茶数丛，春来映竹抽新茸。
宛然为客振衣起，自傍芳丛摘鹰觜。
斯须炒成满室香，便酌砌下金沙水。
骤雨松声入鼎来，白云满碗花徘徊。
悠扬喷鼻宿酲散，清峭彻骨烦襟开。
阳崖阴岭各殊气，未若竹下莓苔地。
炎帝虽尝未解煎，桐君有箓那知味。
新芽连拳半未舒，自摘至煎俄顷余。
木兰沾露香微似，瑶草临波色不如。
僧言灵味宜幽寂，采采翘英为嘉客。
不辞缄封寄郡斋，砖井铜炉损标格。
何况蒙山顾渚春，白泥赤印走风尘。
欲知花乳清泠味，须是眠云跂石人。

《松亭试泉图》　明代　仇英　台北故宫博物院藏

刘禹锡（772—842），字梦得，祖籍中山（今河北定州），唐代洛阳（今河南洛阳）人。德宗贞元九年（793）与柳宗元同榜进士及第，接着又中博学宏词科，官至监察御史。唐永贞年间，因参与王叔文革新运动，被贬为连州刺史，再贬为朗州司马。后受到裴度推荐，任过太子宾客、秘书监等职，死后追赠为户部尚书。

刘禹锡诗才卓越，白居易誉其为“诗豪”，作品内容多反映时事和民生疾苦。刘禹锡善于继承前人优秀文学遗产，又擅长吸取民间文学精华，形成了自己独特的创作风格，论诗主张含蓄，认为“境生于象外”；重视诗歌的音乐美，具有取境优美、精炼含蓄、韵律自然的特色；作品涉猎题材广泛，诗文俱佳，与白居易并称“刘白”，与柳宗元并称“刘柳”，与韦应物、白居易合称“三杰”，留有《陋室铭》《竹枝词》《杨柳枝词》《乌衣巷》等名篇。其哲学著作《天论》三篇，论述天的物质性，分析“天命论”产生的根源，具有唯物主义思想。

刘禹锡在任苏州刺史期间，经常去西山寻茶，据说西山兰若寺就位于山腰间，环境隐秘，与世隔绝，苏州人虽然闻其名，却不知其具体位置。“兰若”，是梵语“阿兰若”的省称，意思是寂静之处，一般用来泛指佛教寺庙。而西山这个地名，除了苏州之外，刘禹锡初次被贬后的朗州（今湖南常德）等地也有，因此，关于此诗作于何处，一直存在争议。

整首诗的大概意思是：山寺中的僧人在屋檐的后面栽种了几丛茶树，春天来临，茶树在竹林的映衬下抽出了毛茸茸的新芽；突然间，仿佛有客人来访，我们赶紧披衣而起，亲自到茶树丛里采摘如鹰嘴一样的嫩叶；顷刻之间就炒制完成，满屋子都是新茶的香气，于是，从石砌的池子里舀取金沙泉（据《常德府志》载：常德西山寺旁有金沙泉，以石块砌池蓄水取用）的水用来冲煮茶叶；铁鼎煮茶的声音，像夏日的雷雨，又像松林中的山风，汤水冲泡在碗中，升腾的热气宛如天上的白云，泛起的水泡如同花朵在徘徊转动；茶的香味悠扬扑鼻，让人精神为之一振，宿醉的酒意随之消散，清凉透骨的滋味，更是让心里的郁闷愁烦一一得到消解；无论是面向阳光还是背对阳光的山岭，都有着不同的冷热气候，但对于茶叶来说，还是不如竹林下的莓苔之地啊（意思是竹间茶品质最佳）；炎帝（神农氏）虽然品尝过茶叶，但他却并不了解茶叶应该怎样加工煎煮，桐君（黄帝时代的名医，从事药草采集并写有《桐君采药录》）虽然有关于茶叶的记录，却并不知道茶的独特滋味；新采摘的茶叶还像拳头一样半卷着没有展开，我们就迅速制作，从采摘到煎泡，也就一会儿的工夫；茶汤的芳香有点儿像带露的木兰花散发出来的，茶汤的色泽胜过仙草映在水面上；僧人们说，茶叶的佳味适合在幽静的环境中品尝，采摘下来的最好的茶叶应该用来款待贵宾；可以将茶叶封装好寄到郡守的官邸，如果从砖砌的井里取水，用铜制的炉子烹茶，这些简陋的冲煮条件则可能有损优质茶的品位；更何况产于四川的蒙顶茶和浙江长兴顾渚山的紫笋茶（均为唐代备受推崇的顶级贡茶），用白色的泥巴、红色的印记严密缄封，风尘仆仆，不远千里驰运进京，（品质肯定会大打折扣）；所以，要想真正体会茶汤（花乳：茶水的美称）清醇幽香的天然风味，还是得像我们这些隐居山林的人（眠云跂石：躺在白云生处酣睡，坐在山间石上休憩）一样啊。

在唐代，茶叶大多是以蒸青团茶为主，但那个时代已出现了炒青雏形。刘禹锡这首诗里所说的“斯须炒成满室香”“自摘至煎俄顷余”，讲的就是制作炒青茶的过程。诗歌详尽地描写了茶叶从采摘、炒制到烹煮的整个过程，以及这种即采即制而成的炒青的好处，不仅内容写得生动感人，而且也是我们了解唐代制作炒青的珍贵资料。

十七

走笔谢孟谏议寄新茶

唐·卢仝

日高丈五睡正浓，军将打门惊周公。

口云谏议送书信，白绢斜封三道印。

开缄宛见谏议面，手阅月团三百片。

闻道新年入山里，蛰虫惊动春风起。

天子须尝阳羡茶，百草不敢先开花。

仁风暗结珠琲瓃，先春抽出黄金芽。

摘鲜焙芳旋封裹，至精至好且不奢。

至尊之余合王公，何事便到山人家。

柴门反关无俗客，纱帽笼头自煎吃。

碧云引风吹不断，白花浮光凝碗面。

一碗喉吻润，两碗破孤闷。

三碗搜枯肠，唯有文字五千卷。

四碗发轻汗，平生不平事，尽向毛孔散。

五碗肌骨清，六碗通仙灵。

七碗吃不得也，唯觉两腋习习清风生。

蓬莱山，在何处。

玉川子，乘此清风欲归去。

山上群仙司下土，地位清高隔风雨。

安得知百万亿苍生命，堕在巅崖受辛苦。

便为谏议问苍生，到头还得苏息否。

《蓬壶仙侣图》（局部）　南宋　刘松年　台北故宫博物院藏

卢仝（约775—835），“初唐四杰”之一卢照邻的嫡系子孙。祖籍范阳（今河北涿州），生于河南济源市武山镇（今思礼村），早年隐居少室山，自号玉川子。毕生刻苦读书，博览经史，工诗精文，不愿仕进。唐大和九年（835）甘露之变时，由于留宿宰相王涯家，与王涯同时为宦官所害。其诗对当时腐败之朝政及民生疾苦均有所反映，风格奇特，近于散文。后其迁居洛阳，家境贫困，仅破屋数间，但家中图书满架。其性格狷介，颇类孟郊；但狷介之性中更有一种雄豪之气，又近似韩愈，是韩孟诗派的重要人物之一。

这首诗的创作时间大约为唐宪宗元和八年（813），当时卢仝隐居于少室山，孟简（孟谏议）时任常州刺史，年轻的卢仝品尝着好友谏议大夫孟简从远处送来的新茶，即兴挥笔写下了这一与陆羽《茶经》齐名的千古茶歌。

整首诗的大概意思是：太阳已经高高升起，但我依然睡意正浓，这时候，军吏敲打门环的声音将我从睡梦中（周公：代指梦境）惊醒；他声称自己是孟谏议派来送书信的，还带有白绢包裹的茶叶，上面用斜封加了三道印泥；打开书信，我宛如见着了谏议的面容，翻检包裹，是几百片茶叶制成的圆圆茶饼；听说每到新年，茶农们都会进山里采茶，冬眠的蛇虫被惊醒，春风也开始吹起来；因为天子必须喝上新进贡的阳羡茶（产于江苏宜兴的贡茶），所有草木都不敢贸然先于茶树开花；和风吹起，茶树悄悄地长出了如珠玉一般的嫩芽，这是初春发出的贵如黄金的新叶；摘下新鲜的嫩芽，烘焙制作，又迅速封裹好，这种茶叶品位极高，品相极好，非常少见；这种极品茶叶本来是供奉给皇帝之余，再给王公大臣们偶尔品尝的，没想到却被送到了我这种山野人家；赶紧关上房门，免得家里有俗客打扰，我头上戴着纱帽，亲自煮茶给自己喝；茶水上面热气蒸腾，像云彩一样飘扬着，风吹不散，白色的水花散发着光彩荡漾在茶碗里；喝下第一碗，嘴唇和喉咙都变得滋润了，喝下第二碗，所有的烦恼郁闷都开始消散；第三碗喝下去，刮干了我干枯的胃肠，留下的只有几千卷诗书文章；第四碗喝下去，浑身发出了微汗，平生遇见的不平之事，都从毛孔中向外发散；第五碗喝下去，一身肌肉骨头变得清清爽爽；第六碗喝下去，人好像通了神灵；第七碗再也喝不得了，只觉得两腋生风，飘飘然好似要羽化飞升；蓬莱山（传说中的仙山）在哪里呀？我玉川子就想乘着这股清风向仙山飞去；山上的神仙们掌管着人间万事，高高在上却与芸芸众生隔绝着风雨；他们哪里知道千千万万普通百姓的生命，坠挂在山巅悬崖上，受尽了苦楚？我也顺便替谏议问一问百姓们，到头来，你们还能够在困乏之后有机会休息一下吗？

这是中国茶史上最负盛名的七碗茶诗。全诗可分为三段，第二段是作者着力之处，也是全诗重点及诗情洋溢之处；第三段忽然转入为苍生请命，转得干净利落，却仍然保持了第二段以来的饱满酣畅的气势。整首诗飞龙走笔，一气呵成，有如怀素草书，酣畅淋漓。诗中对“七碗茶”形象逼真、栩栩如生的描写，将中国茶的饮用功能和审美价值、中国人的饮茶心理和文化心态表现得淋漓尽致，高妙之极。

十八

一字至七字诗·茶

唐·元稹

茶，
香叶，嫩芽。
慕诗客，爱僧家。
碾雕白玉，罗织红纱。
铫煎黄蕊色，碗转麴尘花。
夜后邀陪明月，晨前命对朝霞。
洗尽古今人不倦，将知醉后岂堪夸。

《眠琴煮茗图》　南宋　佚名　台北故宫博物院藏

元稹（779—831），字微之、威明，洛阳（今河南洛阳）人，鲜卑族，唐中期大臣、文学家、小说家，北魏昭成帝拓跋什翼犍十九世孙。元稹自幼聪明过人，年少即有才名，与白居易同科及第，并结为终生诗友，二人共同倡导新乐府运动，世称“元白”，诗作号为“元和体”，给世人留下了“曾经沧海难为水，除却巫山不是云”等千古佳句。元稹在政治上并不得意，虽然一度官至宰相，却在觊觎相位的李逢吉的策划下被贬往外地，晚年官至武昌节度使等职，死后追赠尚书右仆射。元稹诗名早著，其所作《连昌宫词》夹叙夹议，今昔虚实结合，纵横跌宕，舒卷自如，抒发世事沧桑巨变之慨，影响颇大。在散文与小说领域，元稹亦颇有创获，他撰写的唐传奇《莺莺传》，文字优美，刻画细腻，为戏曲《西厢记》所本，是唐传奇中对后世戏曲影响最大的作品之一。

一字至七字诗，俗称宝塔诗，在中国古代诗中较为少见。元稹的这首宝塔诗，题下有自注云：“以题为韵，同王起诸公送白居易分司东郡作。”诗中共表达了三层意思：一是从茶的本性说到了人们对茶的喜爱；二是从茶的煎煮说到了人们的饮茶习俗；三是就茶的功用说到了茶能提神醒酒。

整首诗的大概意思是：茶这种东西，叶子是清香的，采摘下来的都是鲜嫩的尖芽；文人墨客非常喜欢，僧道人家也十分热爱；（煎煮的时候），用的是白玉雕成的碾子，红纱织成的筛子；用茶铫煎煮出淡黄色的茶汤，冲泡在碗里面，飘浮着麹尘般的淡黄色浮沫；晚上，一杯清茶可以邀来明月做伴，早上，一杯清茶可以面对朝霞；能消散千百年来人们的郁闷烦恼，让人精神放松，不知疲倦，要知道清醒的时候才尽知其好，醉了之后哪里还记得由衷地夸赞它（茶）。

作者一开头就点出了诗的主题是茶。接着写了茶的本性，即味香和形美。第三句是倒装句，说茶深受“诗客”和“僧家”的喜爱，茶与诗总是相得益彰的。第四句写的是烹茶，因为古代饮的是饼茶，所以先要用白玉雕成的碾子把茶叶碾碎，再用红纱制成的茶罗把茶筛分好。第五句写烹茶先要在铫中煎成“黄蕊色”，然后盛在碗中，茶汤上会飘起浮沫。第六句谈到怎么饮茶，不但夜晚要喝，而且早上也要喝。到结尾时，指出茶的妙处，不论古人或者今人，饮茶都会让人精神饱满、神清气爽，特别是醉后饮茶还有助于醒酒清神。描写上，有动人的芬芳：“香叶”；有楚楚的形态：“嫩芽”“曲尘花”；还有生动的色彩：“白玉”“红纱”“黄蕊色”。而且特别讲究饮茶的时间，应是夜后明月相陪、晨前朝霞相对，直如神仙般快活，正可谓“睡起有茶饥有饭，行看流水坐看云”（《痴绝翁所康白云端祖山居偈忠藏主求和》）。茶的神奇妙用尽在其中，几乎就是一部陆羽《茶经》的简化与诗化。

十九

山泉煎茶有怀

唐·白居易

坐酌泠泠水，看煎瑟瑟尘。

无由持一碗，寄与爱茶人。

《烹茶图册页》　明代　唐寅　台北故宫博物院藏

白居易（772—846），字乐天，号香山居士，又号醉吟先生，唐代现实主义诗人。白居易生于河南新郑，祖籍太原阳邑（今山西太原西南，一说祖籍为今陕西韩城），曾祖父时迁居下邽（今陕西渭南），少年时经历藩镇战乱，立志苦读。唐贞元十六年（800）进士及第，贞元十九年（803）与元稹同时考中“书判拔萃科”，授秘书省校书郎，后历任进士考官、集贤校理，授翰林学士等职。元和十年（815），宰相武元衡遇刺身亡，白居易上表主张严缉凶手，被认为是越职言事，遭诽谤，贬为江州（今江西九江）司马。唐长庆二年（822）出为杭州刺史，后又做过短期的苏州刺史。唐宝历三年（827）拜秘书监，次年转刑部侍郎。晚年在洛阳度过了生命的最后阶段，逝后追赠尚书右仆射。

白居易是唐代最高产的诗人之一，其诗歌题材广泛，语言平易通俗，富有情味，代表作《琵琶行》《长恨歌》等得到广泛传播，对后世产生了深远影响。白居易在政治领域也发挥了重要作用，任职期间表现出卓越才干和良好的治国思想，为唐朝政治发展作出了贡献。在文学领域，白居易从理论和创作实践中积极倡导新乐府运动，强调诗歌的“美刺”作用，对后世影响极大。

把茶引入诗词并付诸创作实践，使茶酒在诗坛中并驾齐驱，这是白居易的一大功劳。有关资料显示，白居易终日与茶相伴，早饮茶、午饮茶、夜饮茶、酒后索茶，有时睡下了还要找茶喝。尤其到了晚年时期，由于身体状况的改变和其他外部因素的影响，白居易处在一种无所事事的闲适状态，对茶的痴迷更进一层。因此，这首《山泉煎茶有怀》一般被认为作于其晚年闲居洛阳时期。

整首诗的大概意思是：我闲坐在那里，估摸着倒上一鼎清凉新鲜的山泉水，看着正在煎煮的碧色茶粉细末，如同浮尘一样，翻滚着发出轻微的声响（瑟瑟）；哪里还需要什么理由？只用手端着这一碗茶，想把这种品饮的快乐，寄送给那些和我一样懂茶爱茶的同道中人罢了。

白居易不仅爱茶，而且非常熟悉制茶、煮茶、品茶。按照陆羽《茶经》的说法，煮茶泡茶一定要讲究水的品质，一般来说，“其水，用山水上，江水中，井水下”。因此，唐人煮茶，对水质的要求非常高，强调水质应“清”，认为无色透明、清可见底是选水的最基本要求。强调煮茶必须使用“活水”，即流动的水源，这才是泡茶的最佳选择，因为静止的水可能含有杂质，影响茶的口感。此外，唐代煮茶还要求水质“轻”，即水的比重较轻。古人通过称量水的重量来评估水质，认为轻的水质泡出的茶味道更好。最后，唐代煮茶对水的味道也有要求，强调水应“甘”，认为水质以清甜为上，而经历冰寒的水煮出的茶水滋味更是非同一般。正因为如此，白居易在诗中用来煮茶的水就是上等的山泉水，“泠泠”就是清凉、纯净的意思。

可见，白居易的确是一个懂得品饮的“爱茶人”。

二十

夜闻贾常州崔湖州茶山境会想羡欢宴因寄此诗

唐·白居易

遥闻境会茶山夜，珠翠歌钟俱绕身。
盘下中分两州界，灯前各作一家春。
青娥递舞应争妙，紫笋齐尝各斗新。
自叹花时北窗下，蒲黄酒对病眠人。

《华灯侍宴图》（局部）　南宋　马远　台北故宫博物院藏

白居易（772—846）不仅是唐代极为著名的现实主义诗人，也是当时一众文人雅士当中颇具盛名的“爱茶人”。他不仅终日饮茶，与茶为伴，还开辟茶园，亲自种茶、采茶、制茶。除此以外，白居易还是一位名副其实的品茶、鉴茶、评茶高手，对于茶叶品质优劣极有见地，因此，当时的朋友们都称呼他为“别茶人”。

唐代贡茶制度建立以后，产于湖州的紫笋茶和产于常州的阳羡茶（也属紫笋），因为深受皇帝和权贵官戚们的喜爱，都被纳入贡茶之列。为此，湖州刺史和常州刺史每年早春都要在两州毗邻的顾渚山境会亭举办盛大茶宴，邀请当时的社会名流共同品尝和审定贡茶的质量。唐宝历年间，常州刺史贾餗、湖州刺史崔玄亮共同邀请时任苏州刺史的白居易赴境会亭参加茶宴。令人遗憾的是，当时的白居易因骑马摔伤腰部，躺在病床上，不能前往参加这一人人仰慕的茶山盛宴，于是，他写下了这首《夜闻贾常州崔湖州茶山境会想羡欢宴因寄此诗》，以表达自己的惋惜之情。

整首诗的大概意思是：我在遥远的地方听说境会亭要举办盛大的茶宴，佩戴着珍珠翡翠的女子和精美的编钟乐器环绕在大家身边；茶盘中放着分别产自湖州、常州的茶叶，各有特色，界限分明，大家端坐在灯前，像家人一样共同品尝着新制的春茶；美貌的女子依次跳着舞蹈，争奇斗艳，大家一起品尝着两州的紫笋茶（湖州、常州生产的茶叶均因色泽带紫、其形如笋而被称作紫笋），评论哪边的品质更好；（遗憾的是），在这春暖花开、新茶上市之时，我却只能在北边的床下叹息，伴着蒲黄药酒卧在病床上。

白居易少有志向，总想着为朝廷出力，但因为武元衡被刺一事，于元和十年（815）被贬至江州（今江西九江，古称浔阳）。这是白居易一生的转折点，那一年白居易43岁，对于陌生的江州极其抵触，以至于在其名作《琵琶行》中说“浔阳地僻无音乐，终岁不闻丝竹声”，“住近湓江地低湿，黄芦苦竹绕宅生”。而令人没有想到的是，远赴江南竟成了白居易幸运的开始。从江州到杭州、苏州等地,白居易真切地感受到了江南一带山水的秀丽与物产的丰饶，一个崭新的世界在他面前徐徐打开。当时正逢陆羽、皎然、颜真卿等人将江南发展成了大唐的茶文化中心，采茶、制茶、煎茶、品茶等茶文化由此风靡各地，成为时尚潮流。因此，白居易一到江南任地方官，就如蛟龙入海。他尝遍了江南名茶，试遍了各地名泉，成了地地道道的“爱茶人”，有了一个既自称又广为人知的名号——“别茶人”（善于品鉴茶叶的人）。烟雨朦胧的江南，富有灵性的山水，滋味万千的茶泉，南北交融的文化，一切都令白居易留恋不已。白居易创作这首茶诗的时候，正好在苏州刺史的任上，已经年过半百的他，早已参透政事，爱上了悠闲自得的生活状态。

毫无疑问，在这样的状态下，茶便是最好的伙伴了，也难怪白居易会因为参加不了茶宴而“自叹”。

二十一

琴 茶

唐·白居易

兀兀寄形群动内，陶陶任性一生间。
自抛官后春多醉，不读书来老更闲。
琴里知闻唯渌水，茶中故旧是蒙山。
穷通行止长相伴，谁道吾今无往还。

《停琴品茗图》（局部） 明代 陈洪绶 朵云轩藏

白居易（772—846）不仅爱茶、懂茶，而且把茶当作了他精神世界不可分割的一部分。宝历三年（827），因为在苏州刺史任上的作为和名望，白居易被朝廷召至长安任秘书监，配紫金鱼袋，换穿紫色朝服（三品以上官员所用的服色），紧接着第二年，又转任刑部侍郎，封晋阳县男。但此时年近六旬的他身体已大不如前，太和三年（829）春，他因病不得不改授太子宾客分司，回到洛阳履道里。就是在辞去刑部侍郎一职、赋闲东都洛阳的时候，白居易写下了这首有名的《琴茶》。

整首诗的大概意思是：我无所事事，将自己寄身于世界万物之中，有点儿突兀，本想着快乐而随性地度过这一生；自从辞去官职之后，每逢春风和畅，往往会沉醉于酒杯之中，不再需要勤学苦读，更加悠闲自在；在悠扬的琴声里，我听说只有《渌水曲》（渌水：琴曲名）是最为清雅的，而我过去喝过的茶里面，蒙山茶（蒙山：指四川蒙山产的蒙顶茶，有名的贡茶）是最让我喜爱的；无论是贫穷困厄还是通达顺畅，也无论是行走途中还是居住歇息，它们（茶、琴）都与我息息相伴，（尽管生活如此隐逸闲适），但谁又能说我就再也没有返回俗世的机会（重新回到官场）呢？

白居易与许多唐代早、中期诗人一样，原本是十分喜欢饮酒的。有人统计，白居易存诗二千八百余首，涉及酒的有九百多首；而以茶为主题的有八首，叙及茶事、茶趣的大概五十多首，二者加起来共六十多首。可见，白居易是爱酒不嫌茶。《唐才子传》说他“茶铛酒杓不相离”，也正好反映了他茶酒兼好的特点。在白居易的诗中，茶酒经常同时出现在同一首诗中，如“看风小榼三升酒，寒食深炉一碗茶”（《自题新昌居止，因招杨郎中小饮》）、“举头中酒后，引手索茶时”（《和杨同州寒食乾坑会后闻杨工部欲到知予与工部有宿醒》）等。前者讲在不同环境中有时饮酒，有时饮茶；后者则是把茶作为解酒之用。

关于白居易为何好茶，有各种猜测。有说因朝廷曾下禁酒令，长安酒贵而不得不惜饮转而好茶的；也有说因中唐后贡茶兴起，当时文人雅士多染时尚而好茶的。这些说法也许都有道理，但作为一个大诗人，白居易好茶，不仅仅是从品饮当中体会茶的物质功用，更重要的，是满足了他在艺术与精神上的特别需求。首先，白居易认为茶是可以激发文思的。“起尝一碗茗，行读一行书”（《官舍》）“夜茶一两杓，秋吟三数声”（《立秋夕有怀梦得》）“或吟诗一章，或饮茶一瓯”（《咏意》）等，都是在说茶可以助文思，可以助诗兴。其次，白居易注重以茶加强修养。生逢乱世，谁都免不了苦闷和呻吟，要在忧愤之中保持清醒和理智，光靠饮酒是不行的。而饮茶，却有助于保持一份清醒的头脑，为此，白居易常常以茶消解沉郁，正如卢仝所说，茶可浇开胸中的块垒。以茶陶冶性情，于忧愤苦恼中寻求自拔之道，便成了白居易爱茶的又一用意。再次，茶也是白居易交友的好媒介。受制于当时的客观条件，唐代的名茶并不容易获取，是个贵重的稀罕物，于是，官员、文士常常相互以茶为赠品或邀友人饮茶，表示友谊深重。白居易的妻舅杨慕巢、杨虞卿、杨汉公兄弟都曾经从不同地区给白居易寄过好茶。白居易得茶后，经常邀请好友共同品饮，也时时会应友人之约前去品茶。特别是晚年的白居易，自称“香山居士”，喜好与释道交往。居士是不出家的佛门信徒，白居易还曾受过名为“八关斋”的戒律仪式。而茶，则是沟通儒道佛各家的重要媒介。儒家以茶修德，道家以茶修心，佛家以茶修性，都是通过茶净化思想，纯洁心灵。从这里也可以看到，唐以后三教合流已成趋势。

二十二

湖州贡焙新茶

唐·张文规

凤辇寻春半醉回，仙娥进水御帘开。

牡丹花笑金钿动，传奏吴兴紫笋来。

《明皇游月宫图》　明代　周臣　故宫博物院藏

张文规，唐代诗人，生卒年月不详，唐蒲州猗氏（今山西临猗）人，为唐宪宗朝刑部尚书张弘靖之子。曾任吴兴（今浙江湖州）刺史，终于桂管防御观察使。会昌元年（841），张文规任湖州刺史，按照惯例，每年都要进入顾渚山贡茶院亲自监制贡茶。

这首诗生动描述了唐代宫廷生活中的一个图景，表达了对贡焙新茶的赞美之情。整首诗的大概意思是：车驾刚刚从外面踏春回来，皇上已经喝得半醉，美貌的宫女打开门帘进来奉送茶水；（满屋子洋溢着欢乐），（宫女）头上戴的首饰因为开心而颤动，院子里的牡丹也跟着一起笑开了花，因为奏章传报，说是湖州新产的紫笋贡茶已经送到了。

诗中提到的“吴兴紫笋”，指的是产于湖州长兴（今浙江湖州）顾渚山一带的茶叶，因其鲜茶芽叶微紫，嫩叶背卷似笋壳，故而得名。茶圣陆羽将其论为“茶中第一”，并在其所著的《茶经》中介绍：“阳崖阴林，紫者上，绿者次；笋者上，芽者次。”紫笋茶的称呼也来源于此。传说陆羽发现此茶后，建议当地官员（常州刺史李栖筠）把它推荐给皇上，皇上饮后觉得此茶果然非同一般，将其列为贡品，并令当时的湖州与常州两地刺史亲自监制。为了交流贡茶制作经验，官方还在顾渚山上设有“境会亭”，每到茶季，两州官员便聚集到此品茶、鉴茶，评论优劣。而曾经做过湖州刺史的张文规，自然对这一茶事有着非常深入的了解。

中国古代贡茶一般有两种：一种是地方官员选送的，称为土贡；另一种是朝廷指定生产的，称贡焙。到了唐代，茶叶的产销中心已经转移到浙江和江苏，湖州茶业便开始特供朝廷，朝廷也特意在此设立了贡焙院。湖州因此成为中国历史上第一个专门采制官廷用茶的贡焙院所在地。张文规任湖州刺史的时候，顾渚山贡茶生产已经进入全盛时期，据嘉泰《吴兴志》《湖州府志》记载，湖州“每岁进奉顾渚紫笋茶，役工三万人，累月方毕”“会昌中（843—845）上贡湖州紫笋茶一万八千四百斤。”《岁时广记》也说：“每岁以清明日贡到。先荐宗庙，然后分赐近臣。”

贡茶不仅是朝廷的尊贵象征，也反映了当时社会的经济生活状况。正如唐代袁高的诗句（《茶山诗》：“动生千金费，日使万姓贫”）所言，贡茶制作过程耗资巨大，加重了民众的负担，为了满足王公贵族的享用，从事茶叶生产的匠人们需要付出无比艰辛的努力。而作为最著名的贡茶的湖州紫笋，因其色泽独特、叶形精美、汤色明亮、品质极高，每年清明时节都得准时入贡，先供奉于宗庙，再赐予天子近臣，可见其地位之尊崇。

而张文规则像一位高明的摄影记者，用诗的语言抓拍了唐代宫廷生活的一个瞬间：当湖州紫笋赶运到达时，宫女们非常兴奋，马上禀报，似乎连庭院里的牡丹花听到消息也乐得笑开了。一个欣喜的场面，显示着当时朝廷对于湖州紫笋贡茶的重视与痴迷。

二十三

谢庐山僧寄谷帘水

唐·张又新

消渴茂陵客，甘凉庐阜泉。
泻从千仞石，寄逐九江船。
竹匮新茶出，铜铛活火煎。
育花浮晚菊，沸沫响秋蝉。
啜忆吴僧共，倾宜越碗圆。
气清宁怕睡，骨健欲成仙。
吏役寻无暇，诗情得有缘。
深疑尝沆瀣，犹欠听潺湲。
迢递康王谷，尘埃陆羽篇。
何当结茅屋，长在水帘前。

《品泉图》（局部）　南宋　佚名　台北故宫博物院藏

张又新，生卒年月均不详，字孔昭，深州陆泽（今河北深州西）人，张荐之子，约生活在唐宪宗元和年间。初应“宏词”第一，又为京兆解头，唐元和九年（814）状元及第，因三次大考中都得第一名，即“解元”“会元”“状元”（所谓“连中三元”）全中，时人称之为“张三头”。历史上“连中三元”者连他在内仅有17人。历任左右补阙、广陵从事等。唐太和年间，张又新因“甘露事变”影响坐贬江州（今江西九江）刺史，得以与庐山僧人交往。整首诗的大概意思是：庐山的僧侣寄来了山顶上甘甜清凉的泉水，让我这位落魄的文人消除饥渴（茂陵客：通常指代司马相如，也泛指落魄失意的文人）；（这些泉水）从千仞高崖之上的石缝中倾泻而出，随着九江的船只寄送而来；拿出竹柜中装着的新鲜茶叶，放在铜铛（煮茶器具）里用火慢慢煎煮；（水泡翻滚）就像晚菊在汤中盛开，秋蝉的鸣叫随着沸腾的茶沫回荡；品尝着这杯茶，我想起了和吴地的僧侣们一同品茗的时光，那种畅饮的感觉，如今只能倾斟在越地的圆盏中；清新的气息让人心境安宁，几乎忘记了睡眠，身体也因之变得健壮，仿佛快要成为得道升仙之人了；平常工作中，上上下下的官吏差役们时刻都在找事，让人根本就没有空闲时间品茶，只有在诗情画意中，才得以与谷帘水结下不解之缘；这水太奇妙了，我怀疑自己是在品尝沆瀣（沆瀣：传说中仙人所饮的露水）一般的甘露，只可惜没有看到泉水潺潺流动的样子；思绪飞到了遥远的康王谷（谷帘水所在地），仿佛在尘埃之中又看到了陆羽所写的《茶经》；什么时候能够在这个地方（康王谷）建一个茅草屋，长居于水帘瀑布之前，（让宁静与美好成为日常生活的一部分呢）？

这是唐代第一首描写谷帘泉水的诗。作为当时有名的才子，张又新不仅嗜茶，而且对煮茶的水颇有研究，他在陆羽《茶经》的基础上，专门写有《煎茶水记》，其中讲到陆羽中煮茶用水的排名：“庐山康王谷水帘水第一；无锡县惠山寺石泉水第二；蕲州兰溪石下水第三；峡州扇子山下有石突然，泄水独清冷，状如龟形，俗云虾蟆口水第四；苏州虎丘寺石泉水第五；庐山招贤寺下方桥潭水第六；扬子江南零水第七；洪州西山西东瀑布水第八；唐州柏岩县淮水源第九，淮水亦佳；庐州龙池山岭水第十；丹阳县观音寺水第十一；扬州大明寺水第十二；汉江金州上游中零水第十三，水苦；归州玉虚洞下香溪水第十四；商州武关西洛水第十五，未尝泥；吴松江水第十六；天台山西南峰千丈瀑布水第十七；郴州圆泉水第十八；桐庐严陵滩水第十九；雪水第二十，用雪不可太冷。”

诗中提到的谷帘泉，是位于庐山康王谷内的瀑布泉，因壮如帘幕而得名。宋人陈舜俞《庐山记》卷三中有载康王谷：“有水帘飞泉，有水帘，飞泉被岩而下者二三十派，其高不可计。其广七十余尺。陆鸿渐《茶经》尝第其水为天下第一。破岩而下者二三十派，其广七十余尺，其高不可记。”陆鸿渐《茶经》称其水为天下第一。

可见，能得僧人寄此水煮茶，何其幸也！

二十四

乞新茶

唐·姚合

嫩绿微黄碧涧春，采时闻道断荤辛。

不将钱买将诗乞，借问山翁有几人。

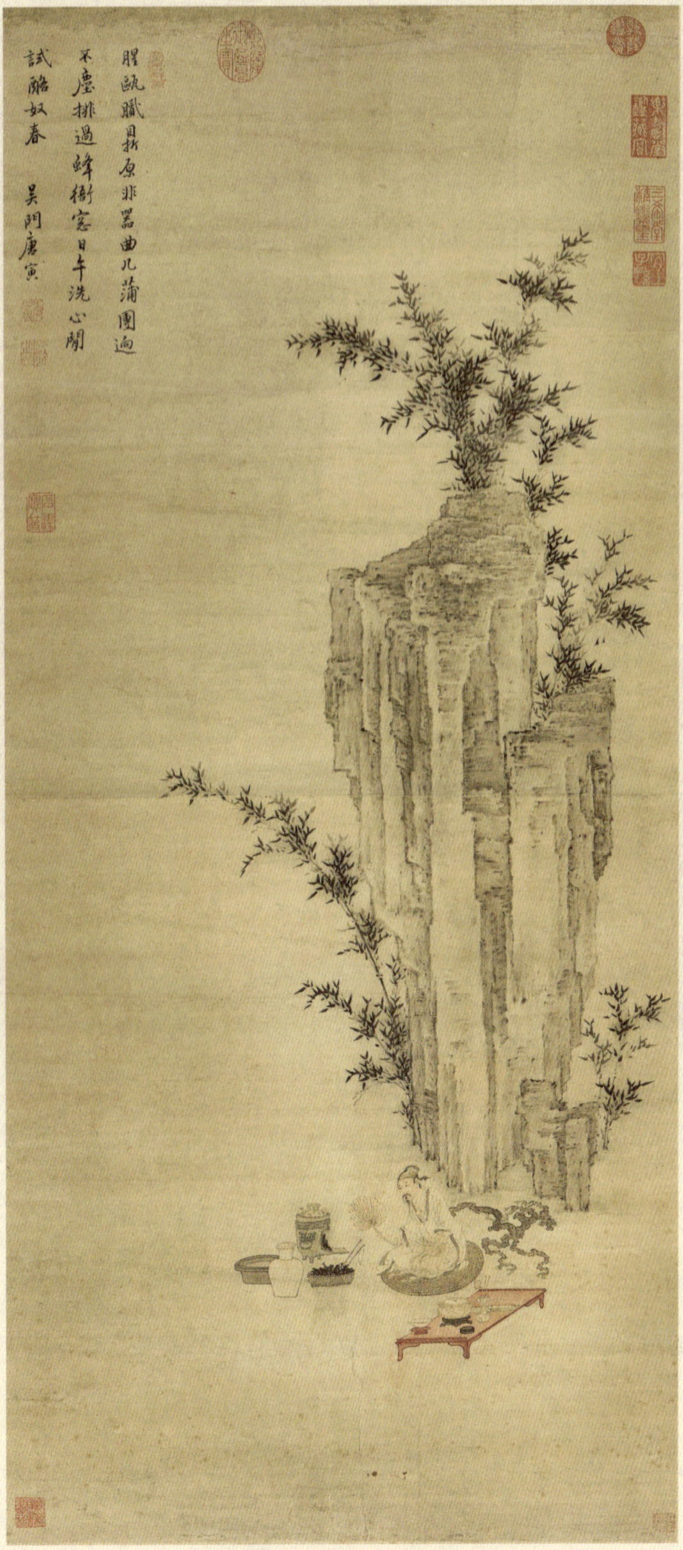

《煎茶图》　明代　唐寅　台北故宫博物院藏

姚合（777—843），字大凝，陕州硖石（今属河南三门峡）人，唐代名相姚崇之曾侄孙。早年随父宦游，寄居邺城（今河南安阳），又曾隐居嵩山。唐代元和十一年（816）进士，曾授武功主簿一职，故被世人称作“姚武功”，其诗作亦称“武功体”。历任监察御史，金、杭二州刺史，刑部郎中，给事中等职，终于秘书少监。姚合在当时诗名很盛，与刘禹锡、李绅、张籍、王建、杨巨源、马戴、李群玉等都有往来唱酬，尤其与诗人贾岛友善，诗亦相近，故世称“姚贾”。姚合擅长五律，诗风较贾岛略显平浅，然以幽折清峭见长，善于摹写自然景物及萧条官况，时有佳句，其诗曾为南宋“永嘉四灵”及江湖派诗人所师法。

在唐代，酒和茶是文人雅士之间交往唱和的重要媒介。因此，互相赠送和讨要茶酒是很平常的一件事。在史料记载中，就有很多文人乞茶和赠茶的雅事，如日本僧人圆仁离开长安返程时，中散大夫杨敬之派人前往慰问，并赠有“团茶一串”；茶文化史上著名的“七碗茶诗”，即卢仝所作《走笔谢孟谏议寄新茶》，则记录了午后被送信的军将打扰，得友人所送之茶的场景。纵观《全唐诗》，直接表现文人间赠茶、寄茶、乞茶的诗歌多达30余首。由此可见，唐人以茶述情达意之风盛行，用茶作媒介往来交集则成为当时文人间的一种风尚。

诗中所提到的“碧涧春”，是指产于峡州（今湖北宜昌）的唐代名茶，为文人雅士间互相赠乞的重要选择。据唐代李肇所著《唐国史补》记载，当时全国知名度较高的茶叶有十余种，包括剑南“蒙顶石花”、湖州“顾渚紫笋”、峡州“碧涧、明月”、福州“方山露芽”、洪州“西山白露”、寿州“霍山黄芽”、蕲州“蕲门月团”、东川“神泉小团”、夔州“香雨”、江陵“南木”、婺州“东白”、睦州“鸠坑”、常州“阳羡”等，其中所说的“碧涧、明月”即碧涧春茶。

整首诗的大概意思是：鲜嫩翠绿而微微泛黄的碧涧春茶，听说在采制的时候必须戒断荤腥，只吃素食；像我这样不用钱去买茶，只靠写诗来讨要的人，请问山翁有几人呀?

碧涧春的特点是外形条索紧秀显毫、色泽翠绿油润、内质香高持久、滋味鲜爽回甘、汤色黄绿明亮、叶底嫩绿匀整，故诗人用了“嫩绿微黄”四个字来描述它的品相。“断荤辛”则表明这种茶叶非常金贵，“荤”有辛臭，“辛”有辣味，二者合在一起是指气味浓郁的食品。古人认为，吃了太过荤辛的东西，采制茶叶时会影响茶的品位，把上好的茶叶给糟蹋了，因此采茶前必须戒断气味太重的饮食。

姚合不仅写有乞茶诗，还写有乞酒诗，如《乞酒》《寄卫拾遗乞酒》等。这些诗可以说明两点：一是品茶饮酒在唐代文人雅士中十分普遍，是一种时尚；二是向别人乞茶乞酒并不是为了显示寒酸，而是一种情趣。当然，能开口向对方要茶要酒，也说明同对方关系非同一般。因此，姚合多次写诗向人乞茶乞酒，应看作文人雅士间的一种风雅行为。

二十五

蜀茗词

唐·施肩吾

越碗初盛蜀茗新，薄烟轻处搅来匀。

山僧问我将何比，欲道琼浆却畏嗔。

《蜀栈行旅图》（局部）　北宋　范宽（传）　藏地不详

施肩吾，生卒年不详，字东斋，号栖真子，生于睦州分水县桐岘乡（今浙江杭州市富阳区洞桥镇），早年读书于分水五云山、龙门等地，唐宪宗元和十五年（820）举进士，后被钦点为状元，是杭州地区高中的第一位状元。施肩吾既是诗人、道学家，也是台湾澎湖列岛的第一位民间开拓者，才华横溢却淡泊名利，上榜后不待授官即东归越地。临行时，有张籍等著名文士为之赋诗饯行，传为韵事。因为一直心慕洪州西山（今江西南昌新建区）为古代十二真仙羽化之地，便在此筑室隐居，潜心修道炼丹。晚年带领族人渡海避乱，定居于澎湖列岛，成为开发建设澎湖的先驱。

历史上还有另外一个人叫施肩吾，字希圣，号华阳子，北宋大中祥符时期人，热衷修道，著有《西山群仙会真记》《太白经》《黄帝阴符经解》《钟吕传道集》等。

这首诗收录在《全唐诗》里面，大概意思是：用越窑烧制的茶碗，盛放着四川一带出产的新茶，茶汤上冒着白色的水汽，轻轻地把浮在上面的茶沫搅拌均匀；山寺里的僧人问我，可以用什么来比拟这碗香茶呀？我想说这就是仙人们口中的琼浆美酒，但又怕引起他（僧人）的不高兴啊。

诗中提到的“越碗”，指的是越窑烧制的茶碗，其窑址在如今浙江上虞、余姚一带，历史非常悠久，从汉代开始烧造原始瓷器。中唐以后，越窑烧制的青瓷产品已成为中国南方瓷器的代表，与北方的邢窑形成“南青北白”的局面。陆羽还特意在《茶经》里讲过这种茶碗，说：“碗，越州上，鼎州次，婺州次，岳州次，寿州、洪州次。或者以邢州处越州上，殊为不然。若邢瓷类银，越瓷类玉，邢不如越一也；若邢瓷类雪，则越瓷类冰，邢不如越二也；邢瓷白而茶色丹，越瓷青而茶色绿，邢不如越三也。晋杜毓《荈赋》所谓

‘器择陶拣，出自东瓯’。瓯，越也。瓯，越州上，口唇不卷，底卷而浅，受半升已下。越州瓷、岳瓷皆青，青则益茶，茶作白红之色。邢州瓷白，茶色红；寿州瓷黄，茶色紫；洪州瓷褐，茶色黑。悉不宜茶。”

“蜀茗”指的是四川所产的茶叶，当时以雅州（今雅安市）蒙顶茶最为著名，其“蒙顶黄芽”“蒙顶石花” 皆为贡茶。“琼浆”是传说中仙人饮用的美酒，施肩吾的意思是想把茶汤比作传说中的美酒，但因为同饮者是山僧，而佛家有“不杀生、不偷盗、不淫邪、不妄语、不饮酒”五戒，若把茶汤比作美酒，则意味着说同饮僧人犯戒了，所以担心他会不高兴。

从这首诗中可以看出，到了施肩吾所在的时期，品茶作为一种高雅的风俗，已经开始有了越来越多的讲究，不仅茶要用好茶（蜀茗），而且盛装的器皿也要用名贵的越瓷。除此之外，还特别讲究跟什么人、在什么地方品茶，如诗中所讲的，是有道家修为的诗人与山寺的僧人在一起饮茶，应该是在非常清静幽雅的一个地方。两人的对话则体现了茶文化中追求自然与简朴的精神，山僧对诗人提出了茶叶与何物相比的问题，诗人想到琼浆，又担心山僧会责备自己对美酒的追求，因此畏怯着不敢回答。这一对话展示了茶文化中对于自然、朴素的追求，以及对物质享受的克制。

二十六

春日茶山病不饮酒因呈宾客

唐·杜牧

笙歌登画船，十日清明前。
山秀白云腻，溪光红粉鲜。
欲开未开花，半阴半晴天。
谁知病太守，犹得作茶仙。

《清明易简图》（局部）　北宋　张择端　台北故宫博物院藏

杜牧（803—852），字牧之，京兆万年（今陕西西安）人，唐代著名文学家，宰相杜佑之孙。唐代大和年间，杜牧考中进士，起家为校书郎，后历任淮南节度使掌书记、监察御史、宣州团练判官、殿中侍御史、内供奉、左补阙、史馆编撰、司勋员外郎，外放黄、池、睦、湖等州刺史，官终中书舍人。晚年居住在樊川（今西安城南少陵原与神禾原之间）别舍，故世称"杜樊川"。杜牧自负经略之才，性情刚直，不拘小节，不屑逢迎，诗文均有盛名。文章以《阿房宫赋》最为著名，诗作明丽隽永，绝句尤受人称赞，世称"小杜"。又与李商隐齐名，合称"小李杜"，代表作有《泊秦淮》《江南春》《赤壁》《题乌江亭》等，均脍炙人口。年轻时曾好读兵书，注解曹操所定《孙子兵法》十三篇。会昌三年（843）昭义军叛乱，上书宰相李德裕，讨论平乱用兵之法，所提建议不少为李德裕采纳。

陆羽之后，唐代文人对茶的喜好已上升至精神层面，杜牧亦然。在他存世的约500首诗里面，比较有名的茶诗一共8首，分别为《春日茶山病不饮酒因呈宾客》、《题茶山》（山实东吴秀，茶称瑞草魁）、《茶山下作》（春风最窈窕，日晓柳村西）、《入茶山下题水口草市绝句》（倚溪侵岭多高树）、《题禅院》（觥船一棹百分空）、《游池州林泉寺金碧洞》（袖拂霜林下石棱）、《秋晚怀茅山石涵村舍》（十亩山田近石涵）及《送人归吴兴》（绿水棹云月，洞庭归路长。一说此首作者为许浑）。宣宗大中四年（850），已经48岁并在京城为官的杜牧连上三道奏折，要求外放当时的贡茶产地湖州。同年秋天，杜牧如愿到任湖州太守。一年后，又被调回京城任知制诰、中书舍人等职，不久即病故。这首有名的《春日茶山病不饮酒因呈宾客》就作于湖州任上，时间为851年春。

整首诗的大概意思是：清明前十天的时候，为迎接客人，我在欢歌乐曲声中登上了装饰华美的大船；从船上一眼望去，山色秀丽，白云朵朵，溪水光亮，色彩斑斓；早春的花朵含苞待放，天气也一会儿阴一会儿晴；谁想到我这个尚在病中的太守，还能够做一个像陆羽那样的茶仙呢。

因为身体原因无法饮酒，诗人只能在春日与客人同登茶山时，转而以茶相待。整首诗以清明时节的山水景色为背景，通过细腻的描写，展现了春天的生机和茶山的宜人景致。而最后“谁知病太守，犹得作茶仙”两句，则表达了诗人虽然身患病痛，却仍然能够爱茶并享受品茶乐趣的生活状态，将自己比作茶圣陆羽，更是突出强调了茶文化的价值和对身体的抚慰。

也许，这便是杜牧向往湖州名茶，愿意带着病体从京城外放的重要原因。

二十七

西陵道士茶歌

唐·温庭筠

乳窦溅溅通石脉，绿尘愁草春江色。
涧花入井水味香，山月当人松影直。
仙翁白扇霜鸟翎，拂坛夜读黄庭经。
疏香皓齿有余味，更觉鹤心通杳冥。

《玉川煮茶图》（局部）　明代　丁云鹏　故宫博物院藏

温庭筠（约801—866），本名岐，字飞卿，太原祁县（今山西祁县）人。温庭筠是唐代著名的诗人兼词人，富有才华，文思敏捷，每入试则押官韵，八叉手而成八韵，因此也有“温八叉”之称。然由于他恃才不羁，又好讥刺权贵，多犯忌讳，取憎于时，故屡举进士不第，长年被贬抑，终生不得志。官终方城尉。温庭筠精通音律，其诗辞藻华丽，浓艳精致，内容多写闺情，与李商隐齐名，时称“温李”；其词艺术成就在晚唐诸词人之上，是“花间词”派的首要人物，与韦庄齐名，并称“温韦”，对词的发展影响较大。后人辑有《温飞卿集》《金荃集》等。

从唐代开始，品茶逐渐成为一种生活艺术，尤其在文人雅士之间，它不仅成了触发灵感、创作绝妙作品的重要媒介，而且成了修身养性、提升精神层次的重要依托。到了中唐时期，饮茶正式进入文人的精神生活之中，茶道思想走向成熟。在陆羽《茶经》的引领下，卢仝、白居易、元稹、裴汶等人纷纷开始探索茶道的境界与美学。温庭筠也不甘落后，不仅效仿先贤写下了《采茶录》这一专著，而且在茶诗词创作中不断实践，《西陵道士茶歌》就是他表达自己茶道思想和茶文化审美的重要作品。

整首诗的大概意思是：泉眼中流水潺潺，就好像直通钟乳石（中空）脉管，碧绿的茶叶粉末和生机盎然的春草泛着像江水一样的颜色；溪边的花朵落入井泉之中，散发着芳香，山间的明月正对着人，把松树的影子照得犹如直线；仙翁（西陵道士）摇动着用白色鸟羽制成的扇子，一边拂拭着茶坛，一边在夜灯下阅读《黄庭经》（道教经名，全称《太上黄庭内景玉经》《太上黄庭外景玉经》，为七言歌诀，讲述修炼的道理）；淡雅的茶香在唇齿间留有余味，更加让人感觉到这颗远离俗世的仙心（鹤心：仙心。古称鹤为“仙禽”，故鹤心犹“仙心”），可以通往幽远深邃的妙境了。

从诗中可以看出，到了这个时期，文人雅士们对品茶之道的讲究更加精致，饮茶环境的要求是清幽静谧、有着山光水色的偏僻道院，茶叶的要求是绿如春日江水，水质则必须是山溪泉眼，无垢无尘，同时还要有明月、松影、山花之类的作为烘托。温庭筠以出尘心灵与绝美文辞，极为精彩地描述了茶、水、境、味乃至纯净的饮茶感受，直达悠然自在的茶道之境。最值得称道的是“疏香皓齿有余味，更觉鹤心通杳冥”这一句，简直说出了无数茶人在饮茶时飘飘欲仙的内在感受，即通过茶汤遨游于无垠的天地之中，达到充分的精神自由。

可以说，这首演绎茶道之美的诗作，堪称唐代描绘茶道意境、茶味审美的经典。

二十八

茶中杂咏

唐·皮日休

其一　茶坞

闲寻尧氏山，遂入深深坞。
种荈已成园，栽葭宁记亩。
石洼泉似掬，岩罅云如缕。
好是夏初时，白花满烟雨。

其十　煮茶

香泉一合乳，煎作连珠沸。
时看蟹目溅，乍见鱼鳞起。
声疑松带雨，饽恐生烟翠。
尚把沥中山，必无千日醉。

《柳塘清话图》　南宋　马远（传）　私人收藏

皮日休（约834—约883），字袭美，一字逸少，襄阳（今湖北襄樊）人，晚唐诗人、文学家，因曾居襄阳鹿门山，故自号鹿门子，又号间气布衣。与陆龟蒙齐名，世称“皮陆”。咸通八年（867）进士及第，历任苏州军事判官、著作佐郎、太常博士、毗陵副使。后参加黄巢起义（另一说是“陷巢贼中”，见《唐才子传》），任其为翰林学士，起义失败后不知所终。诗文兼有奇朴二态，且多为同情民间疾苦之作。《新唐书·艺文志》收录有《皮日休集》《皮子》《皮氏鹿门家钞》等多部作品。

《茶中杂咏》这一组诗一共有十首，这里选取其中两首鉴赏。组诗的前面有一个序言，介绍了茶很早就有，但只是当作一般的汤饮，与蔬菜没什么区别，直到陆羽出现才“分其源，制其具，教其造，设其器，命其煮”，形成了茶事茶道之规范，但遗憾的是，“昔晋杜育有《荈赋》，季疵有《茶歌》，余缺然于怀者，谓有其具而不形于诗，亦季疵之余恨也”。季疵是陆羽的字，这里的意思是：对于茶事，晋代杜育写了赋，陆羽写了茶歌，却没有人用诗的形式来表现，这是我觉得有欠缺的地方，也应该是陆羽留下的遗憾吧。于是，皮日休便写下了这一组《茶中杂咏》，并寄给了好友陆龟蒙，一共十首，包括《茶坞》《茶人》《茶笋》《茶籝》《茶舍》《茶灶》《茶焙》《茶鼎》《茶瓯》《煮茶》，几乎囊括了茶事的各个环节。

这里选取其中两首。一是《茶坞》，大概意思是：闲暇时光，寻找到尧氏山（古代传说中尧帝居住过），进入了一个非常幽深的种植茶叶的山坳（坞，四面高而中间低的地方），种下的茶树已经形成了一片园子，也不知道当初栽下的茶叶（葭，疑通槚，指古茶树）到底有多少亩；山谷中有清泉流过，石洼里的泉水看上去可以随便捧饮，从山崖的缝隙里仰望天空，一缕缕云彩飘浮在上面；正好是初夏时节，烟雨之中，白色的茶花布满整个山谷。另一首是《煮茶》，大概意思是：取一合（古代计量单位）甘甜如乳的香泉，煎煮至沸腾，水泡如珍珠一般泛起；时不时地看着小气泡像蟹目一样翻滚，汤面的波纹像鱼鳞一样浮动；煮茶的声音疑似雨珠洒落在松枝上，汤面的茶沫呈翠绿色，像蒸腾的烟霞；如果把这个茶汤（沥，点滴，指茶汤）给狄希（中山指的是狄希，今河北定州人，古代酿酒师，传说能造千日酒，饮后醉千日）喝，那么一定就不会有千日酒（千日醉，即狄希所造的千日酒）了。皮日休的意思是说茶高于酒，比酒好。

《茶中杂咏》是中国第一篇吟茶的组诗，也是中国茶文化的诗化表达，不仅扼要介绍了中国茶的发展史，而且充分肯定了陆羽在茶文化传播上的突出贡献，批驳了茶为“圣人纯用”的论调，为茶事普及于民间提供了理论依据。

二十九

奉和袭美茶具十咏

唐·陆龟蒙

其九　茶瓯

昔人谢坻埞，徒为妍词饰。
岂如珪璧姿，又有烟岚色。
光参筠席上，韵雅金罍侧。
直使于阗君，从来未尝识。

其十　煮茶

闲来松间坐，看煮松上雪。
时于浪花里，并下蓝英末。
倾余精爽健，忽似氛埃灭。
不合别观书，但宜窥玉札。

《竹林高士图》　南宋　佚名　藏地不详

陆龟蒙（？—约 881），字鲁望，别号天随子、江湖散人、甫里先生，姑苏（今江苏苏州）人，唐代农学家、文学家、藏书家。曾任湖州、苏州刺史幕僚，后隐居松江甫里，编著有《甫里先生文集》等。诗以写景咏物为多，因与皮日休交好，故世称“皮陆”；其小品文主要收在《笠泽丛书》中，现实针对性强，议论颇精切，如《野庙碑》《记稻鼠》等。

陆龟蒙对茶十分喜爱，曾经在浙江湖州的顾渚山下置有茶园一处，亲自参与茶叶生产实践和制作经营。作为唐朝隐逸诗人的代表，他的成就不仅体现在文学上，也体现在农学上，他曾写过《耒耜经》一书，这是一部描写唐朝末期江南地区农具的专著。陆龟蒙和皮日休非常要好，两人不仅是诗友，更是茶友，在苏州偶然相识之后，几乎每天都在美景良辰下烹茶品茗，以诗唱和，让人羡慕不已。皮日休写下《茶中杂咏》组诗（共十首）后，非常兴奋地寄给陆龟蒙欣赏，陆龟蒙随即和了一组诗回赠，这便是《奉和袭美茶具十咏》，同样也是十首，包括《茶坞》《茶人》《茶笋》《茶籝》《茶舍》《茶灶》《茶焙》《茶鼎》《茶瓯》《煮茶》。“奉和”即互相唱和，“袭美”是皮日休的字。

这里选取其中两首。一是《茶瓯》，大概意思是：过去有人赞美岖锭（有底座的盛器），非常徒然地用华丽的辞藻进行修饰；哪里比得过它（茶瓯）如同宝玉（珪璧，古代祭祀用的玉器）一般的姿态，以及如烟如岚的颜色；它的光彩映照在竹席之上，韵味高雅地立于金杯之旁；就算是于阗国的君主，恐怕也从来没有真正领略过它的美。另一首是《煮茶》，大概意思是：空闲时，我悠然地坐在松树林里，一边欣赏着枝头的白雪，一边煮着茶水；水泡翻滚起浪花，把碾碎的茶叶（蓝英，茶的别称）粉末下入汤中；喝完茶之后，我感觉精神清爽，身体强健，忽然间就好像周围的尘埃都消失了，一片清净；这个时候不适合去读别的书，但看一看玉札（道家所称的仙书，用玉片写成。此处指皮日休的诗）还是挺相宜的。

这些诗表面上是对茶器茶事的赞美，实际上却展示了诗人们内心的宁静和惬意，在感受器物、自然和品饮之美的同时，也表现出了对优雅精神生活的向往与追求。因此，无论是皮日休的《茶中杂咏》，还是陆龟蒙的这组《奉和袭美茶具十咏》，都对后世产生了深远的影响，二者均以诗人的灵感、丰富的辞藻，艺术、系统、形象地描绘了唐代茶事，对茶文化和茶历史的研究具有十分重要的意义。

三十

咏茶十二韵

唐·齐己

百草让为灵，功先百草成。甘传天下口，贵占火前名。

出处春无雁，收时谷有莺。封题从泽国，贡献入秦京。

嗅觉精新极，尝知骨自轻。研通天柱响，摘绕蜀山明。

赋客秋吟起，禅师昼卧惊。角开香满室，炉动绿凝铛。

晚忆凉泉对，闲思异果平。松黄干旋泛，云母滑随倾。

颇贵高人寄，尤宜别匮盛。曾寻修事法，妙尽陆先生。

《撵茶图》（局部）　南宋　刘松年　台北故宫博物院藏

齐己（约 860—约 937），唐末僧人。俗姓胡，名得生，潭州益阳（今湖南长沙）人，自号衡岳沙门。性偏颖悟，善琴棋书画。诗多登临题咏、酬唱赠别之作，间或有宣扬佛教出世思想或反映民生疾苦者，风格清润平淡而不失高远冷峭，为时人称赏，诚如北宋文学家孙光宪在《白莲集序》中所说："江之南、汉之北，缁儒业缘情者，靡不希其声彩。"著有《白莲集》《风骚旨格》等。

齐己不但在诗词、书画等方面取得了很高成就，其茶艺在当时也是声名赫赫，是唐代仅次于皎然的禅宗茶道代表性人物。作为历经离乱变化的著名茶僧，齐己一直致力于修禅研茶，并且对陆羽极为崇敬，曾不远千里寻访陆羽故居。在他现存的诗歌当中，一共留下了 20 余首茶诗，影响较大的主要有《咏茶十二韵》《谢灉湖茶》《谢中上人寄茶》《逢乡友》《闻道林诸友尝茶因有寄》《过陆鸿渐旧居》《谢人惠扇子及茶》《尝茶》等。

《咏茶十二韵》是齐己茶诗中比较有名的一首。整首诗的大概意思是：在草木当中，它（茶）最为神奇，大家都要避让它，因为它的功效超越所有草木居于首位；它的甘甜被世人广泛传颂，它的珍贵出名在于采摘于寒食节（采于寒食节前之茶，称为"火前茶"，颇为珍贵）之前；它生长的时候是早春，还看不到大雁飞过，收获的季节却可以听见山谷里有黄莺鸣唱；题印封装好来自水乡泽国的茶叶，作为贡品进献到京城；其香气闻起来清新至极，品尝后立即感觉身轻如燕；磨碾的声音好像可以直达天柱峰，采摘时叶片纷飞，可以照亮整座蜀山；诗人的秋日吟咏由此兴起，禅师的白日小憩也被它惊醒了；打开包装的一角，香气立刻溢满房间，把炉子烧好，茶叶的翠绿凝聚在铛钵之中；夜晚回忆与清凉甘泉相伴的时光，悠闲地想起它可以与奇珍异果媲美；茶沫好像干燥的松花粉，轻轻漂浮在面上，茶汤中那些如同黑云母一样的水膜，应该随手倾倒掉（滑随倾）；之所以非常珍贵，是因为它是高人的寄赠，而且只适合用专门的柜子来单独存放；我曾经到处寻找学习制茶的技艺，其中那些精妙的地方，其实全部在陆羽先生的《茶经》之中啊。

这首诗描绘了一场精心准备的茶宴场景，通过对茶采摘、制作、煎煮、储藏等过程的细腻描写，展现了古人对品茗艺术的追求和享受。全诗格律严密、结构精巧，语言平易流畅，完美地将茶意、禅意与诗意融为一体，属于咏茶诗中的上乘之作，诗中对自然之美的赞赏和对雅致生活的追求，则是唐代茶文化发育成熟的重要标志。

三十一

春昼回文

唐·李涛

茶饼嚼时香透齿，水沈烧处碧凝烟。

纱窗闭著犹慵起，极困新晴乍雨天。

《品茶图》（局部） 明代 唐寅 台北故宫博物院

李涛（898—961），字信臣，京兆万年（今陕西西安）人（一说为湖南长沙人）。唐、五代至北宋初年文学家，唐敬宗李湛之后。李涛最初随父避祸于湖南，后于后梁任河阳县令。后唐时登进士第，累官右补阙、起居舍人。历仕后晋、后汉两朝，官至中书侍郎兼户部尚书、平章事，成为宰相。后汉隐帝时被罢相。后周时起复为太子宾客，历刑部、户部尚书，封莒国公。北宋建立后，出任兵部尚书。李涛能言善辩，言辞诙谐逗趣，为人慷慨有大志，以匡扶社稷为己任。又工于诗文，“笔札遒媚”，与其弟李瀚均以文学闻名。

唐代是一个诗赋盛行的时代，众多诗人不仅在内容上进行创新，也在诗歌创作的形式上不断探索。回文诗就是其中一种特殊的诗歌创新形式，创作时把相同的词汇或句子，在下文中调换位置或颠倒过来，产生首尾回环的独特情趣，因此叫作回文，也叫回环。这种诗歌形式在唐代已经成熟，李涛的《春昼回文》就是晚唐第一首以茶为题材的回文体诗，展现了唐代诗人对诗歌形式创新的探索与实践。

整首诗的大概意思是：茶饼在嘴巴里面咀嚼的时候，香气溢满了整个口腔；用沉香（水沈，亦作“水沉”，古意指用沉香制成的香）制成的香条点燃时，带着香气的碧色烟雾聚集在一起；隔着用来避蚊的纱窗，（我）慵懒地倚卧着不愿起来；这种刚刚放晴又突然下雨的天气，确实很容易让人感觉困顿疲倦啊。

这首诗以独特的回文体形式，描绘了品茶的场景，体现了唐代文人雅致的生活情趣。特别是诗中的第一句讲到了咀嚼茶饼，这种茶饼，是指用茶叶制作而成的像饼子一样的茶团，而不是我们现在用茶叶作为原料之一制作的点心。陆羽在《茶经》里面详细介绍了这种团茶饼的制作工具和相关过程，原话是“晴，采之、蒸之、捣之、拍之、焙之、穿之、封之，茶之干矣”，包括采、蒸、捣、拍、焙、穿、封七个步骤，先将采摘下来的鲜叶给蒸软、蒸熟，再将茶叶捣烂，拍紧拍实，放入饼状模具（陆羽称之为“规”，也叫模或棬，多为用铁制成的，具有圆形、方形或花朵形等不同形状）定型，接着就是烘焙，最后将它们穿成串，包好封存。采用的是“蒸青制茶”的方法，直接将鲜叶捣碎后压制成饼，所以当时的茶饼实际上是含有青味和苦涩味的。一般而言，唐代茶饼的形状有方形和圆形两种，方形茶饼被称为珪，圆形茶饼被称为璧，“珪璧”是古代帝王、诸侯祭祀或朝聘时所用的一种玉器。到了晚唐时期，圆形茶饼又常常被称为团茶，象征团圆之意。唐代茶饼的制作主要是为了解决茶叶如何缩小体积、便于运输和存储的问题。

李涛诗中所提到的茶饼，其制作工艺与饮用方式，无疑都反映了当时的生活习俗和茶文化的独特风貌。

宋代茶诗

三十二

陆羽泉茶

宋·王禹偁

甃石封苔百尺深，试茶尝味少知音。

唯余半夜泉中月，留得先生一片心。

《观泉图》（局部）　元代　赵孟頫　台北故宫博物院藏

王禹偁（954—1001），字元之，济州巨野（今山东巨野）人，北宋白体诗人、散文家。晚年被贬于黄州，故世称“王黄州”。太平兴国八年（983）进士及第，历任右拾遗、左司谏、知制诰、翰林学士等职。由于其人敢于直言讽谏，因此屡遭贬谪。王禹偁是北宋诗文革新运动的先驱，文学韩愈、柳宗元，诗则崇杜甫、白居易，其作品大多反映社会现实，风格清新平易，促进了宋初诗风、文风的变革。词仅存一首，反映了作者积极用世的政治抱负，格调清新旷远。著有《小畜集》等。

茶诗之所以被归为茶诗，是因为诗中洋溢着茶的味道、茶的品性，以及与茶道、茶文化等相关的内容，这也是历来为文人所看重与颂扬的方面。北宋中前期诗词在继承唐代诗词风格理论之上，开始展现宋文化的端倪，茶诗作为咏物诗的重要组成部分，在体现唐代茶诗古朴、平淡的风貌之外，更具有世俗化、艺术化与哲理化的审美倾向。可以说，北宋中前期茶诗不仅发展了饮茶历史的多种形态，包涵了繁多的诗歌内容，更有独具一格的审美意趣。无论是在茶诗内容的选取、情感的表达、意境的建构、艺术手法的运用还是诗思的生发上，都体现着“诗缘境而发”的诗歌创作理论。王禹偁的这首《陆羽泉茶》，就是其中的代表。

整首诗的大概意思是：（陆羽泉）那百尺深井中砌在井壁（甃：井壁；甃石：砌在井壁上的石头）上的石头覆盖着青苔，我品尝着泉水煎煮的香茶却没有知音；只剩下深夜时分井水中的月影，还留有您陆羽先生的一片心意啊。

陆羽泉位于杭州市余杭区径山镇双溪，俗称陆家井。根据清嘉庆《余杭县志》记载：“陆羽泉在县城西北三十五里吴山界双溪路侧，广三尺许，深不盈尺，大旱不竭，味极清冽。”为躲避“安史之乱”，陆羽从湖北天门来到浙西余杭近郊的苎山隐居，自号“桑苎翁”。隐居期间，陆羽访茶寻泉至天目山北麓“双溪”（唐时隶属吴兴郡），见天目四岭之水常年流经两溪，汇聚成苕溪源头。溪水清澈见底，周围山清水秀，土壤肥沃，是种植茶叶的极佳所在，于是便就地采摘野生茶籽，教村里人播种，并在山下溪畔结庐著书。庐舍旁有一泓清泉，陆羽汲来烹茶，以此细品各地所产名茶，后世遂称陆羽品过的泉为陆羽泉，又称桑苎泉。

王禹偁一生屡遭贬谪，品茶是他寄托精神、排遣郁闷的重要途径，因此，他对茶圣陆羽极为仰慕。这首诗描绘的是他以陆羽泉烹茶试饮，睹物思人，感觉唯有深夜泉水中倒映的月亮才能与己相知，寄托着茶圣陆羽的一片心意。吊古伤今之余，颇有一种“试茶尝味少知音”的孤独之感。

三十三

茶园十二韵

宋·王禹偁

勤王修岁贡，晚驾过郊原。
蔽芾余千本，青葱共一园。
芽新撑老叶，土软迸深根。
舌小侔黄雀，毛狞摘绿猿。
出蒸香更别，入焙火微温。
采近桐华节，生无谷雨痕。
缄縢防远道，进献趁头番。
待破华胥梦，先经阊阖门。
汲泉鸣玉甃，开宴压瑶樽。
茂育知天意，甄收荷主恩。
沃心同直谏，苦口类嘉言。
未复金銮召，年年奉至尊。

《文会图》（局部） 唐代 佚名 台北故宫博物院藏

王禹偁（954—1001）是北宋时期著名的诗人、散文家，因为性格耿直、敢于直言讽谏而屡遭贬谪。至道元年（995），王禹偁任翰林学士，因耿言直谏，私下议论皇家礼制，宋太宗非常生气，便以“轻肆”（轻率放肆的意思，犯上）的罪名将他贬到滁州为官，第二年又诏令移知扬州。这是王禹偁遭遇的第二次被贬，愁苦愤懑之情不言而喻。然而，当他来到扬州当知府后，开始更加深入地接触茶事，因为扬州是当时的贡茶产地。他在扬州四处考察茶园，了解茶叶的生产与制作，并将其写入诗词当中。《茶园十二韵》就是这一时期的作品，诗中不仅描写了茶叶的生长环境，还写了茶叶状貌及采摘烘焙等一系列制茶过程。

整首诗的大概意思是：我非常勤奋地履行着皇上交给我的任务（贡茶督造），精心准备着每年上贡的物品（茶），天已经很晚了，还坐着车驾在郊外的原野上考察监督茶叶的采摘；茶树生机勃勃，有一千多株，郁郁葱葱地生长在同一个园子里；新鲜的茶芽破土而出，撑挤开老树的叶子，肥软的泥土中，茶树的根系发达，越长越深；翠嫩的叶芽就像黄雀小巧的舌尖，采茶工人动作熟练，就像面目凶恶的怪物在摘取猿猴身上绿色的尖毫；经过蒸制以后，茶叶的香气更加独特，烘焙的时候只需要用小火维持微热，（这样才能保证茶叶的品质）；采摘的时候最好靠近清明节（桐华：桐花，清明节气之花），因为这个时候生长的茶叶不会有谷雨的痕迹，（可以确保叶芽的纯净和鲜美）；捆扎封装的时候要考虑远程运输的需要，向朝廷进贡的时候一定要抢在新茶出产的第一波；想要打扰华胥（华胥：传说中的理想之国）之梦（指皇宫里的安静）进献茶叶，一定会先经过皇宫的正门（阊阖门：传说中的天门，这里代指皇宫正门，意思是进献的东西重要而珍贵）；从井里汲取泉水，水声在玉石砌成的井壁间回响，煎煮好茶叶，布置茶宴，将茶汤倾倒在美玉制成的杯子里；了解并按照上天的旨意，努力培育着贡茶，甄选收获都承载着皇上的恩德；开导君王（沃心：谓使内心受启发，旧时多指以治国之道开导帝王）就要直言进谏，不好听的话（苦口）才是最有价值的良言（嘉言）；不管收没收到皇上的诏令，我都会依然坚守岗位，每年为皇家监制、奉献上好的贡茶。

总的来说，王禹偁的这首《茶园十二韵》，不仅以细腻笔触生动展现了贡茶从茶园到皇宫的全过程，展示了茶的复杂制作工艺，也寓含了诗人对秉性的坚守、对职责的忠诚和对皇恩的敬仰，是研究宋代贡茶制度的一首重要作品。

三十四

监郡吴殿丞惠以笔墨建茶各吟一绝谢之·茶

宋·林逋

石碾轻飞瑟瑟尘，乳花烹出建溪春。

世间绝品人难识，闲对茶经忆古人。

《江邨图》 北宋 燕文贵 美国大都会艺术博物馆藏

林逋（967—1028），字君复，浙江大里黄贤村（今属浙江宁波奉化一说杭州钱塘）人。幼时刻苦好学，通晓经史百家。书载其性孤高自好，喜慕恬淡，勿趋荣利。长大后，曾漫游江淮间，后隐居杭州西湖，结庐孤山。常驾小舟遍游西湖诸寺庙，与高僧、诗友相往还。每逢客至，叫门童纵鹤放飞，林逋见鹤必棹舟归来。终生不仕不娶，只喜欢植梅养鹤，自谓“以梅为妻，以鹤为子”，人称“梅妻鹤子”。作诗随就随弃，多不留存。死后被宋仁宗赐谥“和靖先生”。

林逋这首茶诗的题目意思是有一位名叫吴殿丞（殿丞是官名）的郡务监察（监郡是职务），给我送了一些笔墨和建溪所产的茶，于是我为每样东西（笔、墨、茶）都写了一首绝句来感谢他。这是其中写茶的一首，整首诗的大概意思是：用石碾碾碎茶饼，扬起的茶粉像轻轻飞舞的烟尘；煎煮的时候，沸腾的茶汤上面浮动着乳白色的茶沫，洋溢着建溪春天的气息；这种建溪产的茶叶，是世上罕见的极品，可惜没有多少人知道；我悠闲地品着如此好茶，读着茶圣陆羽的《茶经》，想起古代那些清高淡雅的嗜茶之人，该是多么让人追慕啊！

“建茶”指的是建溪所产的茶叶。建溪是福建闽江的北源，长约三百公里，由南浦溪、崇阳溪、松溪交汇而成，流经武夷山茶区与宋代著名的北苑茶区。建溪在延平与西溪汇合后成为闽江，因此，建茶应该指的是北苑贡茶与武夷岩茶等闽北所产之茶。像林逋这样的世外高人，没有太多世俗的羁绊，评论起茶来，一定是发自内心的本真，也就是说，如果这种茶无法真正打动他，那么他是不会动笔写诗为之点赞的。林逋生活在北宋早期，在那么早的时候，建茶就被称作“世间绝品”，而且是出自他这样一个无欲无求的著名隐士之口，可见这茶在当时品质是何等优秀，名声是何等响亮。

北宋时期所产制之茶，依然多为团茶饼，煎泡时需要提前把茶叶碾碎，再使用点茶法进行冲点饮用。碾茶时，茶叶随着石碾的轻轻转动慢慢被碾碎成粉末，通常会有零星的茶粉从碾中轻逸而出，在空中飘舞。将茶粉扫入茶碗里，少量多次地注入热水，再用茶筅击拂，茶汤表面会形成乳白色的汤花。这便是诗中生动展示的情景。

作为一位爱茶人，林逋不仅诗写得好，书法水平也非常高。在他之后不久的“宋四家”之一的黄庭坚曾经这么评价他的书法：“君复书法高胜绝人，予每见之，方病不药而愈，方饥不食而饱。”意思是说，林逋的书法高妙奇胜，让很多人无法企及，每次看到他写的字，正在生病的我仿佛不用吃药，病就自然会好，如果正碰上饿着肚子的时候，那么也不用吃饭，肚子自然就饱了。这虽然是黄庭坚夸张的说法，但也充分说明林逋的书法成就之高，可见其作品该多么令人赏心悦目！

三十五

送新茶二首

宋·释重显

其一

元化功深陆羽知，雨前微露见枪旗。
收来献佛余堪惜，不寄诗家复寄谁。

其二

乘春雀舌占高名，龙麝相资笑解酲。
莫讶山家少为送，郑都官谓草中英。

《林榭煎茶图》（局部）　明代　文徵明　天津博物馆藏

释重显（980—1052），字隐之，俗姓李，号明觉大师，遂州（今四川遂宁）人。早年于益州普安寺出家，以释仁铣为师。后游方至随州，参云门宗大师智门光祚，居五年，尽得其道。后又至池州、苏州、明州（今浙江宁波）等地，担任池州景德寺首座、苏州洞庭山翠峰寺住持、明州雪窦山资圣寺住持等。重显工于翰墨，曾举古代公案百则，以韵语颂其奥旨，写成《雪窦颂古》一书。精修禅道，影响至深，云门宗风由是大振，世称“云门中兴之祖”。

从唐代开始，佛道两家与茶越走越近，茶成了众多僧道中人的至爱，尤其是到了宋代，以禅宗的观念和思辨来品味茶的无穷奥妙，逐渐成为风尚。作为“云门中兴之祖”，释重显的主要活动场所在池州、苏州、明州一带，这些地方是茶叶的重要产地，而茶又是参禅悟道、修身养性的重要媒介，因此，他嗜茶写茶也就理所当然了。

这两首诗当中，其一写的是以茶送诗友，大概意思是：陆羽最了解天地造化（元化：造化，天地）的功德深厚，谷雨前生长出来茶叶，微微冒出尖芽，就可以制成芽尖如枪、叶展如旗（枪旗：成品绿茶之一，由带顶芽的小叶制成，因芽尖细如枪、叶开展如旗而名枪旗）的上品；这么珍贵的茶叶，收取过来献给佛家都感觉可惜了，不寄给您这位大诗人，还能寄给谁呢？其二写的是茶送得少的原因，大概意思是：趁着春风采摘下来的如雀舌一样鲜嫩的茶叶，享有很高的声誉，就像龙脑和麝香一般珍贵，接到的人都会笑着说，正好可以用来解酒；不要奇怪和尚我给你送的茶叶为什么这么少，因为这东西太难得了，就连唐代诗人郑谷（曾为都官郎中，人称郑都官，实际上把茶称为“草中英”的是郑遨或郑愚，而非郑都官，应该是作者在写作时记错了）都把它称作草木中的精华呢。

文人雅士，包括僧道之间互相寄送茶叶并以诗文唱和，已经成了宋代茶文化的重要内容。这两首诗通过简洁而精确的语言，描写了送茶场景和对茶的赞美，表达了作者对茶的喜爱之情及对送茶者的感激之意。更重要的是，通过描绘新茶的价值和意义，以及对诗人身份和角色的思考，进一步凸显了茶叶的珍贵和重要。诗人将新茶的珍贵之处与自身的身份进行对比，表达了对功德和价值观念的思考。同时，也抒发了诗人对茶叶的喜爱和对自身角色的思考，展现了诗人对茶文化的独特理解和对佛教信仰的虔诚，具有一定的审美价值和思想深度。

三十六

和章岷从事斗茶歌

宋·范仲淹

年年春自东南来，建溪先暖冰微开。
溪边奇茗冠天下，武夷仙人从古栽。
新雷昨夜发何处，家家嬉笑穿云去。
露牙错落一番荣，缀玉含珠散嘉树。
终朝采掇未盈襜，唯求精粹不敢贪。
研膏焙乳有雅制，方中圭兮圆中蟾。
北苑将期献天子，林下雄豪先斗美。
鼎磨云外首山铜，瓶携江上中泠水。
黄金碾畔绿尘飞，紫玉瓯心雪涛起。
斗余味兮轻醍醐，斗余香兮薄兰芷。
其间品第胡能欺，十目视而十手指。
胜若登仙不可攀，输同降将无穷耻。
于嗟天产石上英，论功不愧阶前蓂。
众人之浊我可清，千日之醉我可醒。
屈原试与招魂魄，刘伶却得闻雷霆。
卢仝敢不歌，陆羽须作经。
森然万象中，焉知无茶星。
商山丈人休茹芝，首阳先生休采薇。
长安酒价减千万，成都药市无光辉。
不如仙山一啜好，泠然便欲乘风飞。
君莫羡花间女郎只斗草，赢得珠玑满斗归。

《斗茶图》　南宋　刘松年　台北故宫博物院藏

范仲淹（989—1052），字希文，谥号文正，北宋著名政治家、思想家、军事家、文学家、教育家，世称“范文正公”。仁宗时，担任右司谏。景祐五年（1038），在西夏李元昊的叛乱中，与韩琦共同担任陕西经略安抚招讨副使，采取“屯田久守”方针，协助夏竦平定叛乱。庆历三年（1043）与富弼、韩琦等人参与“庆历新政”，提出“明黜陟、抑侥幸、精贡举”等改革建议。历时仅一年即遭反对，至庆历五年（1045）失败后被贬为地方官，辗转于饶州、邓州、杭州、青州等地。工于诗词散文，有《范文正公集》。

景祐元年（1034）正月，范仲淹因为“伏阁请对”而被贬至睦州任知州。睦州地处现浙江省建德市，距离武夷山不算太远，而范仲淹的副官（从事）章岷是福建浦城人，进士出身，其祖辈曾经管理过北苑贡茶，非常了解北苑斗茶的风俗。章岷将从家乡捎来的、在北苑斗茶中胜出的武夷山茶赠送了一些给范仲淹品尝，同时附上自己创作的《斗茶歌》，请范仲淹评点。范仲淹一边品尝着章岷送来的武夷山好茶，一边读着章岷绘声绘色地描绘北苑斗茶场景的《斗茶歌》，兴之所至，挥笔写下了这篇古代茶文化诗词中极为著名的《和章岷从事斗茶歌》。

整首诗的大概意思是：春天的气息年复一年地从东南方向传来，建溪（盛产好茶的武夷山与北苑均处于溪边）最先感受到温暖，冰层慢慢地开始融化；溪水边神奇的上等好茶闻名天下，传说是武夷山的仙人们在古老的时候就栽下的；昨天晚上，不知道从何处传来的春雷已经响起（春天到了），家家户户都嬉戏欢笑着穿过云雾，登上高高的茶山；沾满晶莹露珠的嫩芽，错杂在一起显得葱茏繁茂，从茶树上采下新叶，就好像在摘取珍珠和宝玉；整整一个上午，采下的尖芽还没有装满衣服前襟提起的那一小兜，为的是确保采到最精华的部分而不敢贪多求快；研磨制膏、烘焙封装等每一道工序都有相应的雅致讲究，必须将茶饼制作成方形如珪玉或者圆润如满月；北苑的官员们将按照规定的时间，将新制的上好贡茶进献给朝廷与皇帝，在这之前，茶农和地方官们（雄豪）还要在树林下面进行斗茶比赛，评出谁制作的茶叶品质最完美；斗茶所用的铜鼎，是用距离遥远（云外）的首山（传说黄帝曾在此采铜制鼎）之铜磨打铸造而成的，瓶中盛装的煎茶用水，来自堪称天下第一的长江中泠泉（名泉）泉水；黄金制作的茶碾边上，研细的碧绿茶尘四处飞扬，紫玉一般的瓷茶盏中，随着点茶的击拂而升起的茶沫，如同雪白的波涛涌起；斗茶就是斗味，看谁的茶味赛过启发智慧的醍醐油乳，斗茶也是斗香，看谁的茶香能够超过兰花和白芷；众目睽睽之下，这之间各种茶的品位等级是谁也不能做假的，因为要经过众人的反复检视和指点评论；一旦在斗茶中获胜了，就好像登上仙台一样让人感觉高不可攀，斗输了就如同战场上投降的败将一般，感觉无比羞耻；真让人感叹，这些茶叶就好像上天生产的长在山石上的精华，论其品质功效，一点儿也不比台阶前的蓂荚（蓂：即蓂荚，传说中的瑞草）差呀；无论什么人的浑浑浊浊，它（指茶叶）都可以消除掉，哪怕喝了千日醉酒（传说中的美酒），它也可以让人清醒过来；屈原可以试着用它来召唤楚怀王的魂魄，如果让刘伶得到了，那他一定会大发雷霆的（意为刘伶好酒，若知茶胜于酒，必不高兴）；茶如此美好，卢仝（唐代诗人，创作了著名的《七碗茶歌》）不敢不为它咏唱，陆羽也必须为它写出《茶经》；无比丰富的万千世象之中，怎么知道就没有厉害的茶界明星呢？如果能有这样的好茶，商山上的老者（商山文人：秦末，东园公、甪里先生、绮里季、夏黄公四人隐于商山，年皆八十余岁，号称“商山四皓”）就会停止去寻找和食用灵芝，首阳山上的伯夷、叔齐（首阳先生），也没有必要去采摘野菜用来充饥了；长安的美酒会因为它而降价，成都的药市也会因为它而凋敝，失去光华；人生在世，真不如找一处仙境一样的山峦，静静地喝上一壶好茶，清凉之余，感受一下卢仝所说的两腋生风、飘飘欲仙的惬意与美妙；这样大家就不用羡慕那些花间女郎们通过斗草（俗称斗百草，一种古老的民间游戏）的游戏，赢得满斗的珠玑乘兴而归。

宋代斗茶之风极盛，上起王公大臣，下至普通的茶农百姓，莫不好此。宋徽宗赵佶的《大观茶论》、蔡襄的《茶录》、黄儒的《品茶要录》等，都反映了一些文人雅士流行斗茶的生活情趣。每年清明节期间，新茶初出，各地便组织花样繁多的斗茶比赛，或五六人，或十几人，大都为一些名流雅士或地方官员，店铺的老板、种茶的农人、街坊的邻居等都会争相围观，像现代看球赛一样热闹。范仲淹这首酣畅淋漓的《和章岷从事斗茶歌》，就是这一流行风俗的经典展现。

三十七

煮茶

宋·晏殊

稽山新茗绿如烟，静挈都蓝煮惠泉。

未向人间杀风景，更持醪醑醉花前。

《惠山煮泉图》　明代　钱榖　台北故宫博物院藏

晏殊（991—1055），字同叔，北宋著名词人、诗人、散文家，临川文港沙河（今属江西进贤，一说抚州）人，是江西抚州籍第一个宰相。十四岁时就因才华横溢而被朝廷赐同进士出身，之后进入秘书省做正字，累迁至知制诰、翰林学士等。其人性格刚直简练，自奉清俭，乐于荐拔人才，又极重视书院发展，大力扶持应天府书院等，培养了大批后起之秀，如范仲淹、欧阳修等均出自其门下，以至于史称“自五代以来，天下学校废，兴学自（晏）殊始”。工诗善文，尤以词的成就最为突出。其词擅长小令，多表现诗酒生活和悠闲情致，语言婉丽，颇受南唐冯延巳的影响，与欧阳修并称“晏欧”。所作《浣溪沙·一曲新词酒一杯》中“无可奈何花落去，似曾相识燕归来”二句传诵颇广。平生所作诗文据传逾万篇，今仅存《元献遗文》《珠玉词》等。

庆历二年（1042）三月，晏殊以刑部尚书、集贤殿大学士、枢密使加兼同中书门下平章事，正式成为宰相。庆历四年（1044）九月，遭到谏臣孙甫、蔡襄的弹劾，称其在谏官反对欧阳修出任河北都转运使时故意不许、调动官兵来修缮自己的府邸及对西夏过于软弱等，因此被罢去宰相，以工部尚书出知颍州。这首诗就是晏殊被罢相之后，就任颍州知州时所作。

整首诗的大概意思是：稽山上新采摘下来的茶叶，青翠碧绿，像烟云一样，我静静地提着竹篮，（里面装满了各种煮茶的用品），来到惠山泉边，汲水煮茶；我可不在乎别人说什么“对花啜茶”是煞风景的行为，只要有兴趣，我还要端着美酒，醉倒在花丛面前呢。

“稽山”位于浙江绍兴，宋代时出产有名的日铸茶，也称“日铸雪芽”或“兰雪”，是中国传统名茶之一，属于炒青绿茶一类，所以诗中称其为“绿如烟”。“都篮”是古代用于野外煮茶时携装各种茶具的竹篮，“都”是什么都可以装在里面的意思，陆羽《茶经》对此有过记载：“都篮，以悉设诸器而名之。以竹篾内作三角方眼，外以双篾阔者经之，以单篾纤者缚之，递压双经作方眼，使玲珑。高一尺五寸；底阔一尺，高二寸；长二尺四寸，阔二尺。”“杀风景”的意思是有损景物，败人兴致。宋人蔡絛《西清诗话》云：“义山（李商隐）《杂纂》，品目数十，盖以文滑稽者。其一曰‘杀风景’，谓清泉濯足、花上晒裈、背山起楼、烧琴煮鹤、对花啜茶、松下喝道。”晏殊这里说的“杀风景”就是指“对花啜茶”，意思是赏花时没有酒或有酒不喝，只喝茶，（在崇尚酒文化的中国古代士人们看来）是很煞风景的。

实际上到了宋代，茶与酒的地位已经不相上下了。文人雅士们结诗缘、助诗情、增诗趣，不但靠酒，也同样看重各种各样的茶。而且宋人饮茶还比唐人更进一步，特别讲究环境之雅、茶伴之雅，还要追求饮茶时高雅闲适的情趣，借茶的淡、洁、清、雅来抒发自身对平淡自然心境的向往之情。

晏殊的这一首诗，正是他罢相失意之后，以饮茶来调适心情的反映，既流露出诗人对生活的真挚热爱和对自然之美的欣赏，也充分体现了宋代文人雅士的闲适情趣。

三十八

谢答吴侍郎惠茶二绝句

宋·宋庠

其一

贡焙僧岩各有名，手封奇品更丁宁。

衰翁剧饮虽无分，且喜云腴伴独醒。

其二

一奁真茗慰铃斋，更伴仙卿逸藻来。

夜啜晓吟俱绝品，心源何处著尘埃。

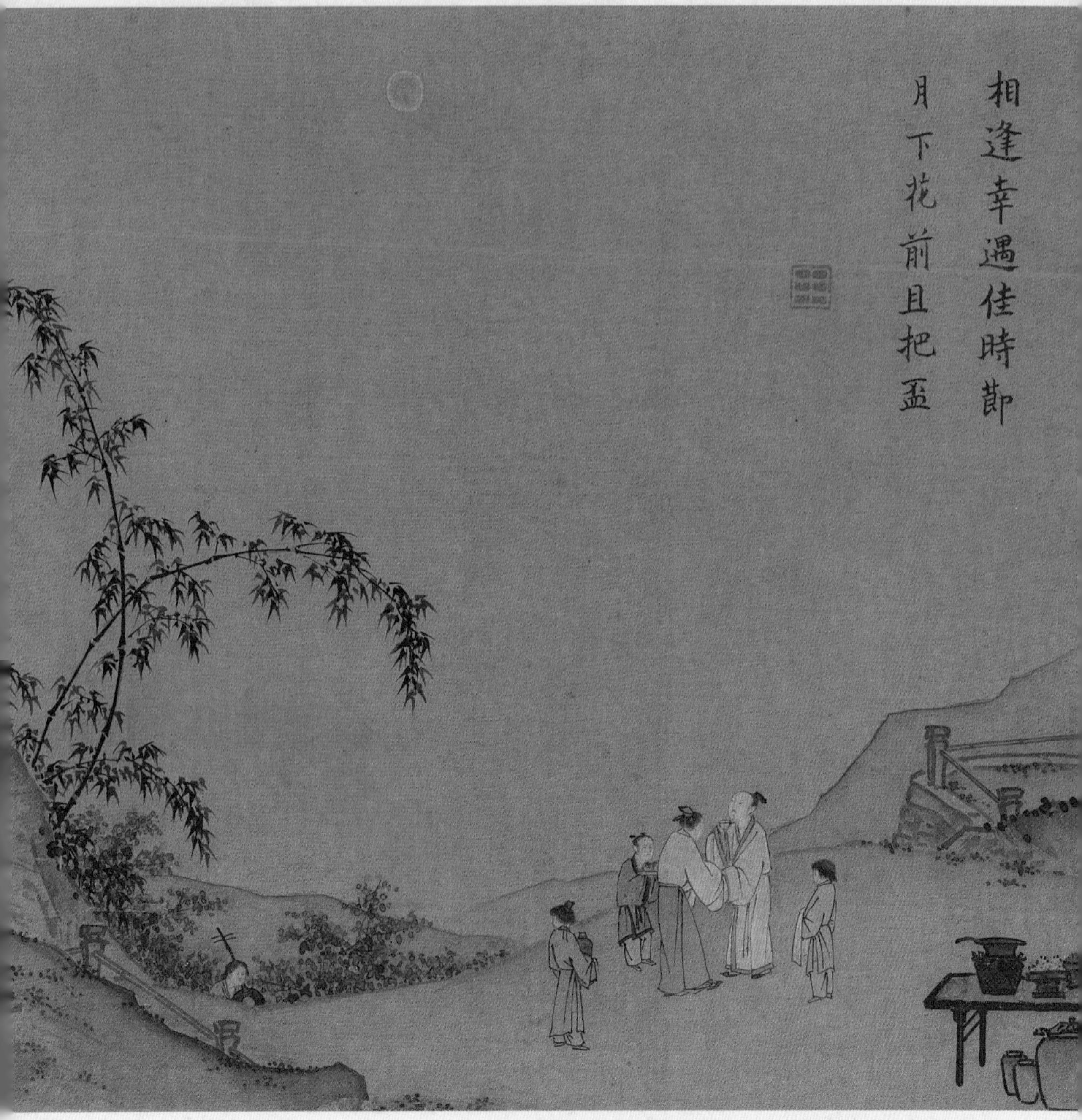

《月下把杯图》 南宋 马远 藏地不详

这首诗的另一种说法是宋庠的弟弟宋祁所作。

宋庠（996—1066），初名郊，字伯庠、公序，北宋政治家、文学家，安州安陆（今湖北安陆）人，后徙居开封雍丘（今河南杞县）。天圣二年（1024）举进士第一，次年擢大理评事、同判襄州，后累迁知制诰兼史馆修撰、尚书刑部员外郎、翰林学士等，嘉祐三年（1058年）封莒国公。宋庠好学，读书至老不倦，与弟宋祁俱以文名世，诗赋为学者所宗，时称“二宋”。

“侍郎”是官名，汉代郎官的一种，本为宫廷近侍。东汉以后，为尚书的属官，初任称郎中，满一年称尚书郎，三年称侍郎。自唐代以后，中书、门下二省及尚书省所属各部均以侍郎为副长官，官位渐高，至明清则递升至二品。诗中所说的吴侍郎，应该是某部的副官，与宋庠交好，所以请他品茶或者给他送茶，“惠”就是感谢对方让自己分享好东西的意思。

在第一首诗中，“贡焙”指的是贡茶，产于建安（今福建建瓯）北苑的官焙。“僧岩”是指僧岩茶（一说是指建安石岩白茶），宋代彭乘的《墨客挥犀》卷四记载：“建安能仁院有茶生石缝间，寺僧采造，得茶八饼，号石岩白。”整首诗的大概意思是：北苑的贡焙和僧岩茶，二者都非常有名，亲手封装好之后还反复叮咛这是极品好茶；我虽然没有用陈旧的饮具豪饮美酒的机会了，但勉强让人高兴的是有好茶（云腴，茶的别称）相伴，可以独留一份清醒。

另一首诗中的“铃斋”是指办公之所或居住之地，“仙卿”是指仙界的贵官，“逸藻”本意为华丽的辞藻，这里指诗歌。整首诗的大概意思是：有了这么一盒真正的名茶，我坐在挂着铃铛的居所里感觉到非常欣慰，更何况还能读到像仙界官卿们写下的华丽诗篇；夜晚品尝好茶，清晨吟诵诗文，这都是绝妙好事啊，我的心灵还能到哪里去沾染尘埃呢？

众所周知，宋代一直重文轻武，而且当时的为官之人大都为名噪一时的文人。宋徽宗说，“茶之为物，擅瓯闽之秀气，钟山川之灵禀”，意思是它集合了天地之间的灵气，又与文人身上的书卷气相辅相成。文人为官者，诸如欧阳修之流，大都自视清高。而茶叶的淡雅清远，正合当时文人雅士的心性，因此，大家纷纷加入嗜茶之列，以茶寄心，以茶会友，在品饮赏析中洞悉人生百态。文人之间的互相邀饮寄赠也成为一时风尚，就连宋仁宗赵祯本人，也每每喜欢把进贡来的团茶赏赐给深得己心的臣子们。

宋庠的这首诗，正是这一时俗的生动展示。前者写自己与酒无缘分，却喜名茶，尽抒他人皆醉我独醒之志；后者以“真茗”与“逸藻”为乐，表露自身超凡脱俗的高洁心境，同时也展现了宋代士大夫对茶文化的热爱和对高洁、超脱品性的追求。

三十九

尝茶和公仪

宋·梅尧臣

都蓝携具向都堂，碾破云团北焙香。
汤嫩水轻花不散，口甘神爽味偏长。
莫夸李白仙人掌，且作庐仝走笔章。
亦欲清风生两腋，从教吹土月轮傍。

《夜饮图》（局部）　明代　唐寅　美国芝加哥艺术学院藏

梅尧臣（1002—1060），字圣俞，世称“宛陵先生”，宣州宣城（今安徽宣城）人，祖籍吴兴（今浙江湖州），北宋著名诗人。梅尧臣自幼跟随叔父梅询宦学于各地。天圣六年（1028），以叔父梅询荫补太庙斋郎，历任河南、河阳主簿，德兴、建德、襄城县令，监湖州盐税。庆历八年（1048）为国子博士。皇祐三年（1051）得宋仁宗召试，赐同进士出身，为太常博士。与钱惟演、欧阳修等均是至交好友，后经欧阳修举荐为国子监直讲，累迁至尚书都官员外郎，故人称“梅直讲”“梅都官”。梅尧臣与苏舜钦齐名，时号“苏梅”，又与欧阳修并称“欧梅”，其诗歌与欧阳修的古文、蔡襄的书法代表了庆历、嘉祐年间文学艺术的最高成就，是嘉祐文明在文艺上的集中体现。梅尧臣诗风“闲肆平淡，涵演深远”，具有很高的艺术性和思想性，有“宋诗开山祖师”之称，对宋代诗风转变影响很大。

诗题中所说的“公仪”，指的是梅挚，其人字公仪，曾经官至龙图阁学士，代表作有《十爱诗》及《五瘴说》等，与欧阳修、梅尧臣等交好，相互之间常有唱和。梅尧臣还给他寄过宣州本地产的一种琴鱼，留下了一首名为《琴高鱼和公仪》的诗：“大鱼人骑上天去，留得小鳞来按觞。吾物吾乡不须念，太官常膳有肥羊。”可见两人之间往来甚密。

这首《尝茶和公仪》也是二人之间互相唱和的产物，整首诗的大概意思是：用都篮（“都蓝”疑为“都篮”，陆羽所称盛装茶具的一种篮子，也有说诗中“都蓝”疑为“都监”，是一种官名）装着各种用具，来到办公的地方（都堂：尚书省办公之处），把云团一样的北焙茶（宋代著名的贡茶，产于建溪北苑御茶园）慢慢碾细，清香扑鼻；嫩绿的茶汤翻滚，水花聚集在一起，不曾散开，喝到嘴里有一股甘甜的气息，让人神清气爽，这种美好的滋味长时间保留着；不用去夸赞李白所说的仙人掌茶（李白诗中产于玉泉山的一种名茶，展开如掌，故名），只需像卢仝一样写下华丽篇章，记录自己的感受；更希望两腋生起清风（指喝茶之后有了羽化登仙的感觉），让我飘飞依傍在月亮旁边。

北宋时期，朝廷专门在建溪边上建立了北苑御茶园，用来生产特供朝廷的贡茶，这种贡茶就叫北苑贡茶，也叫北焙茶。“焙”是用微火烘烤的意思，原因是这种茶叶的制作过程相对于当时的其他茶叶来说比较独特，一般要经过杀青、揉捻和烘焙等一系列复杂的加工步骤。其中，烘焙是制作北焙茶的关键步骤之一。烘焙过程中，茶叶经过高温处理，会产生独特的香气和口感。梅尧臣的这首诗正好表现了北焙茶的独特之处，尤其是“汤嫩水轻花不散，口甘神爽味偏长”两句，是描述北焙贡茶的神来之笔。

四十

和公仪湖上烹蒙顶新茶作

宋·文彦博

蒙顶露牙春味美，湖头月馆夜吟清。

烦酲涤尽冲襟爽，暂适萧然物外情。

《对月图》　南宋　马远（传）　台北故宫博物院藏

文彦博（1006—1097），字宽夫，号伊叟，汾州介休（今山西介休）人，北宋时期政治家、书法家。天圣五年（1027）进士及第，历任知县、通判，后由监察御史迁官至殿中侍御史，又改河东转运使，知秦州、益州，入朝升枢密副使、参知政事。庆历八年（1048）因讨平王则起义有功，任同平章事，成为宰相。宋神宗时反对王安石变法，极力否定市易司差官监卖果实，出判大名、河南府，累加至太尉。宋哲宗即位后经宰相司马光举荐，起授平章军国重事，参与废除新法。文彦博历仕仁、英、神、哲四朝，出将入相五十年，为宋朝元老重臣。在殿中侍御史任上，平反刘平冤案；为相期间，稳固朝局，大胆提出裁军八万之主张，精兵简政，减轻人民负担，故有贤相之誉。

"公仪"是北宋龙图阁学士、右谏议大夫梅挚的字，梅挚比文彦博大十来岁，两人之间常有唱和。而且宋代文人之间有一个习惯，就是喜欢给对方寄赠茶叶，原因可能是茶既有实际饮用价值，又有文化精神内涵，所以互相之间的寄赠非常普遍。寄赠的时候，还往往会附上诗文，收到的一方也大多会和上一首诗，或者写文章记上几笔。文彦博这首《和公仪湖上烹蒙顶新茶作》，便是一起品茶时的唱和之作。

诗中提到的"蒙顶新茶"，是指产于四川的著名的蒙顶山茶。这种茶属于黄茶一类，因产于雅安市名山区蒙山之顶，故名"蒙顶山茶"或"蒙顶茶"。蒙山横跨雅安市名山区和雨城区两地，山势巍峨，峰峦挺秀，绝壑飞瀑，重云积雾，被古人称为"仰则天风高畅，万象萧瑟；俯则羌水环流，众山罗绕；茶畦杉径，异石奇花，足称名胜"。相传2000多年前，僧人甘露普慧禅师吴理真"携灵茗之种，植于五峰（蒙山有上清、菱角、毗罗、井泉、甘露等五顶，亦称五峰）之中”。五峰以上清峰为最高，吴理真在此共栽种了七株茶树。这些茶树“高不盈尺，不生不灭，迥异寻常”，所产之茶“味甘而清，色黄而碧，酌杯中，香云罩覆，久凝不散”，故有“仙茶”之誉，并由此而开蒙山种茶之源。其中最具代表性的是蒙顶甘露，有紧卷多毫、色泽翠绿、鲜嫩油润、香气清雅、味醇而甘的特点；冲泡后则汤色绿黄、透明清亮，饮之清香爽口，沏二遍水时越发鲜醇，齿颊留香，是茶中极品。

整首诗的大概意思是：蒙山顶上，茶树的枝头露出了新鲜的嫩芽，散发着春天美妙的味道，静静的湖畔，月光映照下的茶馆，夜晚的吟唱显得格外清新；几杯茶喝下去，酒意和烦忧很快就消散殆尽，胸襟被一下子打开，让人顿觉神清气爽，这一会儿，（我感觉自己）已经适应了这种宁静而超然物外的感觉。

品茶也是品世间百态。在清冷的月光中，细啜清茶，尽享片刻的宁静祥和，这正是宋代文人自我调适的最佳妙境。

四十一

和梅公仪尝茶

宋·欧阳修

溪山击鼓助雷惊，逗晓灵芽发翠茎。
摘处两旗香可爱，贡来双凤品尤精。
寒侵病骨惟思睡，花落春愁未解醒。
喜共紫瓯吟且酌，羡君萧洒有余清。

《春山图轴》（局部） 南宋 赵伯驹 台北故宫博物院藏

欧阳修（1007—1072），字永叔，号醉翁，晚号六一居士，北宋著名的政治家、文学家，江南西路吉州庐陵永丰（今江西省吉安市永丰县）人，景德四年（1007）出生于绵州（今四川绵阳）。天圣八年（1030）进士及第，历仕仁宗、英宗、神宗三朝，官至翰林学士、枢密副使、参知政事。死后累赠太师、楚国公，谥号“文忠”，故世称“欧阳文忠公”。欧阳修是宋代文学史上最早开创一代文风的文坛领袖，与韩愈、柳宗元、苏洵、苏轼、苏辙、王安石、曾巩合称“唐宋八大家”，曾领导北宋诗文革新运动，继承并发展韩愈古文理论，从而开创了一代文风。欧阳修在变革文风的同时，也对诗风、词风进行了革新。其在史学方面也有较高成就，曾主修《新唐书》，独撰《新五代史》。有《欧阳文忠公集》传世。

梅公仪即北宋的龙图阁学士、右谏议大夫梅挚，他比欧阳修年长十来岁，两人之间往来频繁，经常在一起品茶作诗，互相唱和。欧阳修曾在《与梅龙图挚》中提到“唱和诗编次，得成三卷共一百七十三首”，“欲告公仪更修改”，可见两人在诗歌创作上是经常一起探讨的。目前可以收集到的欧阳修给梅挚的赠诗和诗一共有12首，包括《和梅公仪尝茶》《和梅龙图公仪谢鹇》《忆鹤呈公仪》等。

整首诗的大概意思是：在溪山上敲打着锣鼓，协助春天的惊雷唤醒山峦，天刚刚破晓，就看到翠绿的茶树枝头长出了灵巧的嫩芽；采摘下来的鲜嫩新茶（两旗：两叶一芽的新茶）清香扑鼻，十分可爱，做成的形如双凤的贡茶更是品质精优；寒冷侵袭着我这瘦弱多病的身体，让人总是想着要躺下来睡觉，鲜花落满一地，春天的愁苦伴随着我的醉意一直无法消解；值得高兴的是，可以共同端着紫色的茶碗，一边吟唱，一边品饮，让人羡慕我们洒脱闲逸的性情，以及尚且宽裕的清静。

宋代采茶时有惊蛰“喊山”的习俗，也就是一到惊蛰时节，大家一起到山上敲打锣鼓，大声呐喊，以求助力春雷，唤醒山川，促使茶树抓紧时间抽枝发芽。这首诗描写的正是“喊山”采茶和新茶品饮的场景。诗人通过生动描绘晨光中溪山鼓声与茶树新芽生发的景象，赞美了香气芬芳、叶形精美的两旗花茶和高贵的双凤品种。同时也表达了自己身处寒冷和病痛中的感受，以及对落花与春愁的无奈，最后是因为有了端起紫瓯共饮好茶的雅兴，品饮吟唱之间，自己洒脱闲逸的性情才得以释放。整首诗以清新雅致的语言，展现了自然美景与人文情感的融汇交织,给人留下了深刻而美好的印象，不失为茶诗中的上品。

四十二

双井茶

宋·欧阳修

西江水清江石老，石上生茶如凤爪。
穷腊不寒春气早，双井芽生先百草。
白毛囊以红碧纱，十斤茶养一两芽。
长安富贵五侯家，一啜犹须三月夸。
宝云日注非不精，争新弃旧世人情。
岂知君子有常德，至宝不随时变易。
君不见建溪龙凤团，不改旧时香味色。

《江南春图》（局部） 清代 袁江 台北故宫博物院藏

欧阳修（1007—1072）不仅是北宋著名的政治家、文学家，也是当时颇有名气的“茶道中人”。他爱好饮酒，故以“醉翁”为号，调侃说“醉翁到处不曾醒”“四时终日面孱颜”；又极其爱好品茶，自诩“茶人”，说“看花翻作饮茶人”“所好未衰惟饮茶”。

这一切并非附庸风雅，而是实至名归。政策方面，身为宰辅的欧阳修对茶叶经济有独到见解，直接参与了当时的茶法改革；在研究方面，他的《归田录》《大明水记》《浮槎山水记》等作品对于茶品尤其是水品同样有深入的了解与论述；在实践方面，他在担任扬州知州期间，曾亲临蜀岗茶场、制茶的时会堂等地，负责督造贡茶。因此，欧阳修对茶的了解与爱好，超越了当时的许多文人。与此同时，他还创作以茶为题材的诗歌，有近20首之多，如《双井茶》《尝新茶呈圣俞》《次韵再作》《和梅公仪尝茶》《和原父扬州六题—时会堂二首》《送龙茶与许道人》等。

作为知名茶人，欧阳修对产自江西修水的双井茶十分了解和喜爱，他在自己的《归田录》中说：“自景祐（宋仁宗年号）以后，洪州（江西）双井白芽渐盛，近岁制作尤精，囊以红纱，不过一、二两，以常茶十数斤养之，用辟暑湿之气，其品远在日注上，遂为草茶第一。”日注也称日铸，是产于绍兴东南五十里会稽山日铸岭的御茶，在当时名气非常大，但欧阳修认为双井茶的品质在日注之上，可见他对双井茶是极其看重的。

嘉祐六年（1061），欧阳修任户部侍郎、参知政事，位列宰执之时写下了这首著名的《双井茶》。整首诗的大概意思是：西江的河水清澈见底，江岸边的石头年代久远，石上生长出来的茶叶形似凤爪，非常漂亮；这个地方即便到了年底（穷腊：古代农历十二月的腊祭百神之日，后泛指农历年底），依然感觉不到寒冷，春天的气息早早生发，相比于其他植物，双井茶的嫩芽是最先冒出来的；制作好的白芽茶装在囊中，外面用红色或者碧色的纱布包裹，要知道，数十斤鲜叶才能成就一两嫩芽啊；长安城里的富贵人家，喝上一口这样的茶就得夸耀好几个月；宝云、日注这些名茶并非制作不够精致、品质不够上乘，而是因为双井是新出来的好茶叶，喜新厌旧乃人之常情啊；哪里知道君子持有不变的德性，真正好的东西也并不会随着时间而改变；您难道没有看见，产于建溪的龙凤团茶（当时知名的贡茶），一如既往地保持着过去的香味和颜色，从未改变。

写茶亦是写己，诗人通过描绘双井茶的品质和人们对待茶的态度，寄寓了自己对传统美德的不变坚守，以及对物质追求的深刻反思。

四十三

即惠山煮茶

宋·蔡襄

此泉何以珍，适与真茶遇。
在物两称绝，于予独得趣。
鲜香箸下云，甘滑杯中露。
当能变俗骨，岂特湔尘虑。
昼静清风生，飘萧入庭树。
中含古人意，来者庶冥悟。

《惠山图》（局部） 明代 文嘉 上海博物馆藏

蔡襄（1012—1067），字君谟，福建路兴化军仙游县（今属福建莆田）人，北宋政治家、书法家、文学家、茶学家。天圣八年（1030）登进士第，先后任馆阁校勘、知谏院、直史馆、知制诰、龙图阁直学士、枢密院直学士、翰林学士等职，在朝为谏官时，以直言著称。后数度外出，历知泉州、福州、开封府事，所到之处皆有政绩。在福州，去除民间蛊害；在泉州，主持建造洛阳桥；在建州，倡植福州至漳州七百里驿道松，主导制作北苑贡茶“小龙团”。蔡襄诗文清妙，其书法浑厚端庄、淳淡婉美、自成一体，为“宋四家”（另外三人为苏轼、黄庭坚、米芾）之一。

皇祐二年（1050），蔡襄从福建北苑茶区启程前往汴京述职，途中经过无锡，特意来到仰慕已久的惠山泉（传说中的“天下第二泉”）边，汲取清澈的惠山泉水，拿出自己研制的小龙团茶，悠然自得地煎水点茶。极品好茶配上上等山泉，让蔡襄得偿所愿，陶醉其间，于是便有了这首著名的《即惠山煮茶》。

整首诗的大概意思是：这惠山泉水是多么珍贵啊，正好碰上了品质优异的龙凤团茶；作为物质，它们两者都称得上极品，而对于我来说，唯独能得到的是其中的妙趣；竹签（箸：筷子，此处指搅动茶汤的物件）搅动之下，茶叶的浮沫像飘动的云朵，散发着清新的香气，茶汤甘甜滑润，就像盛在杯子里面的仙露；这么好的茶，应该能够改变普通人的俗世肌骨吧，哪里是单单洗去尘世间的烦恼啊；清静安宁的白昼，微风缕缕，萧瑟飘萧着（飘萧：状风声）吹向庭院的树林；这里面蕴含着古代高士所追求的意境啊，后来者或许能够从中有所领悟（冥悟：从蒙昧中省悟）吧。

蔡襄在茶学研究上颇有成就，曾著有《茶录》一书，专门总结古代制茶品茶的经验。更难能可贵的是，他在实践操作上也颇有建树，曾经亲自研制出宋代的绝顶贡茶“小龙团”，并因此而蜚声天下，当时的文人雅士闻有此茶，莫不孜孜以求。对此，欧阳修曾在为蔡襄《茶录》所作的后序中写道：“茶为物之至精，而小团又其精者，录序所谓上品龙茶是也，盖自君谟始造而岁贡焉。仁宗尤所珍惜，虽辅相之臣未尝辄赐。惟南郊大礼致斋之夕，中书、枢密院各四人共赐一饼，宫人剪金为龙凤花草贴其上。两府八家分割以归，不敢碾试，相家藏以为宝，时有佳客，出而传玩尔。至嘉祐七年，亲享明堂，斋夕，始人赐一饼，余亦忝预，至今藏之。”

按照陆羽等人的理论，好茶一定得配上佳泉，才能更加妙趣横生、美味隽永。正因为如此，作为茶学家的蔡襄才在回京述职途中，特意找到惠山泉，完成这次好茶配名泉的绝佳体验，并且以自己的酣畅淋漓之笔，绘出了一幅美妙绝伦的惠山独酌饮茶图，在甘泉清冽与茶香馥郁之间，道出自己的茶道思想感悟，以及彰显这一思想的饮茶之道。

四十四

尝新茶

宋·曾巩

麦粒收来品绝伦，葵花制出样争新。
一杯永日醒双眼，草木英华信有神。

《竹炉山房图》（局部） 明代 沈贞 辽宁省博物馆藏

曾巩（1019—1083），字子固，世称“南丰先生”，建昌军南丰（今江西南丰）人，北宋史学家、政治家、散文家，“唐宋八大家”之一。曾巩幼年能文，语已惊人，未冠而名闻天下。嘉祐二年（1057）进士及第，授太平州司法参军，后累迁至史馆修撰、管勾编修院、判太常寺、中书舍人等，辗转越州、齐州、襄州、洪州、明州、福州等地任职时，均颇有政绩。曾巩现存散文上千篇，是八大家中长于说理的一位，文章绝少抒情作品，多是议论文和记叙文。其文以议论见长，立论警策，说理曲折尽意，文辞和缓纡徐，自有一种从容不迫的气象，与欧阳修的风格相似。曾巩也长于诗，其诗风与文风相近，古朴典雅而清新自然，较多使用赋的表现手法，体现了宋诗擅长议论说理的特点。

当时的福建盛产茶叶，自北宋名臣蔡襄监制、督办贡茶“小龙团”并撰写《茶录》进献朝廷后，福建茶成为主流社会的时尚饮品。一时之间，龙凤团茶争相推出绝品，用料极致考究，工艺繁复精细，其中所用茶芽要求非常鲜嫩，形似“麦粒”和“雀舌”。若干年后，宋徽宗还在《大观茶论》中说：“凡芽如雀舌谷粒者为斗品，一枪一旗为拣芽，一枪二旗为次之，余斯为下。”

曾巩曾经到多地担任地方官，其中包括福州（1077—1078），《尝新茶》这首诗就作于曾巩担任福州知州期间。整首诗的大概意思是：采收回来的形似麦粒的鲜嫩茶芽品质无与伦比，葵花茶（葵花：龙凤团茶中的一个花色品种。其他还有龙园胜雪、银丝冰芽等）在制作上也总是花样翻新；喝上一杯，一整天（永日：整日）都可以让人睁开双眼，保持清醒，我相信作为草木精华的茶叶是最有灵气（神：此处指灵气。宋代宋子安《东溪试茶录》中有“庶知茶于草木为灵最矣”的说法）的东西。

作为“唐宋八大家”之一的曾巩，与当时的一众文人雅士一样，把茶当成了自己的爱好。这一爱好驱动着他们不仅爱茶，也爱与茶相关的器具和水，曾巩也一样，不仅为趵突泉等名泉写过诗文（“趵突泉”这一名称就来自曾巩的《齐州二堂记》）、做过评价，还对泡茶用的“建盏”等饮器有过深入了解和研究。到福州上任时，需途经建州，曾巩曾特意在此盘桓多日，因为这里是建盏的出产地，他想在此寻找一些兔毫盏或者鹧鸪斑盏，可惜一无所获，仅仅买到了几个釉色纯黑者，也就是俗称的乌金釉盏，带着这几个盏到了福州，曾巩非常珍惜。在福州任上，好友陈师道来访，曾巩特意取出建盏点茶招待，并向他展示这几只建盏。看罢曾巩心爱的建盏，没想到陈师道也心动了，十分仰慕，于是向曾巩请求获赠一对建盏，遭到曾巩的婉拒。为此陈师道耿耿于怀，以至于二人在此后往来的书信中，陈师道还念念不忘地数落曾巩太过吝啬，不肯割爱赠其建盏。

这首诗所承载的，正是宋代文人雅士们的精神世界，亦如这首《尝新茶》，不仅以简练的语言表达了作者对新事物的喜爱和对自然界的敬畏，展现出他对生活的热情和对美的追求，而且通过描绘品茶过程中的细节，将读者带入一个清新宜人的场景，让人感受到自然的美妙和生活的愉悦。

四十五

和公仪饮茶

宋·王珪

北焙和香饮最真，绿芽未雨带旗新。
煎须卧石无尘客，摘是临溪欲晓人。
云叠乱花争一水，凤团双影贡先春。
清风未到蓬莱路，且把吟瓯伴醉巾。

《扫叶烹茶图》　明代　周臣　台北故宫博物院藏

王珪（1019—1085），字禹玉，成都华阳（今四川成都）人，北宋文学家、政治家。王珪自幼好学，十二岁时就能写文章，长大后博通群书，语出惊人。庆历二年（1042）以榜眼及第，出欧阳修门下，初为通判扬州，召直集贤院，修起居注，奉使契丹，后累迁至知制诰、翰林学士、礼部侍郎除参知政事、同中书门下平章事、集贤殿大学士、尚书左仆射兼门下侍郎等，又封郇国公、岐国公。王珪高居宰执之位16年，虽无建树，然典内、外制十八年，所撰四六制诰，典雅工整，温润典裁，闳侈瑰丽。因于皇帝前曰“取圣旨”，曰“领圣旨”，退谓吏则曰“已得旨”，时人称之为“三旨相公”。亦极擅应制诗，妙于使事，富艳熨帖，自成一体，被世人称为“至宝丹”。

到了宋朝，传统茶文化达到又一个高峰，宋徽宗《大观茶论》中说的“故近岁以来，采择之精，制作之工，品第之胜，烹点之妙，莫不咸造其极”，正是这种现象的反映。整个国家上至皇亲国戚、达官贵人，下至贩夫走卒、平民百姓，无不以喝茶为风尚。身为皇帝的宋徽宗，更是引领潮流，不仅撰写了研究茶叶的书籍《大观茶论》，有时候还会亲自为大臣表演茶技茶艺。

当时比较流行的喝茶方法是“点茶”，首先在茶杯里倒入茶末二钱，然后加入少许水，搅拌均匀，这时候的茶叶像米粥一样黏稠，是所谓“调膏”。接着继续倒进沸水，用茶筅搅拌，通过掌握力度和频次来保证茶汤中不出现粟纹、蟹眼形状的汤花，这叫“静面点”；如果力道和频次没有掌握好，茶汤面上则会漂浮起立纹，这叫“一发点”。正确的做法是分七次倒水，每次倒入的水量都不一样，搅拌的力度和频次也不一样。例如，第一次倒水要倒在茶杯的四周，然后用茶筅搅动茶膏，一点点地用力，这时候手的动作要轻，茶筅力度要重，最终就会出现所谓“咬盏”，杯中雾气升腾、水泡翻滚，茶沫却紧贴盏壁，纹丝不动。

王珪的这首《和公仪饮茶》就同时写到了采茶、点茶和斗茶之趣。整首诗的大概意思是：加入了香料的北苑贡茶品质最为纯正，谷雨时节还没到来，嫩绿的新芽就像旗帜一般冒了出来；煎煮的时候，必须是那些去除了俗尘杂念的、可以悠然仰卧在山石上的人，采摘茶叶的，应该是靠近建溪边的、天刚破晓就能够起床的人；茶汤中升腾的水雾，像云彩一样层层叠叠，如同花朵一样的水泡缭乱翻滚，大家争论着哪一种水更好，龙凤茶团成双成对，竞比着哪一种可以优先作为新春的贡茶；清风还没有吹过前往蓬莱仙境的道路（意思是尚未登仙），姑且头戴酒巾，一边吟唱一边举杯品饮吧。

通过品茶而达到超脱现实、有如登仙的境界，也许，这才是宋代士大夫们共同的兴趣与追求。

四十六

尝茶

宋·沈括

谁把嫩香名雀舌，定知北客未曾尝。

不知灵草天然异，一夜风吹一寸长。

《青山红树图》（局部） 明代 沈周 天津博物馆藏

沈括（1031—1095），字存中，号梦溪丈人，杭州钱塘（今浙江杭州）人，北宋科学家、政治家。沈括出生于官宦家庭，年幼时曾跟随父亲宦游各地，初入仕为沭阳县主簿。嘉祐八年（1063）中进士，授扬州司理参军，后累迁至太常丞、翰林学士、龙图阁学士等。沈括对天文、地理、方志、律历、音乐、医药、卜算、考古等都颇有研究，所著《梦溪笔谈》一书内容涉及自然科学与社会科学诸多领域，具有极高的学术价值。其著作文笔明快精当，语言形象简练，有较浓的文学意味。

到了宋代，茶叶的生产和贸易进入一个极为繁盛的历史时期，诚如王安石《临川先生文集·议茶法》中所说："夫茶之为民用，等于米盐，不可一日以无。"正是因为有了交易上的需要，所以，关于茶叶品质与价值的判别也就更加引人关注。作为当时极具探索与实践精神的大科学家，沈括对此有着浓厚的兴趣和独到的见解，他凭着关于植物、气候、土壤等方面的丰富知识，对市场上的茶叶评判提出了自己的不同看法。沈括认为，人们把茶叶芽短而肥、形如雀舌者当成上品是不对的。他在自己的《梦溪笔谈》中提出："茶芽，古人谓之雀舌、麦颗，言其至嫩也。今茶之美者，其质素良，而所植之木又美，则新芽一发，便长寸余，其细如针。唯芽长为上品，以其质干、土力皆有余故也。如雀舌、麦颗者，极下材耳，乃北人不识，误为品题。"

《尝茶》这首诗便是沈括关于茶叶品质优劣看法的反映。整首诗的大概意思是：是谁把鲜嫩清香的上等茶芽称呼为"雀舌"的啊，一定是汴京（北客：泛指来自北边的人。宋时多用"北客"来指代京官，即从东京汴梁来的官员）来的那些人，就知道他们根本没有真正品尝过茶芽的好坏；他们不知道像茶叶这样的草木精华，自然天赋异禀，只需要一夜春风吹过，便能够生出来一寸多长。因此，在沈括看来，只要气候条件适宜、土壤肥力十足，像茶叶这样与众不同的灵株异草，抽芽生长是非常迅速的，而那些没有伸展开来、形如“雀舌”和“麦颗”的茶叶，一定是因为土壤肥力不够或者气候条件欠佳而发育不良的，这种茶芽只能是下等材料，不适宜制作上等好茶。

沈括的这种看法有一定的道理。但现在研究发现，对于同一株茶树而言，茶芽细长的，并不一定比芽头肥壮的发育更好、营养物质更加丰富。茶芽的肥短或瘦长，与茶树品种、生长地域、气候条件、采摘时间等诸多因素都有关联，因此，茶芽外观的肥与瘦，并非考量茶叶品质高下的唯一标准。

但可以肯定的是，沈括的这种看法里面，包含着宋人对于茶为灵草、异禀天成的一种独特情怀。

四十七

游诸佛舍，一日饮酽茶七盏，戏书勤师壁

宋·苏轼

示病维摩元不病，在家灵运已忘家。
何须魏帝一丸药，且尽卢仝七碗茶。

《维摩演教图》（局部）　北宋　李公麟　故宫博物院藏

苏轼（1037—1101），字子瞻，又字和仲，自号东坡居士，四川眉州（今四川眉山）人，北宋著名文学家、书画家、政治家。嘉祐二年（1057）与弟弟苏辙同登进士，参加制科考试后授大理评事、签书凤翔府判官，后辗转多地任职，累迁至翰林学士、知制诰、礼部尚书等。苏轼诗、词、文、书、画皆工，是继欧阳修之后北宋文坛的领袖人物，与父亲苏洵、弟弟苏辙皆以文学名世，世称“三苏”。古文方面，是著名的“唐宋八大家”之一；作为杰出词人，开辟了豪放一派，与辛弃疾并称“苏辛”；诗歌上与黄庭坚并称“苏黄”；在书法方面则与黄庭坚、米芾、蔡襄合称“宋四家”。

这首诗还有另外一个题目，即“六月六日以病在告，独游湖上诸寺，晚谒损之，戏留七绝”，由此推算，应该是作于1073年6月6日，苏轼时年37岁，当日因病请假，独自在西湖上游览净慈寺、南屏寺、惠昭寺、小昭庆（苏轼自注）等寺庙，晚上又拜谒朋友，一日之内喝下了七盏浓茶，最后在“勤师”（指北宋高僧惠勤禅师）佛舍的墙壁上题写了这首著名的茶诗。

诗中一共用了四个典故。一是“维摩示疾”，出自《维摩诘经》，经中记载，某日维摩诘称病在家，佛陀特派文殊师利菩萨等去探望，他回答文殊菩萨等人：“以一切众生病，是故我病；若一切众生得不病者，则我病灭。”意思是他并非真的身体生病，只是为了显应机缘而“示疾”。二是“在家灵运”，出自《传灯录》中乌窠禅师所言：“汝若了净智妙圆，体自空寂，即真出家，何假外相？汝当为在家菩萨，戒施俱修，如谢灵运之俦也。”三是“魏帝一丸药”，出自魏文帝曹丕《折杨柳行》中所写：“西山一何高，高高殊无极，上有两仙童，不饮亦不食；与我一丸药，光辉有五色：服之四五日，身体生羽翼。”四是“卢仝七碗茶”，即唐朝诗人卢仝所写的著名茶诗《走笔谢孟谏议寄新茶》："一碗喉吻润，两碗破孤闷。三碗搜枯肠，惟有文字五千卷。四碗发轻汗，平生不平事，尽向毛孔散。五碗肌骨清，六碗通仙灵。七碗吃不得也，惟觉两腋习习清风生。"

整首诗的大概意思是：维摩诘菩萨对外说自己"生病"了，其实并非真的身体生病，（而是在以示病应缘，化导众生）；在家里修行的谢灵运，（因为做到了戒施俱修，净智妙圆），早就把家给忘记了，（不再为凡俗所羁）；（今天喝了禅师的七盏浓茶），哪里还需要什么魏文帝苦苦求寻的仙药，就好像喝了卢仝所说的七碗茶，（早就诸病皆除，直感觉两腋清风习习相生，有如羽化登仙啊）。

熙宁四年（1071），因上书皇帝论新法弊病，惹怒了主政新法的宰相王安石，苏轼自请外放，授任杭州通判。名为"自请"，实际上是被排挤出京。然而，苏轼本就豁达的性格，让他置身于江南富庶开放的环境中，更加如鱼得水，在这里度过了四年快乐时光。诗中所反映的，正是这一时期苏轼的生活经历与精神状态。

四十八

次韵曹辅寄壑源试焙新芽

宋·苏轼

仙山灵草湿行云，洗遍香肌粉未匀。
明月来投玉川子，清风吹破武林春。
要知冰雪心肠好，不是膏油首面新。
戏作小诗君一笑，从来佳茗似佳人。

《乐志论图》（局部）　北宋　李从训（传）　美国弗利尔美术馆藏

在北宋的一众文人士大夫里面，苏轼称得上是一位真正的铁杆茶人，他不仅知茶爱茶嗜茶如命，而且创作了大量与茶有关的优秀文学作品，这首流传极广的《次韵曹辅寄壑源试焙新茶》，就堪称中国古代茶诗中的顶级精品。

元丰八年（1085），宋哲宗即位，高太后以哲宗年幼为名，临朝听政，司马光重新被启用为相，以王安石为首的新党受到打压。苏轼被复召为朝奉郎知登州（蓬莱），四个月后又以礼部郎中被召还朝，很快连升为起居舍人、中书舍人、翰林学士、知制诰、知礼部贡举等。当看到新兴势力拼命压制王安石集团并尽废新法后，苏轼向朝廷提出了自己的不同看法，并对旧党执政后暴露出来的腐败现象进行抨击，由此引起保守势力的极力反对，再遭诬告陷害。既不能容于新党，又不能见谅于旧党的苏轼，因此再度自求外调。元祐四年（1089），苏轼以龙图阁学士的身份出任杭州知州，他在这里度过了几年相对宽松自由的日子。这期间，一位名叫曹辅（字子方，泰州海陵人）的小官员给他寄来了一些亲自监制的茶叶并附上一首诗，苏轼喝了他的茶叶之后感觉非常好，便乘兴写下了这首有名的茶诗。当时曹辅正好在福建担任转运判官，负责北苑贡茶的生产管理与转运呈送，他将北苑的核心产茶地壑源所产的头春第一道试焙新茶寄给了对茶极度嗜好的好朋友东坡先生。

整首诗的大概意思是：如仙境一般的茶山上，流动的白云悠然飘过，洒下一阵小雨，沾湿了春天嫩绿的茶芽，就好像少女香嫩的肌肤，淋浴过后，施上的粉黛还没有抹匀，（透着天然的姿色）；明月清辉之下，她们（以美妙少女比拟曹辅寄来的新茶）前来投奔玉川子（玉川子：唐代著名诗人卢仝，作有《七碗茶歌》一诗，苏轼在此用以隐喻自己），就好像来了一阵清爽的和风，吹开了杭州

（武林：旧时杭州的别称）美丽的春天；要知道，这些冰清玉洁的少女（喻茶）们有着非常美好的内在品质，绝不靠着涂油抹脂，把自己打扮得光鲜靓丽；面对如此出类拔萃的美女（喻茶），我必须写上一首小诗，不怕您见笑，这自古以来，上等的好茶，就如同兰心蕙质的美女一样，会让人无比爱惜啊。

苏轼不愧是文章好手，过去咏茶，大多将好茶喻为“灵草”“龙凤”“雀舌”“麦颗”“明月”之类的事物，他的一句“从来佳茗似佳人”，立即把自己对于茶的理解和至爱，与别人拉开了几个档次，让人对茶有了更加广阔的想象空间和无限美好的精神体验。

仅此一句，这首诗便足以流芳千古，魅力长存。

四十九

又赠老谦

宋·苏轼

泻汤旧得茶三昧，觅句近窥诗一斑。
清夜漫漫困披览，斋肠那得许悭顽。

《无款人物图》　南宋　佚名　台北故宫博物院藏

元祐四年（1089），苏轼第二次来杭州上任，这年的十二月二十七日，他正在游览西湖葛岭的寿星寺，南屏山麓净慈寺的谦师听到这个消息，便赶到北山，亲自来为他点茶。苏轼品尝了谦师所点泡的茶后，感到非同一般，专门为他写了几首诗来记述此事，其中比较有名的包括《送南屏谦师并引》《又赠老谦》等，诗中对谦师的茶艺给予了很高的评价。有关谦师的史料记载很少，但从其他人的作品当中可以看出他的茶艺在宋代很有名气，有人问他烹茶点茶的诀窍何在，他回答说："得之于心，应之于手，非可以言传学到者。"因不可言传，后人便称他为"点茶三昧手"。

"三昧"是佛教中的名词术语，来自梵文 Sama dhi 的音译，也作"三摩地""三摩提"，是佛教倡导的修行方法之一，主要是止息杂念，心地专注于一境，正受所观之法，以保持心态平衡，进入一种不昏沉、不紊乱的状态。后来，"三昧"也泛指在某方面造诣非常精湛，能够把握事物秘诀和要义妙理者被称为"得其三昧"。

苏轼在诗中称赞南屏谦师精于茶事、妙于茶道，称其得了茶中"三昧"，首开以佛教"三昧"品茶论道之先河，融佛教禅宗"三昧"与中国茶道为一体，实在是一大创举。从此以后，以"三昧"品评茶艺者甚多，诚如宋人吴开《优古堂诗话》中所说："钱塘南屏谦师妙于茶事，东坡赠之诗云：'道人晓出南屏山，来试点茶三昧手'"。吴则礼《北湖集》卷二《同李汉臣赋陈道人茶匕诗》中也说："个中风味太高彻，问取老师三昧舌。"

整首诗的大概意思是：再次冲泡上一壶好茶，品味其中的滋味，又得到了那种类似禅修的"三昧"妙境，就好像搜寻创作诗句，可以窥斑见豹，体会到诗歌内在的意境；清静而漫长的夜晚，长时间地阅览会让人困倦，你们出家人的肠胃怎么这么厉害，经得起节食

（悭：欠缺，吝啬）的消磨，是不是因为得了茶中“三昧”而修出了清静妙境呀。

在这首有些晦涩的诗中，苏轼以饮茶和作诗为引子，表达了自己品茶、创作、读书的独特感受。“泻汤旧得茶三昧”形象地描述了通过品茶领悟到人生的某种境界；“觅句近窥诗一斑”则表明在诗歌创作中也有所领悟，虽然只窥见了一部分，但足以让他感受到艺术魅力；“清夜漫漫困披览”说的是深夜苦读的情景，“漫漫”形容夜晚的时间漫长，“困披览”则写出了阅读的专注与疲惫；“斋肠那得许悭顽”表达了自己希望像出家人修行一样，既清心寡欲，又坚守着对知识的渴望和对学问的虔诚态度，从体悟“茶中三昧”进而达到读书写诗的“三昧”妙境。

整体来看，这首诗寓言式地表达了诗人对学问的热爱和追求，以及在人生道路上坚韧不拔的美好品格。

五十

梦中谢和老惠茶

宋·苏辙

西邻禅师怜我老，北苑新茶惠初到。
晨兴已觉三嗅多，午枕初便一杯少。
七碗煎尝病未能，两腋风生空自笑。
定中直往蓬莱山，卢老未应知此妙。

《友松图》（局部） 明代 杜琼 故宫博物院藏

苏辙（1039—1112），字子由，一字同叔，号东轩居士，晚号颍滨遗老，眉州眉山（今四川眉山）人，北宋时期官员、文学家、思想家。嘉祐二年（1057）登进士第，初授试秘书省校书郎、商州军事推官，后累迁至御史中丞、尚书右丞、门下侍郎等职，位列宰执。苏辙与父亲苏洵、兄长苏轼齐名，合称“三苏”，又名列“唐宋八大家”之一，其生平学问深受父兄影响，以散文著称，尤擅政论和史论，苏轼亦称其文“汪洋澹泊，有一唱三叹之声，而其秀杰之气终不可没”。诗词力图追步苏轼，风格淳朴无华，文采稍逊。亦善书，其书法潇洒自如，工整有序。

崇宁元年（1102）五月，蔡京担任宰相，重新贬压所谓“元祐党人”，苏辙被削去官职，降授朝议大夫。第二年，苏辙为躲避祸端，独自迁居汝南。一年之后，苏辙定居于颍川，因有感于元祐时人所剩无几，于是筑室曰“遗老斋”，并自号“颍滨遗老”，终日读书著述、默坐参禅，谢绝宾客，绝口不谈时事，将所感皆寄托于诗中。也正是在这一时期，他写下了《梦中谢和老惠茶》一诗。

诗中提到的“三嗅”，出自《论语·乡党》：“色斯举矣，翔而后集。曰：‘山梁雌雉，时哉时哉！’子路共之，三嗅而作。”意思是：孔子在外面郊游，看见野鸡飞翔一阵后停在树上，神情马上变了，说：“山脊上出现野母鸡，这是好时运啊！好时运！”子路赶紧向它们拱手致意，野鸡便叫了几声以示回礼，然后就飞走了。所以“三嗅”最早的意思是鸣叫了几声，“作”则指起飞。苏轼《荆州十首·其二》中曾写道：“北雁来南国，依依似旅人。纵横遭折翼，感恻为沾巾。平日谁能挹，高飞不可驯。故人持赠我，三嗅若为珍。”这里则是苏轼感慨自己如飞雁，旅居于此，见到友人赠予的大雁，根本吃不下去，为了不辜负友人好意，于是闻了几下香气。

苏辙诗中讲的“三嗅”，与苏轼诗中的相同，是闻了几遍香气的意思。

整首诗的大概意思是：西边与我相邻的禅师（和尚的尊称）怜惜我年纪大了，产自北苑（宋代贡茶产地）的新茶一到，就马上赠送了一些给我；早晨一起来就感觉到清香扑鼻，忍不住闻了好几回，中午小憩（午枕：午睡的枕头，泛指午睡）的时候先喝了一杯（因病不能多喝），感觉太少了，没有喝够；虽然因为身体状况不佳，未能等到煎煮好尝遍七碗（卢仝《七碗茶歌》所讲体验），但依然能够感觉两腋习习生风，让人徒自笑叹这种味道实在是太好了；仿佛整个人都飘了起来，直往蓬莱仙境飞去，这种感觉，恐怕连卢仝（卢老）也不一定知道其中竟如此美妙啊。

以梦写茶，苏辙算是开创先河，从中可以体会到的，则是宋代文人对于茶的痴迷，以及茶对于宋代文人们寄托精神、放松身心的作用。

五十一

双井茶送子瞻

宋·黄庭坚

人间风日不到处，天上玉堂森宝书。

想见东坡旧居士，挥毫百斛泻明珠。

我家江南摘云腴，落硙霏霏雪不如。

为君唤起黄州梦，独载扁舟向五湖。

《梅溪放艇图》 南宋 佚名 故宫博物院藏

黄庭坚（1045—1105），字鲁直，号山谷道人，晚号涪翁，又称黄豫章，曾以谪仙自称，世誉金华仙伯；洪州分宁（今江西修水）人，“江西诗派”的开山之祖，北宋著名诗人、词人、书法家。黄庭坚自幼聪颖好学，记忆力惊人，治平四年（1067）进士及第，初为叶县尉，知太和县，后累迁至承议郎、秘书丞兼国史编修官等，又辗转知宣州、鄂州、涪州、黔州等地为地方官。早年以文章诗词受知于苏轼，与张耒、晁补之、秦观并称“苏门四学士”。对宋诗的影响较大，其创作思路有迹可循，甚讲法度，便于学习，因此其追随者众多。

双井茶是黄庭坚家乡分宁出产的一种名茶。欧阳修在《归田录》中曾说过：“自景祐（宋仁宗年号）以后，洪州双井白芽渐盛，近岁制作尤精，囊以红纱，不过一二两，以常茶十数斤养之，用辟暑湿之气，其品远在日注上，遂为草茶第一。”元祐二年（1087），苏轼担任翰林学士、知制诰，尚想有所作为，而迁为著作佐郎的黄庭坚已看透官海的诡谲。当时黄庭坚在京任职，家乡的亲人给他捎来了一些双井新茶，他马上想到分给好友苏轼品尝，一同附上的，还有这首情深意切的诗。

诗中所说的“玉堂”，是古代的官署名，宋代以后称翰林院为“玉堂”，它既指苏轼上班的地方，也暗喻如天上官廷高高在上，不近人间风月。这是黄庭坚写诗的特点，刻意求新求奇，讲究“无一字无来处”，而且喜用拗句。后面所说的“云腴”（形容茶叶）、“落硙”（亦作“磑”，小石磨，研磨茶叶的碾具）、“独载”（用范蠡典故，指其辅佐越王勾践灭掉吴国之后，不愿接受封赏，弃去官职，“遂乘轻舟以浮于五湖”，语出《国语·越语下》）等莫不如此。

整首诗的大概意思是：人世间的风雨阳光到不了的地方，就是天庭上所说的“玉堂”（暗指苏轼上班的翰林院）吧，这里像森林一般罗列着许多宝贵的书籍，（平常人是去不了的）；我突然想见您这位曾经的东坡居士了，（因为您那儿不太好进），所以只能挥毫泼墨，洋洋洒洒写下一些文字，就好像用一百个斛斗，倾泻出无数明亮的珍珠（暗喻有很多话想说）；这是从我江南老家采摘下来的像云朵一样肥美鲜嫩的茶叶，用小石磨研磨的时候，香末纷飞，连飘扬的雪花也不如它美妙；我寄来这些东西（茶与诗），就是想唤回您被贬黄州时的旧事，别忘了像范蠡一样独自驾着小舟，悠然自得地泛舟于太湖之中。

表面上是送茶，实际是送上一片真心与忠言。看透官场的黄庭坚，一方面为好友命运的转变而高兴，另一方面也为他担心，于是借着送茶的机会，委婉地劝告对方，不要忘记被贬黄州的旧事，在风云变幻的官场里，不如及早效法范蠡，来个功成身退。而黄庭坚需要表达的这番用意，又并未一本正经地说出来，只是从旧事的勾连中轻轻点出，不仅可以避免教训的口吻，也显得情味悠长，发人深思。

这，才是真正的高手。

五十二

谢公择舅分赐茶三首

宋·黄庭坚

其一

外家新赐苍龙璧，北焙风烟天上来。

明日蓬山破寒月，先甘和梦听春雷。

其二

文书满案惟生睡，梦里鸣鸠唤雨来。

乞与降魔大圆镜，真成破柱作惊雷。

其三

细题叶字包青箬，割取丘郎春信来。

拼洗一春汤饼睡，亦知清夜有蚊雷。

《真赏斋图卷》（局部）　明代　文徵明　上海博物馆藏

黄庭坚（1045—1105）的家乡出产双井茶，欧阳修曾在《归田录》中称赞“其品远在日注上，遂为草茶第一”。而在他所处的宋代，饮茶已经成为一种风靡全国的时尚，文人墨客热衷于以茶会友、以茶为诗、以茶取乐。黄庭坚自然也不例外，他不仅将产自家乡的双井茶赠予亲朋好友，也常能收到别人送给他的各种各样的好茶。

诗中提到的“公择”指的是李常，他是黄庭坚的舅父，字公择，南康建昌（今江西九江永修）人，少时曾在庐山读书，聚书于白石庵僧舍，官至御史中丞，颇有文名。黄庭坚的这三首诗，写的就是舅舅李公择分三次给他送茶叶。诗中提到的“苍龙璧”“北焙风烟”，都是指当时出产的名茶。“寒月”比喻茶饼：“春雷”“鸣鸠唤雨”“惊雷”“蚊雷”等都是形容煎茶煮水的声音：“降魔”是佛家用语，在诗中是指降伏了睡魔。这是黄庭坚写诗的特点，求新求奇，用语僻拗而有创意。

整首诗的大概意思，其一是：舅舅（外家：外戚，外公那边的家族）家刚刚给我送来（赐：赠送，表尊敬）了名叫苍龙璧的好茶，这些北苑出产的茶叶（北焙风烟：北苑烘焙出来的茶）如同来自天上一样珍贵；明天，我就找一个像蓬山一样安静的地方，（准备好煮饮的器具），把形似寒月的茶饼碾破，先用甘甜的泉水煮上一壶，伴随美妙的梦境悠然地听着煮茶的声音。其二是：公文和书籍堆满了案头，让人疲倦而心生睡意，梦里却传来了如同斑鸠唤雨一样的煎煮茶水的声音；我赶紧拿出可以降伏睡魔的、像圆镜一样的大茶饼，把它破拆开来（真成：有实际行动。破柱：迅疾的雷电劈破所倚的柱子，出自《世说新语笺疏》，描述了夏侯玄在雷雨中倚柱写字，雷电劈中柱子，但他依然镇定自若的故事），放入炊具中煎煮，发出惊雷一样的声音。其三是：舅舅送来的茶叶是用青色的箬叶包裹的，上面精心地刻写着叶家字样的题款，割开包裹，好像感受到了丘郎信中带来的春天的气息；我不管不顾（拼）地用茶饼煮取汤水，悠闲地睡下，把整整一个春天的疲倦一洗而光，也由此而知道，清静的夜晚，只要有煮茶的美妙声音（蚊雷：像蚊子群聚发出的巨大声音）就好了。

因为饮茶在宋代已成为社会生活中的普遍行为，士夫、走卒皆有饮茶的习惯，所以黄庭坚的茶诗，就成为诗词走向世俗生活的典型。这里的世俗生活包括两个层次，一是一般文人自身的生活，二是普通平民的日常生活。黄庭坚的茶诗在反映文人生活时，往往带有浓烈的文人气息，体现了宋诗文人化的走向；而反映普通平民生活时，则带有强烈的世俗气息，代表着宋诗世俗化的审美走向。本诗所写，属于第一类反映其自身生活的茶诗作品。

五十三

茶

宋 · 秦观

茶实嘉木英，其香乃天育。
芳不愧杜蘅，清堪掩椒菊。
上客集堂葵，圆月探奁盝。
玉鼎注漫流，金碾响丈竹。
侵寻发美鬯，猗狔生乳粟。
经时不销歇，衣袂带纷郁。
幸蒙巾笥藏，苦厌龙兰续。
愿君斥异类，使我全芬馥。

《文会图》（局部） 北宋 赵佶 台北故宫博物院藏

秦观（1049—1100），字少游，一字太虚，号淮海居士，别号邗沟居士，高邮（今江苏高邮）人，北宋词人、文学家。秦观少从苏轼游，亦以诗见赏于王安石。元丰八年（1085）登进士第，后因苏轼举荐任太学博士，累迁至秘书省正字兼国史院编修官、宣德郎等职。秦观与黄庭坚、晁补之、张耒合称“苏门四学士”，是北宋婉约派的重要作家，毕生追随苏氏兄弟，词风独创一格，以秀丽含蓄取胜，情调略显柔弱与凄凉，曾因《满庭芳·山抹微云》一词而赢得“山抹微云君”的雅号。

宋代对茶的认识，已经上升到了很高的文化与精神的层面。宋徽宗在《大观茶论》中说：“茶之为物，擅瓯闽之秀气，钟山川之灵禀，祛襟涤滞，致清导和，则非庸人孺子可得而知矣；中澹间洁，韵高致静，则非遑遽之时可得而好尚矣。”大有一种非普通人能够追求的感觉。然而，茶毕竟是一种饮物，因此，在流行过程中，自然会有人根据自己的不同理解而创造出各种各样的饮用之法，例如，在茶中加入香料，增加茶饮的香气，就是当时较为流行的一种做法。但这种做法与文人追求自然淡雅的风格不合，因而也遭到了不少人的反对。比如，蔡襄就曾经在《茶录》中说过：“茶有真香，而入贡者微以龙脑和膏，欲助其香。建安民间皆不入香，恐夺其真。若烹点之际，又杂珍果香草，其夺益甚，正当不用。”

秦观的这首诗，也是反对在茶中增添香料的。整首诗的大概意思是：茶叶实际上是优良植物（嘉木：可解释为美好的树木，出自《西京赋》）生长出来的精华，它的香气是自然天成的；它的芳香无愧于杜蘅，它的清雅完全胜过花椒与秋菊的香气；贵客们聚集在一起，欣赏着堂屋里如同葵盘一样的茶饼，（这些茶饼）就好像圆圆的月亮，从精致的奁匣中冒了出来；玉色的锅鼎中缓缓地注入泉水，金色的碾子在碾碎茶饼时发出爆竹一样的声音；渐渐地（侵寻：意思是渐进，出自《史记·孝武本纪》）就生出了美酒（美鬯：美酒。鬯，古代祭祀降神所用之酒，以郁金草酿黑黍而成）一样的清香，像粟粒一样的浮沫也冒得满锅都是（猗狔：同旖旎，茂盛貌）；这些气味一直没有消失和停歇，使得馥郁的香气弥漫到了衣襟上；幸好有纱巾包裹着将茶饼藏在柜子（巾笥：即巾箱。谓以巾包裹，藏入箱箧）里，才免受龙兰香味（龙兰：指加入茶中的香料）的干扰；真希望能够把这些与茶叶不同的东西都抛弃掉，让我完全沉浸在茶叶天然的芬芳香气中啊。

说茶亦是说人、说事，诗人以明快流畅的语言描绘了茶的香气和美味，表达了对茶的喜爱和渴望。在这里，茶被赋予了超凡脱俗的形象，被视为一种珍贵的天香之源。通过对茶的赞美，诗人也表达了对纯净、清香和独特气息的追求，希望摒弃一切与之相悖的事物。

五十四

同长卿梅下饮茶

宋·邹浩

不置一杯酒，惟煎两碗茶。

须知高意别，用此对梅花。

《梅间俊语图》　南宋　马远　美国波士顿美术馆藏

邹浩（1060—1111），字志完，号道乡居士，常州晋陵县（今江苏常州）人，北宋文学家、官员。元丰五年（1082）中进士，初调扬州、颍昌府教授，后累迁至太学博士、起居舍人、中书舍人、吏部侍郎等。邹浩所写文章深中时弊、高明宏远、温厚深醇，诗作亦有意境幽远、声情并茂者。

到了宋代，饮茶的环境更加受到重视。尤其是文人士大夫喜欢选择幽静雅致的环境饮茶，以求洗涤心灵，得到双重的审美愉悦。一方面，他们热衷于在自然环境中煮茶饮茶，与山水丛林、鸟语花香的广阔天地融为一体，感悟茶思理趣与人生体会；另一方面，他们也喜好在树荫下、竹林中、花丛间、亭轩内、泉溪边等营造出来的幽静环境中品饮佳茗，乐其所乐。这二者都可以达到既欣赏风景，又放松身心的目的。而一旦进入室内饮茶，也通常会挂画、焚香、插时令鲜花等，将品饮之处布置得精致而风雅，以追求茶与生活美学的完美统一。

这种风气，一方面是宋代文人“避世”心态的充分体现，另一方面也是他们文化修养与审美倾向与唐人相比发生明显变化的结果。唐人之于酒，往往充满激昂慷慨、洒脱奔放的胸襟与自由浪漫的情怀；而宋人之于茶，则冷静适意、委婉含蓄，显示出一种闲散自然的格调。因此，唐宋诗词分别以酒文化与茶文化为底色，一个海纳百川、兼收并蓄；一个含蓄深沉、内向收敛，二者的文化脉络截然不同而又丝丝相系，折射出社会、经济、文化等多个方面特质的差异。

邹浩的这首诗，短小精致，用语平淡而意境高远，是茶诗中难得的佳品。整首诗的大概意思是：（我们安静地坐在梅树下面），面前并没有放上一杯美酒，只是煎煮了两碗好茶；要知道，高妙的意趣是有区别的，用饮茶这种自然淡雅的方式来映衬冰清玉洁的梅花，（所营造出来的氛围，应该是最好不过的啊）。

作者用平淡而简练的语言，描绘在梅花树下品赏佳茗的情景，充满了文人雅士的闲适与高雅。以“不置一杯酒，惟煎两碗茶”开篇，对比酒与茶的选择，突出了茶在诗人心中的地位，也暗示了与酒相比，茶更能体现自己内心的宁静与淡泊。接着，以“须知高意别”，点明了品茶不仅仅是物质上的享受，更是一种精神的追求和境界的提升。到了“用此对梅花”，则将场景作了进一步的凝练与升华，寓意梅花作为冬日的使者，象征着高洁与坚韧，与茶的清雅淡然相得益彰，共同营造出了一种超凡脱俗的氛围。

整首诗通过看似平淡而实则精练的语言，展现了诗人与友人在梅花树下品饮的雅趣生活，以及在这一过程中蕴含的深邃思考与哲理。诗中没有直接表达情感的强烈波动，而是通过环境的渲染和行为的选择，让读者感受到一种超然物外的宁静之美。这种以茶会友、以梅寄情的生活态度，体现了文人士大夫对于自然之美的欣赏和对于精神世界的追求，是宋代茶文化的一个经典缩影。

五十五

次韵和张掾新泉三绝句（其二）

宋·洪刍

水之美者三危露，邂逅清甘一勺同。

两客携茶煮汤鼎，归来应御玉川风。

《画听琴图轴》（局部）　元代　佚名　台北故宫博物院藏

洪刍（生卒年不详），字驹父，豫章（今江西南昌）人，宋代文学家黄庭坚的外甥，与兄弟洪朋、洪炎、洪羽并称“四洪”。绍圣元年（1094）中进士，授以官职，靖康中为谏议大夫。汴京失守后曾为金人搜刮金银，建炎元年（1127）被流放沙门岛，死于贬所。洪刍的诗可归入江西诗派，黄庭坚曾评价其诗“风骨清润”“句甚秀而气有余”“作诗甚有法度”。

到了宋代，文人士大夫饮茶时对水的要求更加讲究。欧阳修在《尝新茶呈圣俞》一诗中说：“泉甘器洁天色好，坐中拣择客亦嘉。”提出品茶要有新鲜的茶叶、甘甜的清泉、洁净的用具及优良的天气，再配上三两佳客，便算是最好的组合了。苏轼也在《到官病倦，未尝会客，毛正仲惠茶，乃以端午小集石塔，戏作一诗为谢》中说：“禅窗丽午景，蜀井出冰雪。坐客皆可人，鼎器手自洁。”追求的是花木幽深的禅房、风和日丽的艳阳天、冰清玉洁的井泉、看着舒心的客人，以及干净清洁的器具和一尘不染的操作。这些诗中都涉及了煮茶用水的要求，而洪刍的这首诗，同样也突出了对煮茶所用泉水的讲究。

诗中提到的“三危露”，指的是“三危之露”。《吕氏春秋·览部》卷十四《孝行览本味》中说：“水之美者：三危之露；昆仑之井；沮江之丘，名曰摇水；曰山之水；高泉之山，其上有涌泉焉，冀州之原。”东汉高诱注解曰：“三危，西极山名。”北周庾信《庾子山集》卷一三《温汤碑》曰：“其味美者，结为三危之露。”可见，“三危露”是一种极其罕见的水中极品。

整首诗的大概意思是：泉水里面最好的水是来自西极山的“三危之露”，而我们偶然间遇到的这处新泉水，舀上一勺试试，它的清澈甘甜与传说中的“三危之露”并没有什么不同（意思是所遇泉水品质极佳）呀；两位客人亲自带着茶叶，一起架起锅鼎来煎煮，（共同品饮），回来的时候，应该可以达到卢仝所说的两腋生风、羽化登仙（玉川风：卢仝自号玉川子，其诗作《走笔谢孟谏议新茶》中曾有“七碗吃不得也，唯觉两腋习习清风生”之句）的境界吧。

在宋人的茶诗词中，这首诗别具一格。诗中描绘了两位友人共品佳茗的雅致场景，通过细腻的笔触展现了水与茶的完美结合，以及在煮茶过程中所感受到的清风拂面的美妙感觉。诗人以“水之美者三危露”开篇，巧妙地将稀有的三危之露与眼前清澈甘甜的泉水相提并论，突出了水的珍贵与品质。接着，用“邂逅清甘一勺同”生动描绘了两位客人偶然相遇，共享一勺清甘之水的喜悦与默契。随后又以“两客携茶煮汤鼎”具体描述他们共同煮茶、相坐品饮的过程，其间充满了生活情趣和友情温暖。

五十六

携茶过智海

宋·吴则礼

床头白羽已相亲，茗碗才尝正焙新。
透出老禅三昧眼，唤醒逋客二毛身。
坐闻考考赴堂鼓，起觅垂垂洗钵人。
稍有黄鹂来举似，似怜老子独知真。

《北禅小像轴》（局部） 明代 叶时芳 上海博物馆藏

吴则礼（？—1121），北宋诗人、词人，字子副，富川（今湖北阳新，一作永兴）人。初以父荫入仕，授军器监主簿，后因事谪贬荆州，曾官至直秘阁，知虢州。擅长写诗，与唐庚、曾纡、陈道等名士多有唱和。晚年闲居于豫章（今江西南昌），自号北湖居士。

茶的淡雅和让人清醒的特点，与佛家修行、参悟和打磨时光的需求高度契合，因此，从唐代饮茶之风兴起，佛家与茶便越走越近。比如，唐代禅宗六祖惠能所著《坛经》中，就讲到了禅师们喜好饮茶，禅门出现了许多与茶有关的佛事活动。而《佛祖统纪》一书，甚至还记载了武则天赐茶给惠能，提到“万岁通天元年，（武则天）遣使赐六祖能禅师水晶钵盂、磨衲、白氎（毡）、香茶，敕韶州守臣安抚山门。”可见，当时饮茶之风已进入寺院，成为僧侣们日常修行、生活的一部分。正如敦煌遗书《茶酒论》中所言：“我之茗草，万木之心，或白如玉，或黄似金。名僧大德，幽隐禅林，饮之语话，能去昏沉；供养弥勒，奉献观音，千劫万劫，诸佛相钦。”禅、茶相应相契，茶的止渴休闲、洁净清凉、去昏沉、可供佛等属性，促使“茶事”被快速建构为“禅茶”。到了宋代，禅门诸事已与茶饮深度融合，禅茶文化到达巅峰。

吴则礼的这首诗，便是茶味与禅意融合的产物。整首诗的大概意思是：床头的白羽扇（白羽：白色的羽毛，可能是指扇子，也可能是某一种鸟）已经非常熟悉与亲近了，而刚刚品尝过的碗里香茶，是新烘焙出来的；我在茶香中看到的，是老禅师参透“三昧”（三昧：佛教的重要修行方法，意思是止息杂念，使心神平静）的眼神，将我这位两鬓斑白（二毛：指鬓发斑驳的老人）的谪居者（逋客：避世隐居的贤人）唤醒；静静地坐着，好像听到了学堂的鼓声（考考：形容学堂敲鼓的声音）渐渐敲响，赶紧起身去寻找那位在缓慢地（垂垂：形容动作缓慢）洗着茶钵的人；忽然有黄鹂飞了过来，似乎要告诉（举似：示意、告知）我一点儿什么，又好像在怜惜我（老子：作者自指）独自品味着生活的真谛。

宋代士大夫尽管生活优渥、位高权重，但官场上风云变幻，文人们在宦海浮沉，常常会遭遇仕途凶险。因此，宋代文人士大夫有一个共同的向往，那就是脱身仕途，归隐江湖。但是，宋人独有的忧患意识和济世情怀又使得他们无法实现真正意义上的归隐。归隐便只能成为宋代士大夫在精神层面回归自然的行吟，表现为一种顺应自然、随缘自适的旷达胸怀和人生情趣。正如苏轼在《和蒋夔寄茶》中所说："人生所遇无不可，南北嗜好知谁贤"。尽管人生遭遇有别，但应该拥有的，是随遇而安、自然适意的心态。在这种状态下，品茶参禅便成了文人士大夫实现暂时归隐江湖、躲避凡世尘嚣的方式。他们纷纷在品茶中参悟，在参悟时品茶，清思静虑，品味人生，使得自己与山水、自然、宇宙能够融为一体。

吴则礼的这首诗就是这一生活状态的反映。全诗以细致入微的情景描写，展现出他向往超脱尘世、享受简约生活的禅意情怀。

五十七

次韵曾嘉言试茶

宋·释惠洪

不嫌滞留湘水涯，时作新诗夸露芽。
此篇醉墨翻龙蛇，雷锤雨雹飞尘沙。
开卷疾读喜欲哗，此郎真是能世家。
气如横槊万骑遮，妙如琢玉无疵瑕。
缙绅传观众口夸，矧余秃鬓缠袈裟。
崔嵬胸次书五车，于人岂止一等加。
坐令应手开天葩，不因笔端梦生花。
何时词刃诛奸邪，世途嗜好纷万差。
风流扫地吁可嗟，十年去国道路赊。
两手未忍置所拿，贾生岂欲从蚓虾。
渊明但爱谈桑麻，湘西有舍如藏蛙。
年来颇种东陵瓜，爱君才宜践清华。
妙年声誉闻童牙，君看爱客自著茶。
红妆聚观烂朝霞，撑突万卷遭搜爬。
职宜莲烛烧窗纱，不宜槐笏趋早衙。
未甘终老勤山畬，尚能见子昂霄耶，
想见雾窗烟缕斜。

《湘江风雨图卷》（局部） 明代 夏昶 故宫博物院藏

释惠洪（1071—1128），一名德洪，字觉范，自号寂音尊者。俗姓喻（一作姓彭），新昌（今江西宜丰）人，著名诗僧。惠洪自幼家贫，14岁时父母双亡，遂入寺为沙弥，元祐四年（1089）入京师，于天王寺剃度为僧。一生经历奇幻曲折，曾经四度入狱。惠洪以诗文名世，善画梅竹。其诗清新有致，笔力颇健，极度推崇苏（轼）、黄（庭坚），作诗也勉力追摹，出入其间，时时近之，于黄庭坚所得尤多。后人推其诗为“宋僧之冠”。

惠洪曾几度流连于湖湘大地，遍访佛寺，交友品茶。在此期间，留下不少才情双秀的诗文，《次韵曾嘉言试茶》就是其中的一首。整首诗的大概意思是：从来没有嫌弃过自己滞留在湘江一带，在这里可以时不时地写上几首新诗，来夸一夸新冒出来的鲜嫩茶芽；您的这篇诗作，就好像醉里泼墨、笔走龙蛇，有着雷鸣电闪、雨雹倾盆、飞沙走石一般的气势；打开纸卷，迅速阅读，我高兴得想大声喧哗，您这家伙真不愧出自大家族；大气磅礴，有如挥舞着枪槊挡住万千铁骑，高妙至极，如同雕琢出来的玉块，没有一点儿瑕疵；官宦士子争相传阅，众口一词，共同夸赞，更何况我这样剃着光头、披着袈裟的人呢；胸怀雄伟开阔，学富五车，在人群中何止是比最上一等还要好啊；致使我也不得不随手拿起笔来，写下秀美的文字（天葩：意思是非凡的花，常比喻秀逸的诗文）应和，并不是我的笔端可以梦见妙笔生花；什么时候，诗文的锋刃可以诛杀奸祸邪恶呀，人生的道路、爱好总是有着千差万别；只可惜风流扫地，空余叹息，十多年了，我离开京城，行路漫长而遥远（赊：长、远）；拥有双手，并不忍心放下能够拿到的东西，贾谊哪里愿意跟着蚯蚓、虾子过一样的生活呀；陶渊明只喜欢谈论田园农事，生活在湘西的屋舍里面，就好像躲藏着的青蛙；每年都可以像隐居长安城东的邵平那样，种种南瓜，爱慕的是您的才华啊，可以覆盖在秀丽的景物之上；少壮之年就有美好的名声，连小孩子都听说过啊，您看见了吧，您的好朋友（爱客：好友。出自岑参《早秋与诸子登虢州西亭观眺》：“微官何足道，爱客且相携。”）我可以亲自做茶品茶，写下有关茶的诗文呀；就好像美丽的花卉（红妆：喻诗文）可以引来众人的聚集观赏，如同观看灿烂的朝霞，也可以让人翻阅成千上万卷书来寻找；（我这里）只适宜点着莲花烛台，映照着纱窗，（静心体味），并不适合拿着笏板匆匆赶往衙门去上早班的状态；谁都不甘心在书山学海中一味地耕种，直至终老，还好能见到您上攀霄汉（昂霄：意思是高入霄汉，形容出人头地或才能杰出）、才名卓著；我想看到的，只是窗户上透出的清晨雾气和缕缕烟霞啊。

全诗先满腔热情地赞扬曾嘉言其人及其试茶诗，后纵谈古今隐士风范和自己崇尚的茶人生活方式，充分展现了诗人对生活的热爱、对艺术的追求及对自我才华的自信，同时也体现了宋代文人雅士的生活情趣与审美观念。

五十八

谢子发惠茶

宋·王庭珪

打门谁送双圆璧，惊觉茅檐昼日眠。

便觉清风生两腋，梦魂飞到月轮边。

《临溪水阁图》　明代　仇英　故宫博物院藏

王庭珪（1079—1171），字民瞻，自号卢溪老人、卢溪真逸，吉州安福（今江西安福）人，官至国子监主簿。自幼矢志于学，后入太学，通晓诸子百家，博学兼通，尤工于诗，登宋徽宗政和八年（1118）进士第，授迪功郎，调衡州茶陵县丞。在湖南茶陵任上，兴教劝学，整治猾吏，均平税役，勤勉尽职，为政清明，深得民心。然而，当时朝政已陷入混乱，吏治腐败黑暗，面对内忧外患之势，王庭珪感觉祸根已萌、无力回天，于是开始有了弃官隐居的念头，终于在宣和五年（1123）“与上官不合，弃官去”，隐居于卢溪，并以“卢溪”自号。

诗中所说的子发，是指当时的安成知县周子发。安成的历史可以追溯到秦朝，当时在如今的安福境内设立了安成和安平二县。西汉初年，安平县属于豫章郡，安成县则属于长沙郡。到了隋朝，安成县改为安复县，唐武德七年（624）又将安复县改为安福县，自此安福之名一直沿用。宋代的安成县隶属于吉州，地理位置在今天的江西省吉安市安福县境内。王庭珪是安福人，所以与当时的安成知县周子发往来频繁，多有唱和，这首《谢子发惠茶》就是其中的一首。

整首诗的大概意思是：忽然听到敲打房门的声音，是谁送来了一双如圆润玉璧一样的好茶饼呀？把我从白日小憩的茅檐下面惊醒；煮上一壶饮用，便觉得有了卢仝笔下所说的两腋清风习习相生的感觉，一觉睡去，梦见魂魄好像飞到了月亮旁边，（让人顿时有了羽化登仙的感觉啊）。

这首诗最大的特色是它的构思。题为感谢朋友送茶，诗中却并没有直言谢意，而是通过一系列细节和感觉的生动描写，将“谢”字展现得淋漓尽致。开始第一句“打门谁送双圆璧”，用的是“打门”而不是敲门，有两层意思，一是送的人非常紧迫，有一种得了好物急待与朋友分享的味道；二是说明两人的关系非常熟悉、意气相投，直接打门，不需要讲究许多；而用“双圆璧”比喻茶叶，更突显了送来的确实是好东西。第二句“惊觉茅檐昼日眠”，用了“惊觉”，表达自己对这份不期而至的珍贵礼物非常惊喜；茅檐下的“昼日眠”，则是说自己的生活状态非常闲适惬意，悠然之中获得了来自好友的意外之喜，谢意不言而喻。第三句“便觉清风生两腋”，非常形象地表现了自己因收到茶叶而感觉心旷神怡，仿佛清风拂过胸膛，内心十分愉悦与轻松。第四句“梦魂飞到月轮边”，对这份礼物的喜爱之情和发自内心的感谢已经溢于言表了，仿佛连梦境都随之飘向了那明亮的月轮，内心的满足与向往跃然纸上。

寥寥数语，既巧妙地表达了友情的美好和内心的谢意，又充分展现了茶叶带来的精神愉悦，不失为一首富有生活情趣和人文关怀的好作品。

五十九

烹茶

宋·吕本中

水光欲尽琉璃影，玉色初浮翡翠斑。

便觉曲生风味好，小炉新火对蒲团。

《归棹图轴》　五代十国　荆浩　美国弗利尔美术馆藏

吕本中（1084—1145），字居仁，号紫微，世称东莱先生，祖籍莱州，寿州（今安徽寿县）人，两宋之际的南渡诗人、词人、道学家，仁宗朝宰相吕夷简玄孙，其父为两宋之际东莱郡侯吕好问。吕本中初以恩荫补承务郎，元符（1098—1100）年间历任地方属官，宣和六年（1124）除枢密院编修官，迁礼部员外郎、直秘阁。宋高宗绍兴六年（1136）特赐进士出身，擢起居舍人兼权中书舍人，旋即又迁中书舍人兼侍读，兼权直学士院，后因忤秦桧被罢。其诗颇受黄庭坚、陈师道影响，又学李白、苏轼，继承和发展了江西诗派的风格，诗风明畅灵活；其词则以婉丽见长，也有一些悲慨时事、渴望收复中原故土的作品。

生逢多事之秋的吕本中虽然少年时颇为自在和自得，可以称得上潇洒，但为官之后，渐知世事艰难、仕途不易。他先受佞臣秦桧之苦，后又遭弃国离家之痛，加之感受到羁旅行役和世态炎凉，内心的痛苦自然难以避免。为此，他和当时的大多数文人士大夫一样，用茶来排遣心中的郁闷，并先后写下了《从叔巽叔觅茶》《西江月·熟水词》等一系列茶诗茶词，其中也包括这首流传甚广的《烹茶》。

诗中提到的“曲生”，是酒的别称。这个词语的来源可以追溯到唐代郑綮的《开天传信记》，书中描述了一个名叫叶法善的道士，在玄真观接待客人时，突然出现一个自称“曲秀才”的人，他谈论风趣，引起满座惊叹。过了良久待他站身起座的时候，像一阵风一样旋转飘逸着出了门。叶法善以为他是妖怪，等他再次回座的时候，便暗暗地用桃木剑击打了他一下，没想到这个人立即掉下台阶，变成了一坛美酒，在座的客人哈哈大笑，饮用之后，都觉得这酒的味道非常美妙。从此以后，“曲生”或“曲秀才”就成了酒的别称。比如，苏轼的诗中就有“欲从元放觅拄杖，忽有曲生来坐隅”的句子，形象地描绘了酒在文人生活中的重要地位。

整首诗的大概意思是：水面倒映出来的清亮，随着汤水沸腾，形成了琉璃一般五彩纷呈的光影，茶叶在煎煮中逐渐舒展开来，浮现出宝玉一样的颜色，如同翡翠的斑纹；（看着眼前的这一切），突然觉得美酒的风味是如此让人心生厌恶，而小小的茶炉、新生的炉火及简简单单的蒲团,（才是我真正向往和追求的宁静与享受啊）。

通过烹茶这一行为及烹茶过程的感悟，诗人似乎找到了生活的乐趣与精神的寄托。茶香和炉火的温暖，以及与蒲团相对的坐姿，共同构成了一个和谐、宁静的场景，形成了一种极其独特的艺术美。这种美不仅来自茶的味道，更来自整个过程中的心灵感受和对生活的感悟，也充分展现了诗人对于生活美学的追求和对内心平静的向往，让人在阅读中仿佛能感受到那份悠然自得的茶香与禅意。

六十

山居四适·烹茶

宋·李纲

安眠饱食更何求，只欠云腴茗一瓯。

龙凤不须夸北苑，枪旗且与试中州。

《品茶图》（局部）　元代　钱选　日本大阪市立美术馆藏

李纲（1083—1140），字伯纪，一字天纪，号梁溪先生、梁溪居士、梁溪病叟，两宋之际的抗金名臣。祖籍福建邵武，至其祖父时迁居无锡（今江苏无锡）。政和二年（1112）登进士第，历官至太常少卿，金军南下时因“专主战议”而出名。宋高宗即位后起用为尚书右仆射兼中书侍郎，此后虽在官场数度起落，仍不断上疏陈述抗金大计，抗金之志至死不渝。李纲能诗能文，写有不少爱国篇章，亦能词，其咏史之作，形象鲜明生动，风格沉雄劲健，被认为是宋词由婉约派转向豪放派的重要过渡词人。

作为文人出身的一代名将，李纲的作品在当时的一众文人中别具一格。哪怕是对平常生活的描写，也自有一股慷慨之风隐入其中，比如《山居四适》，分别写了“读书”“烹茶”“酌酒”“焚香”四类生活情态，里面都透着超出一般文人士大夫的胸怀格局，《烹茶》则是其中比较有代表性的一首。

诗中提到的“云腴”，通常被用来指代茶叶，尤其是那些丰润肥美、品质优良的茶叶，例如，唐代皮日休在《奉和鲁望四明山九题·青棂子》中就写过“味似云腴美，形如玉脑圆”的句子。“枪旗”则是古人用来形容成品绿茶的术语，由带顶芽的小叶制成，有芽尖细如枪、叶开展如旗的特点，故名枪旗；此外，“枪旗”也用来形容茶叶嫩尖，指茶叶初生时一茎小芽如枪、一片小叶如旗的组合形态。在文学作品中，“枪旗”常被用来形容茶叶的嫩度和形态，如五代齐己的《闻道林诸友尝茶因有寄》中提到的“枪旗冉冉绿丛园”等。

整首诗的大概意思是：在拥有安宁的睡眠和吃得饱肚子之后，还有什么不满足而需要追求的呢？唯一欠缺的恐怕是一罐子丰润肥美的好茶啊；不要只夸赞产自北苑的龙凤团茶（北宋有名的贡茶，产自建安北苑，即今福建省建瓯市东峰镇，因茶饼上印有龙凤形的纹饰，故名）如何品质上乘，姑且拿来与产自中原（中州）的形如枪旗的茶叶比试一下，（看看哪一种才是真正的好茶）。

这里面最有意思的是用到了“枪旗”二字，表面上是指茶叶，但实际上可能另有所喻，作为主战派的抗金名将，李纲一直遗憾未能放开手脚与金军大干一场，手中的“枪旗”到底管不管用，为什么就不能拿到中原（中州）去试上一试呢？自己屡次力挺抗金，却总是遭遇挫折，试都不让试一下，落个“力尽筋疲谁复伤”（李纲《病牛》）的结果，不能不说太过遗憾。

李纲这首看似风轻云淡，实则心潮涌动的诗，表面上写的是平常生活中的烹茶，实际上里面满满都是他的爱国情怀和对时局的深深忧虑。

六十一

述侄饷日铸茶

宋·曾幾

宝胯自不乏，山芽安可无。
子能来日铸，吾得且风炉。
夏木啭黄鸟，僧窗行白驹。
谈多转生睡，此味正时须。

《荷乡清夏图》（局部）　南宋　马麟　辽宁省博物馆藏

曾幾（1084—1166），字吉甫，自号茶山居士，北宋末南宋初诗人。先祖为赣州（今属江西）人，徙居河南府（今河南洛阳），历任江西、浙西提刑，秘书少监、礼部侍郎等。曾幾学识渊博，勤于政事。他的学生陆游替他作《墓志铭》时称他“治经学道之余，发于文章，雅正纯粹，而诗尤工”，后人将其列入“江西诗派”。其诗多属抒情遣兴、唱酬题赠之作，闲雅清淡。五言和七言律诗讲究对仗自然，气韵舒畅。古体如《赠空上人》，近体诗如《南山除夜》等，均见功力。

这首诗描述了曾幾收到侄子赠送的日铸茶后的喜悦之情。诗中提到的“宝胯”，是挂在腰带上的一种用宝玉做成的珍贵饰物，《新唐书·李靖传》记载：“靖破萧铣时，所赐于阗玉带十三胯，七方六刓，胯各附环，以金固之，所以佩物者。”另外提到的“日铸”，则是指日铸茶，又名“日注茶”“日铸雪芽”，产于绍兴东南五十里的会稽山日铸岭。宋朝将其列为贡品，欧阳修《归田录》称：“草茶盛于两浙，两浙之品，日铸第一。”南宋高似孙的《剡录》中也说过：“会稽山茶，以日铸名天下。”

整首诗的大概意思是，珍贵的宝物我并不缺乏，但来自山上的嫩茶怎么能够没有呢？你给我送来了日铸佳茗，我姑且准备好煮茶的风炉；夏日的树木间，黄鹂欢快啼鸣，僧舍的窗前时间流逝，快得像白色的骏马飞奔；话说多了，人就容易犯困，这种提神醒脑的茶叶香味，正是此时此刻我所需要的啊。

绍兴八年（1138），曾幾与三哥曾开因为力主抗金、反对和议，跟秦桧发生激烈争执，兄弟二人均被免职。受此打击的曾幾后来隐居于上饶的广教寺。当时的上饶是抗金的大后方，也是文人雅士聚居之地、避难之所。曾幾在这里结交了很多朋友，其中有达官贵人，也有平民僧人。根据他的传世作品《茶山集》统计，和他有过诗作唱酬的多达六七十人。广教寺旁有一座茶山，他在这里一住就是7年，品茶悟禅，修身养性，并怡然自号“茶山居士”。而实际上，广教寺（茶山寺）一带当时极为寂寞荒凉，是一个足以让有志者奋发、让慵懒者沉沦的地方。另外，值得注意的是，宋朝南渡之后，广大南渡士人和平民百姓被安顿在空置的寺院之内，客观上为南渡士人创造了一个接触、了解佛教的绝佳机会，于是以禅入诗成为当时更多诗人的选择。

曾幾这首诗也不例外，讲到了“僧窗行白驹”，里面的禅意不言而喻，一方面感慨寺院里的日子太好过了，时间如白驹过隙，另一方面，则是对自己所处境遇的不甘，担心时间就这么匆匆耗费了。可见，诗人在表达对侄子赠送日铸茶的感激之情、描绘品茶的美好时光之外，还有一份对时光如白驹流逝的忧闷。

六十二

枢密端明先生宠分新茶将以丽句穆然清风久矣不作感叹之余辄敢属和（其一）

宋·张孝祥

伐山万鼓震春雷，春乡家山挽得回。
定自君王思苦口，便同金鼎荐盐梅。

《春山图》（局部）　北宋　萧肃（传）　故宫博物院藏

张孝祥（1132—1170），字安国，号于湖居士，历阳（今安徽和县）人，唐代诗人张籍的七世孙，南宋著名词人、书法家。绍兴二十四年（1154）状元及第，初授承事郎，签书镇东军节度判官。由于上书为岳飞辩冤，为权相秦桧所忌，诬陷其父张祁有反谋，并将其父下狱。次年，秦桧死，授秘书省正字，后累迁秘书郎、著作郎、集英殿修撰、中书舍人直学士院及地方留守、安抚使等职，颇有政绩。善诗文，尤工于词，其风格宏伟豪放，为“豪放派”代表作家之一。

诗的题目中说到的“枢密端明先生”，指的就是当时的宰相秦桧。秦桧在南宋时期曾担任过枢密使和端明殿学士等职务，因此被称为“枢密端明先生”。绍兴二十四年（1154），张孝祥二十三岁时，参加廷试，因文章书法俱佳，被宋高宗钦点为第一，高中状元，居秦桧孙秦埙之上，同榜中进士的还有范成大、杨万里、虞允文等。此次科举考试，本来掌握在秦桧手中，因为高宗干预，张孝祥才得中状元，并由此进入仕途，与秦桧及其孙秦埙均有交集。按照宋人当时的习惯，熟人之间互赠茶叶是很流行的一件事，因此，高中状元的张孝祥收到了秦桧赠的新茶，对此感到受宠若惊。

这是一首比较隐晦的茶诗。开篇的“伐山”，语出自北宋王铚的《王公四六话》卷上，其中提到“四六有伐山语，有伐材语。伐材语者，如已成之柱桷，略加绳削而已；伐山语者，则搜山开荒，自我取之。伐材，谓熟事也；伐山，谓生事也”。末句的“金鼎荐盐梅”，是化用成语“金鼎盐梅”，金鼎象征着权力和尊贵，而盐梅则代表调味品盐和梅子，盐味咸，梅味酸，均为调味所需，也喻指国家所需的贤才，因此，“金鼎盐梅”常用来形容国家治理需要贤才的辅助，如同调味品对于美食的重要性一样。

整首诗的字面意思大概是：开山的时候，无数面锣鼓敲响，如同春雷一样震动着大地，唤醒了大山的勃勃生机，让春天又回到了家乡；一定是皇上思慕贤才，渴望有苦口良言，于是，您才用金鼎装上盐梅进荐。字面背后所包含的意思大概是：我收到您赠予的新茶，想起了家乡开山时的万鼓雷动，把春天又唤了回来，只要皇上能够思贤若苦，您又能够协调各方，推荐有用之才，那么，失去的春天肯定可以挽得回来，收复中原一定有希望。

作为南宋知名的有志青年，张孝祥起初对当时位高权重的秦桧是抱有幻想的，通过这首茶诗，他表达了对秦桧的赞誉，暗示秦桧在朝廷中地位重要，也展现了对春天和家乡的热爱，以及对于君王的忠诚。但令张孝祥没有想到的是，因为及第不久便上书为岳飞鸣冤，他得罪了秦桧，导致秦桧指使党羽诬告他的父亲张祁杀嫂谋反，并将其投入监狱百般折磨，他自己也因此被牵连受难，幸而秦桧不久身死，才结束了这段艰难的时期。

茶耶？诗耶？说到底，都是人生百味在其中啊。

六十三

梅花下饮茶又成二绝

宋·吴芾

其一

昨日花前酒太过，今朝怕见近流霞。
不应辜负花枝去，且嗅清香倍饮茶。

其二

强拈茶碗对梅花，应是花神笑我多。
更取香醪拼一醉，不禁风味恼人何。

《探梅图》　南宋　马远　台北故宫博物院藏

吴芾（1104—1183），字明可，号湖山居士，台州仙居（今属浙江）人。宋高宗绍兴二年（1132）进士，初为删定官、秘书正字，因揭露秦桧卖国专权，曾被罢官。后任监察御史，上疏宋高宗自爱自强、励精图治。两淮抗金失利，主和派为求偏安一隅，纷纷主张对金退让。吴芾力排众议，建议高宗亲征，驻跸建康（今南京），“以系中原之望”。隆兴元年（1163）升礼部侍郎，第二年任敷文阁直学士知临安府，随之复为吏部侍郎。吴芾几经升迁，气质益坚，曾放言为官当“视百姓当如父母，视公事当如私事；与其得罪于百姓，宁得罪于上官”，但终为权臣所忌，出治太平州（今安徽当涂、芜湖辖境）。乾道五年（1169），吴芾以龙图阁直学士告老还乡，修小西湖于后里吴，终日闭门从事著述。

宋代周必大所撰的《二老堂诗话》里说，宋以前咏梅的诗词并不多见，汉晋时期，大概也就十几个人写了二十来首跟梅花有关的诗。就算到了诗歌创作特别繁荣的唐代，像人们熟悉的白居易、杜牧这些大诗人，也只写了三五首以梅花为题材的诗而已。但到了宋朝时就大不一样了，咏梅诗词的数量陡然剧增，“而余日积月累，酬和千篇云”。有宋一朝的梅花诗词，达到了此前总量的50倍之多。这跟当时的社会环境有极大的关系，一方面，重文轻武导致文人地位上升，也带来了科考与文人从仕的激烈内卷，梅花凌霜傲雪的特点适合文人雅士用来自励；另一方面，来自北方金元铁蹄的入侵让社会纠结于是战是和，文人士大夫常常因为自己的主张与当权者不一致而受到打压，这个时候，梅花就成了他们显示自己风骨、寄托自己情怀的极有特色的审美意象。

吴芾的这首诗，就把当时与文人雅士关联度极高的茶、酒、梅花融合在一起，表达了自己独特的生活取向。第一首诗的大概意思是：昨天，我在花丛中饮酒，喝得过量了，今天早上起来，还有点儿畏惧看见美酒（流霞：传说中仙人所饮的美酒。在这里也有可能是指酒过多而面若红霞）呢；千万别因为贪杯而错过了盛开的花枝，姑且去闻一闻花朵的清香，多饮上几杯好茶吧。第二首诗的大概意思是：我勉强着（因酒醉而无力）拿起茶碗，以清茶与梅花对饮，梅花仙子应该会取笑我，昨天晚上喝太多了；干脆再取些美酒（香醪：香气浓郁，指美酒）来，与梅花同醉一场，唉，我总是经不住这些美妙的人间风味（茶、酒、梅），倒也没什么值得恼人的吧？

整首诗通过对品茶场景的生动描述，展现了作者对梅花的深深喜爱和敬仰之情。梅花作为冬季的使者，独自绽放，给人以坚强、纯洁、自爱的感觉。诗人以梅花为友，将自己置身于梅花的意境之中，以茶酒相伴，尽情享受其中的宁静和美好，表达了对生活乐趣的追求和对世俗纷扰的厌恶。

六十四

诸友惜别夜坐德行堂饮茶

宋·李石

一舟海角到天涯，春信江南梅欲花。

莫道别时无酒语，与君剪烛夜烹茶。

《唐绘手鉴笔耕园之舟人形图》 宋代 王辉（传） 日本东京国立博物馆院藏

李石（？—1181），字知几，资州（今四川资阳）人，享年七十岁。从小即盛负才名，绍兴二十一年（1151）进士及第，初任太学博士，出主石室（藏书处），就学者如云，以成蜀学之盛。后来降职为成都学官，乾道年间再入为郎，历知合州、黎州、眉州，皆以论罢，最终官至成都府路转运判官。陆游的《老学庵笔记》中曾有记载，李石本名李知几，后有感于梦中征兆，改名石，而以知几为字。李石工于诗词，时作山水小笔，风调远俗。

与盛唐气象相对应的，是唐人好酒，直至产生了李白《将进酒》这样的千古名篇。不仅相逢相聚以酒为乐，迎来送往也以酒为媒，“葡萄美酒夜光杯，欲饮琵琶马上催”，一阵豪饮，便可“莫愁前路无知己，天下谁人不识君”。但宋人不一样，随着社会生态与风俗的变化，宋人迷上了更让人清醒和淡雅的茶饮，从王公大臣到贩夫走卒，均以茶为美，甚至皇帝赏识臣子，也常常赐以茶饮而不是选择美酒。“宾主设礼，非茶不交”，迎客以茶，送别也同样非茶不可。

李石的这首诗，正是这一风俗的生动反映。临行之前的夜晚，朋友们坐在德行堂，一边烹煮着清茶，细细品尝，一边畅叙着过去的交往，谈论着就此别后的情景，淡雅中氤氲着温馨的气息，清香里透着丝丝的离愁，别致而优雅。

整首诗的大概意思是：您即将乘着一叶扁舟，驶向远方，从海角漂泊到天涯，（这个时节），春天的信号已经传到了江南一带，梅花也即将开放了；不需要说别离的时候没有美酒佳话啊，我们一大帮朋友，临行之夜，与您围坐在明烛旁边，烹煮着清茶，品饮着这一份友情，说着惜别与祝福的话，（这样不也挺好的吗？何必在乎有没有美酒送行呢？）

小舟、天涯、春信、梅花、酒语、烛夜、烹茶，这一个个意象叠加在一起，构建出了一种极为独特的离别氛围。一方面，即将浪迹天涯海角的孤舟，让人心生离别的愁绪和前行的担忧；另一方面，春天的到来和梅花的绽放又预示着希望与转机，既是无声的宽慰，也是深情的祝福与祈愿。离别的主题与春天的希望紧紧联系在一起，传达出一种热爱自然、珍惜友情的朴素情感；无酒的夜晚、不断挑剪的明烛，让时光共度的美好和依依惜别的淡淡忧伤尽在不言中。整首诗语言简洁明了，情感真挚深厚，意境清新幽远，非常传神地通过茶别而展现友情和离别的主题，引发读者对人生聚散的思考和对珍贵友谊的感悟。

六十五

次韵黄子余惠双井茶二首

宋·洪适

其一

荻花枫叶醉为乡，每忆临分一鼎香。

枉费光阴惊老大，略无治行愧循良。

归心来往鸡豚社，清思消磨雁鹜行。

且喜弦歌余乐地，好诗句句挟风霜。

其二

峰横万仞临双井，调护旗枪春怕深。

白雪有芽鹰作爪，黄粱无梦蝶何心。

闻名可信非虚语，知味端如赏好音。

只欠谷帘一杯水，未能相就盍朋簪。

《画郊园十二景册》 明代 沈士充 台北故宫博物院藏

洪适（1117—1184），原名洪造，后更名为适，字景伯，又字温伯、景温，号盘洲老人，饶州鄱阳（今江西鄱阳）人，南宋金石学家、诗人、词人。绍兴十二年（1142）与弟洪遵同中博学宏词科，洪遵为第一，中状元，洪适为第二，中榜眼。累官至尚书右仆射、同中书门下平章事兼枢密使，封太师、魏国公。周必大所撰《宋宰相赠太师魏国文惠公神道碑铭》称其："器业早成，与人诚实，无浮礼。文华天赋，济以力学，步骤经史，新奇富赡，兄弟鼎立，自成一家。"洪适与弟弟洪遵、洪迈皆以文学久负盛名，有"鄱阳英气钟三秀"之称。三兄弟同朝并为台辅，世所罕见。同时，洪适在金石学方面造诣颇深，与欧阳修、赵明诚并称为宋代"金石三大家"。

双井茶又名洪州双井、黄隆双井、双井白芽等，原产于分宁（今江西修水）、洪州（今江西南昌）等地，属芽茶（即散茶）系列。五代毛文锡的《茶谱》中曾有记载："洪州双井白芽，制作极精。"欧阳修的《归田录》更是对其作出高度评价："腊茶出于剑、建，草茶盛于两浙，两浙之品，日注为第一。自景祐以后，洪州双井白芽渐盛，近岁制作尤精，囊以红纱，不过一二两，以常茶十数斤养之，用辟暑湿之气，其品远出日注上，遂为草茶第一。"因此，到了宋代，双井茶不仅名气极大，也是当时非常受欢迎的贡茶之一。

洪适的这两首诗，就是收到他人所赠双井茶而作。第一首诗的大概意思是：沉醉于秋天的荻花枫叶之间，就好像安栖于熟悉的故乡，每次都会回忆起临近分别的时候那一壶茶饮的清香；光阴似箭，我白白地浪费了岁月，非常惊讶地发现自己突然之间就年纪大了（老大：形容年老，如"老大徒伤悲"），既没有显著的治理业绩，也缺乏骄人的德品行迹，感觉有愧于自己对贤良的追随与遵循啊；我将自己的心思放归于田园生活，与饲养的鸡和猪聚在一起，享受着一方清静，靠着淡雅安宁消磨时光，与大雁和野鸭相伴而行；暂且值得开心的是，在书声与乐曲之中，还留有一片快乐的天地，写好的诗词，一句句都挟带着风霜雨雪浸润的生活体验啊。

第二首诗的大概意思是：高达万仞的山峰纵横交错，护佑着双井这个地方，茶农们精心地调养呵护着茶树上旗枪一般的嫩芽，生怕进入深春，错过季节；白雪覆盖的茶树上长出的鲜嫩叶芽，如同鹰爪一般尖锐，黄粱（小米）尚未煮熟，梦想已经消失（取“黄粱一梦”之义），不知道蝴蝶心中做何感想（取“庄生梦蝶”之义），应该无所谓了吧（因为有了品质超凡脱俗的双井茶）；一听到双井这个名字，就可以坚信绝不是过誉之语，如果了解它的味道，就知道品尝起来真的如同欣赏美妙的音乐；遗憾的是，还欠缺一杯谷帘泉（陆羽评价的“天下第一泉”，在庐山南麓）的好水，没有能够吸引朋友们快速聚集（盍朋簪：意为朋友相聚。《易·豫》：“勿疑，朋盍簪。”王弼注：“盍，合也；簪，疾也。”孔颖达疏云：“群朋合聚而疾来也。”）而来呀。

诗人以乐观的态度面对生活，即使在余生的情思消磨之时，也能从琴瑟和鸣、烹茶品饮中找到乐趣。整首诗蕴含着对双井茶的高度赞扬与真挚热爱，对友情的深沉情感，对生活的深刻感悟，展现出了诗人独特的艺术风格与深厚的文化底蕴。

六十六

用前韵以小春茶饷子象

宋·韩元吉

仙花不用恼诗人，亦有灵芽特地春。
数朵娇花真绰约，一瓯酽白更清新。
眼明共识西都艳，齿冷应怀北苑珍。
佳茗奇葩堪并赏，须公品第入陶钧。

《春林策杖图》（局部）　明代　文徵明　台北故宫博物院藏

韩元吉（1118—1187），字无咎，号南涧，开封雍丘（今河南杞县）人，南渡后徙信州（今属江西上饶），南宋词人。韩元吉初以荫为处州龙泉县主簿，后累迁至南剑州主簿、建安知县、司农丞、度支郎中、江东转运判官、大理少卿、试吏部尚书等职。淳熙七年（1180）提举太平兴国宫，退居上饶南涧，与其婿吕祖谦讲学于竹林精舍。韩元吉学识渊博，辞章典丽，议论明彻，诗作学苏轼，多佳句，赋物抒怀，均高妙工整；词作往往流露出神州陆沉之慨，风格雄浑、豪放，与辛弃疾的风格很接近。

盛唐时期，随着生活水平的不断提高，鲜花逐渐成为上层贵族的日常需求，并由此逐渐推广到民间，赏花、品花的风尚开始在全社会流行起来。这一习俗到宋代发展到了顶峰，赏花成为上至高门大户、下至田夫野老的日常活动。每逢花开时节，城内城外的男女老幼纷纷结伴而行，走出家门，赏花观景。当时不少士大夫都拥有自己的园子，园内雇佣专门的园丁，培植鲜花绿植，一到鲜花盛开的时节，士大夫们会把自个儿的私家园林开放给民间百姓，欢迎大家一同前来品鉴鲜花，亦有士大夫借赏花的机会传经布道，成为一时风气。北宋张邦基所著的《墨庄漫录》中，就描绘花会盛景称："花盛时，太守作万花会。宴集之所，以花为屏帐。至于梁栋柱拱，悉以竹筒贮水，簪花钉挂，举目皆花也。"用鲜花搭屏帐，在房门屋檐下挂满鲜花，这场面可真是相当壮观。

与此相对应的是品茶，也成为当时人们日常生活的重要内容。韩元吉的这首《用前韵以小春茶饷子象》，就把赏花与品茶这两件事联系到了一起进行比较。整首诗的大概意思是：那些美丽的花朵们用不着烦恼写诗的人，（因为春天不只有你们），也有含天地灵气的鲜嫩茶芽专门为春天而生；那几朵娇艳的花儿看起来确实姿态很美，但这一杯清亮（醲白：纯白，意思是颜色很单纯）的香茶却让人感觉更加清新怡人；眼睛明亮就能够一起欣赏到西都（宋代以洛阳为西京陪都）的美景，张开嘴巴（齿冷：张开嘴巴，牙齿会感觉寒冷。亦引申为讥讽、耻笑）就应该会想念北苑（宋代的贡茶产地）的珍贵茶叶；上好的茶饮和奇异的鲜花，值得共同品赏，只是，您的品位必须达到一定的层次（陶钧：最初指的是制造陶器时使用的转轮，分为快轮和慢轮，后常用来比喻治国的大道，象征着圣王治理国家的方法和智慧，也可以指代那些能够施展治国之才的权位或职位）啊。

诗人以花和茶作为意象，表达了自己的观点，即无论是赏花还是品茶，都必须自身的修为达到一定高度，寄托了他对陈子象的深情与厚望。

六十七

试茶

宋·陆游

苍爪初惊鹰脱韝，得汤已见玉花浮。

睡魔何止避三舍，欢伯直知输一筹。

日铸焙香怀旧隐，谷帘试水忆西游。

银瓶铜碾俱官样，恨欠纤纤为捧瓯。

《秋林观泉图》（局部）　南宋　李唐　故宫博物院藏

陆游（1125—1210），字务观，号放翁，越州山阴（今浙江绍兴）人，南宋文学家、史学家、爱国诗人。陆游生逢北宋灭亡之际，少年时即深受家庭爱国思想熏陶。宋高宗时参加礼部考试，因受秦桧排斥而仕途不畅。宋孝宗即位后赐进士出身，历任福州宁德县主簿、敕令所删定官、隆兴府通判、礼部郎中兼实录院检讨官等职，因坚持抗金，遭到主和派排斥。陆游一生笔耕不辍，诗词文均有很高成就，其诗语言平易晓畅、章法整饬谨严，兼具李白的雄奇奔放与杜甫的沉郁悲凉，尤以饱含爱国热情而对后世影响深远。

作为南宋最有名的爱国诗人，陆游不仅诗写得好，对茶也有着超出常人的嗜爱。他仕途充满波折，长期辗转于福建、四川、江西等茶叶主产地任职，因此得以遍尝各地的名茶，并写下了很多关于茶的诗词。他的《剑南诗稿》存诗9000多首，其中涉及茶事的多达300余首，所创茶诗之多，为历代诗人之冠。

这首《试茶》是陆游众多茶诗中的一首，写到了烹茶的过程、茶叶的功效和无人相伴的落寞与孤独。整首诗的大概意思是：形如锐爪的茶芽进入水中，就好像受了惊吓的苍鹰，迅速挣脱束缚（鞲：革制的臂衣，打猎时用以停立猎鹰。脱鞲：本谓鹰脱离臂衣，寓意挣脱拘束），热水煎开之后，茶叶在水中翻滚，可以看见白玉一般的水花浮现出来；睡魔（指使人昏睡的神魔、魔力）见了它（茶），哪里仅仅是退避三舍（舍：古代计量单位，一舍约为三十里）？就连美酒（欢伯：酒的别名。汉焦赣《易林·坎之兑》：“酒为欢伯，除忧来乐。”）也明明白白地知道，自己在它（茶）面前是要输上一筹的；这种烘焙过的日铸茶（日铸：即日铸茶，又名“日注茶”“日铸雪芽”，产于绍兴东南五十里的会稽山日铸岭，以御茶湾采出的茶叶制成的日铸茶为极品，是我国历史名茶之一）的清香，让人很容易想起过去归隐的地方，试用谷帘泉（谷帘：指谷帘泉，陆羽称其为天下第一泉，位于庐山南麓）泉水煮茶，就会回忆曾经西游的经历；装茶的银制瓶子和碎茶的铜制碾子都非常精致，全是宫廷的式样（官样：宫廷的样式），唯一遗憾的是，没有纤纤玉手来给我端捧茶杯啊。

诗人通过对茶叶冲泡过程的生动描绘，凸显了茶比酒更胜一筹的功能，从而引出自己对过去悠闲生活和漫游经历的回忆，最后落脚于当下孑然一身的落寞与孤单，不仅充分展现了自己对茶的热爱和对生活的珍视，同时也隐晦地表达了对美好事物的向往和无人相知共赏的淡淡遗憾。

六十八

效蜀人煎茶戏作长句

宋·陆游

午枕初回梦蝶床，红丝小硙破旗枪。
正须山石龙头鼎，一试风炉蟹眼汤。
岩电已能开倦眼，春雷不许殷枯肠。
饭囊酒瓮纷纷是，谁赏蒙山紫笋香？

《棕荫习静图》 南宋 佚名 台北故宫博物院藏

陆游（1125—1210）与四川有着不解之缘。乾道五年（1169）十二月，朝廷征召已赋闲四年的陆游，任其为夔州通判，主管学事，兼管内劝农事，陆游便携家眷由山阴逆流而上，沿路采撷风土民情，写下了《入蜀记》。由此开始，陆游在四川一带度过了相当长的一段时间，尤其是在任职蜀州通判期间，他深入考察地方风土民情，并先后造访翠围院、白塔院、大明寺等当地名胜，愈发爱上了这块天府之地，并萌发出“终焉于斯”的念头。后来在浙江严州任上，他在闲暇之余整理旧作，并特意将其命名为《剑南诗稿》。

四川是历史上重要的茶叶产地，饮茶之风盛行，在四川长期从官游历的陆游，自然也就免不了与茶事接触。据史料记载，他曾经在西陵峡口的三游洞，亲自取岩下山泉水煎茶，后人也因此称此泉为“陆游泉”。可见，陆游对四川煎茶饮茶的风俗是十分了解的。

这首《效蜀人煎茶戏作长句》，就是对蜀茶煎品过程的生动描写。“效”就是模仿的意思，陆游写这首诗的时候是绍熙五年（1194）十二月，这个时候他已经不在四川。“戏作”带有调侃的意味，是因为需要借茶说事。“梦蝶”出自《庄子·齐物论》，说的是庄周梦见自己变成了蝴蝶。“硙”是指石磨。“旗枪”是指形如卷旗和枪尖的高品质茶叶。“龙头鼎”是一种石制的鼎，盖子雕刻成龙头形状，陆羽《茶经》中称之为“风炉”。“岩电”形容目光明亮如岩下闪电，出自《世说新语·容止》：“眼烂烂如岩下电。”“饭囊酒瓮”即酒囊饭袋，比喻无能之人。“蒙山紫笋”是指四川的蒙顶茶，五代毛文锡《茶谱》有云：“蒙顶有研膏茶，作片进之，亦作紫笋。”

整首诗的大概意思是：午睡起来，把枕头放回刚刚梦见蝴蝶的床上，用红色丝带缠绕的小小石磨碾碎如卷旗枪尖一样的上好茶叶；

这个时候，最需要那种山石制作的龙头型锅鼎，用风炉来试一试，煮出泉水中形如螃蟹眼睛的水花；如岩下闪电一般的火光，已经能够照醒困倦的双眼，春天的雷声更不至于触动干枯的肠胃（指不会让人内心焦虑）；如今这世上，酒囊饭袋一般的无能之人比比皆是，谁又懂得去欣赏蒙顶山上的紫笋茶（比喻才德兼备之人）的清香呢？

诗人细致入微地描绘了从午睡醒来到烧炉煮茶、品饮提神的一连串动态过程，清新自然又富有生活情趣，流露出对高雅生活情趣的向往和对品茗之美的独特品味，也隐晦地表达了对世风日下、无能之人纷纷上位的不满，以及自己虽报国无门而仍存报国之志的心态。

六十九

啜茶示儿辈

宋·陆游

围坐团栾且勿哗，饭余共举此瓯茶。
粗知道义死无憾，已迫耄期生有涯。
小圃花光还满眼，高城漏鼓不停挝。
闲人一笑真当勉，小榼何妨问酒家。

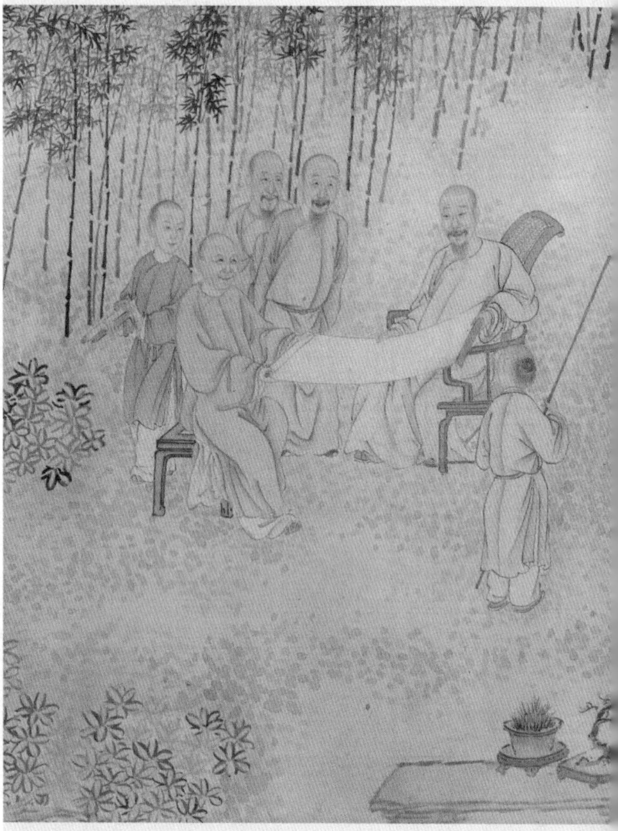

《九日行庵文宴图》（局部）　清代　方士庶　美国克利夫兰艺术博物馆藏

陆游（1125—1210）写过不少示儿诗，其《剑南诗稿》中共收录诗词9300余首，示儿诗就有100多首，最著名的是创作于嘉定三年（1210）的那首绝笔：“死去元知万事空，但悲不见九州同；王师北定中原日，家祭无忘告乃翁。”这是陆游在临终前写给儿子的遗嘱，表达了他至死念念不忘“北定中原”、收复山河、深挚强烈的爱国之情。陆游一生致力于抗金事业，但未能亲眼见到国家统一，这种无奈和对收复失地的期盼都体现在这首诗中。

而这首《啜茶示儿辈》，作为陆游众多示儿诗中的一首，熟悉的人并不多。这首诗作于开禧二年（1206），陆游已经82岁，当时韩侂胄请宁宗下诏，出兵北伐，陆游闻讯后欣喜若狂，因为准备充分，宋军出师极为顺利，先后收复泗州、华州等地。正是在这种背景下，心情稍有放松的陆游写下了这首诗，描绘家庭团聚时温馨的画面，强调茶中的意蕴和人生哲理。

诗中所说的“团栾”，多用来表示月圆、团聚之意，在这里是指圆形的木桌；“耄期”是指老年，《书·大禹谟》有“耄期倦于勤”的句子，孔传云“八十、九十曰耄，百年曰期颐”；“挝”是打、抓的意思，多见于早期白话；“榼”是指古代盛酒或贮水的器具。

整首诗的大概意思是：大家一起围坐在圆桌旁边，不要七嘴八舌、大声喧哗，刚刚吃完饭，一同端着茶碗品味着清香的茶饮，（机会难得，请安静一下，我有话要说）；我粗略地知道，一个人为道义而死，是死而无憾的（化用《论语》“朝闻道，夕死可矣”之意），我已经年近高龄，生命终究是有尽头的；但小园里的花朵依然灿烂，散发出来的光彩映满了双眼，高高的城楼上更鼓声不断敲响，（似乎在提醒时光流逝，永不停歇）；作为一个悠闲无事的老人，我说句开玩笑的话，你们真的应当勤勉自强啊，那些小小的酒器是否好用，不妨去问一问卖酒的人家（大意是卖酒的人才知道酒器的好坏，我这个年长的人才懂得时光是多么珍贵）。

这首诗的语言简洁明快，但所表达的意思却显得有些含蓄隐晦，其中既有陆游对儿孙辈的拳拳之心、殷殷之情，也有他对于生活和人生的独特见解。诗中通过描绘团坐品茶的场景，展示了一家人和睦融洽的美好氛围；以自己年纪大了但知道“朝闻夕死”的意义，充分展现了自己追求道义的价值观和人生观；对小园花开、更鼓声响的惬意，则体现了诗人热爱生活、珍惜生命的境界；最后以闲人的姿态提醒后辈要保持勤勉进取，表达了诗人乐观而积极的人生追求。整首诗抒发了诗人对家庭、道义和人生的热爱与思考，具有深刻的哲理意义和情感价值。

七十

四时田园杂兴六十首·其十五

宋·范成大

蝴蝶双双入菜花，日长无客到田家。

鸡飞过篱犬吠窦，知有行商来买茶。

《茗园赌市图》　南宋　刘松年　台北故宫博物院藏

范成大（1126—1193），字至能（《宋史》等误作“致能”），一字幼元，自号此山居士、石湖居士，平江府吴县（今江苏苏州）人，南宋文学家、书法家。绍兴二十四年（1154）登进士第，累官至礼部员外郎兼崇政殿说书。在处州、静江、明州、建康等地做过地方官，政绩颇著，亦曾作为泛使出使金国，索求北宋诸帝陵寝之地，并争求改定受书之仪，不辱使命而还。晚年退居石湖，并加资政殿大学士。范成大素有文名，尤工于诗。他从江西派入手，后学习中、晚唐诗，继承白居易、王建、张籍等新乐府现实主义精神，终至自成一家。其诗题材广泛，风格平易浅显、清新妩媚，以反映农村社会生活内容的作品成就最高且影响深远，与尤袤、陆游、杨万里合称南宋“中兴四大诗人”（又称“南宋四大家”）。此外，他在书法上也有很高的造诣，与张孝祥并称为南宋前期书法两大名家。

隆兴议和之后，宋、金之间形成了对峙局面，南宋得到喘息的机会，江南的农村也焕发了生机。在这种背景下，范成大创作了这组名为《四时田园杂兴六十首》的农村风俗画长卷，其中不仅描绘了春天的美景，还反映了农家的生活和风俗，如春社、斗草、行春等场景，充满了对田园生活的热爱和对农家生活的细致观察，与他当时所处的生活环境和对农村生活的深刻体验密不可分，也标志着他的田园诗创作达到了巅峰。

整首诗的大概意思是：（晚春时节），成双成对的蝴蝶飞入了菜花丛中，夏天渐近，白昼越来越长，但是看不见有客人来到农家；突然，鸡从篱笆的前面飞过，小狗在门洞里开始狂叫，原来，是有行走的客商前来采买新茶。

根据汉代王褒所写的《僮约》记载，茶叶的买卖早在西汉时期就有了，所谓“牵犬贩鹅，武阳买茶”，可见产地买茶已经是当时人们的生活常态之一。而茶叶真正成为国家的支柱产业，则是在宋朝。从北宋开始，不仅有考究繁密的宫廷茶文化，也有朴素简约的市井茶百态，还有修行人士广泛参与的寺庙道观茶，闲趣品茗、以茶清心贯穿于各个阶层的日常生活之中。北宋都城汴京茶肆林立，茶客络绎不绝，文人雅士点茶斗茗，贩夫走卒谈笑其间，宋徽宗甚至还亲笔撰写了茶学著作《大观茶论》。南宋定都临安，作为南方最重要的茶产区，茶产业的规模进一步扩大。除了国家专营，通过固定市场实施大规模交易外，还新生了一种称为“茶担子”的流动茶摊。百姓用茶担子挑着两只锡炉，备齐杯筷、调羹、瓢托、茶盅、茶托和茶碗，游走在大街小巷，物美价廉的茶水买卖为更多的宋人提供了生计。

而范成大的这首诗,则生动地描绘了茶叶贩子游走于乡村田野，上门收购农户自产茶叶的场景，是当时农村生活和茶叶买卖的经典反映，也体现了诗人对乡居生活的热爱和深入细致的观察。

七十一

季怀设醴且示佳篇再赋一章以酬五咏

宋·周必大

卯饮高楼彻暮霞，绝胜茅屋已公茶。
箬包句好逢真赏，荷叶瓯深称嫩芽。
诗老坐中容我辈，朝贤乞处藉吾家。
从来佳茗如佳什，屡酌新烹味转嘉。

《楼阁图》 南宋 李嵩 美国克利夫兰艺术博物馆藏

周必大（1126—1204），字子充，一字弘道，自号省斋居士、青原野夫、平园老叟，吉州庐陵（今江西吉安）人，南宋政治家、文学家。绍兴二十一年（1151）中进士，绍兴二十七年（1157）再中博学宏词科，获任建康府学教授，后多次在地方任职，累官至吏部尚书、枢密使、左丞相，封许国公。周必大积极参与处理朝廷大事，为安邦兴国竭尽所能。同时，对印刷出版实践活动保有浓厚的兴趣，是继毕昇之后第一个试验胶泥活字印刷并成功的人，对我国印刷术传承创新作出了贡献。

这首诗是其朋友季怀设宴（醴：既可指甜酒，也可指甘甜的泉水，此处应该是指茶）且出示了自己所作诗篇，周必大为酬和而写的一首诗。诗中的“己公茶”是一种茶叶的名字，在诗人的描述中，这种茶叶放在竹篾编织的包裹中，茶汤深如荷叶，极为鲜香细嫩。“箬”指竹皮或者竹叶；“箬包”就是用竹皮或者竹叶编织的包裹。“佳什”的意思是好诗、优美的诗作，出自唐代许浑的《酬钱汝州》诗序，其中提到“汝州钱中丞以浑赴郢城，见寄佳什”；因此在古代文学中，“佳什”常用于称赞他人的诗作，例如元代辨才《题安分轩·跋》中提到的“敬观诸大老所题安分轩佳什，理趣宏深，文义浩博”。

整首诗的大概意思是：清晨（卯：即卯时，早上五点到七点）起来，满天的朝霞已经散去（彻：撤除），我们坐在高高的楼阁上一起饮早茶，最好（绝胜：最佳）的茶叶就是放在茅草屋里的己公茶；用竹叶编织的盛装茶叶的包裹、新写诗篇的好句子，二者相遇，真可谓让人赏心悦目，深深的茶杯中盛着的茶汤，像荷叶的颜色一样，里面的茶叶被称作上等的嫩芽；在座的诗人前辈非常宽容，给我们留了一席之地，连朝中贤良都想讨要的东西（指好茶），全是您（指主家）让我们有机会品尝啊；自古以来，好的茶叶就如同好的诗作一样，无论是一次又一次品尝还是重新烹煮创作，味道都会越来越美好。

苏轼曾有“戏作小诗君一笑，从来佳茗似佳人”的句子，而在这首诗中，周必大提出了“从来佳茗如佳什”，把茶叶比同诗作，认为好茶与好诗一样，无论新烹（新作）还是慢品（细读）都非常有味道，这是对苏轼上述创作的拓展与延伸，也是本诗中最有价值的创造。整首诗通过对早茶茶宴（卯饮）的生动描绘，展示了文人士子一起饮茶品诗的风俗，也充分表达了作者对茶的了解和对生活的热爱，以及对前辈诗人及主家的敬重和自己对诗歌创作的理解与追求。

七十二

澹庵坐上观显上人分茶

宋·杨万里

分茶何似煎茶好，煎茶不似分茶巧。
蒸水老禅弄泉手，隆兴元春新玉爪。
二者相遭兔瓯面，怪怪奇奇真善幻。
纷如擘絮行太空，影落寒江能万变。
银瓶首下仍尻高，注汤作字势嫖姚。
不须更师屋漏法，只问此瓶当响答。
紫微仙人乌角巾，唤我起看清风生。
京尘满袖思一洗，病眼生花得再明。
汉鼎难调要公理，策勋茗碗非公事。
不如回施与寒儒，归续茶经传衲子。

《谈禅图册页》　明代　仇英　台北故宫博物院藏

杨万里（1127—1206），字廷秀，号诚斋，亦自号诚斋野客，吉州吉水（今江西吉水）人，南宋文学家，与陆游、范成大、尤袤并称为“中兴四大诗人”。绍兴二十四年（1154）举进士，授赣州司户参军，后历任国子监博士、漳州知州、吏部员外郎、秘书监等。杨万里初学江西诗派，后学陈师道之五律、王安石之七绝，又学晚唐诗，其诗自成一家，独具风格，形成了对后世影响颇大的“诚斋体”，词作亦清新自然，如其诗。

诗题中的“澹庵”指的是当时的名臣胡铨，他也是江西吉安人，与杨万里是老乡，澹庵是他的号。诗中描写的是杨万里到胡铨家中赴宴，亲眼观看了一位叫显上人的禅师表演分茶技艺的场景。“分茶”是古代的一种茶艺，起源于北宋初年并在宋代流行开来，具体操作方法包括注汤后用箸搅动茶乳，使茶汤呈现出不同的形状和图案，这种技艺需要一定的技巧和练习，才能达到理想效果。“煎茶”则在唐代就十分流行，方法是将茶叶碾末烹煮后饮啜，在茶道中，煎茶是最为基础和常见的类别之一，深受茶道爱好者的喜爱。

整首诗的大概意思是：分茶的技艺哪里比煎茶的技艺好呢？可以肯定的是，煎茶没有分茶那么讲究技巧；来自蒸水河（湘江的一条支流，俗称草河，古称承水、烝水，发源于邵东市简家陇乡蒸源村）边上的老禅师是侍弄泉水（分茶点茶）的高手，旁边是隆兴初春出产的形如玉爪的新茶；二者（指泉水和好茶）相遇在兔瓯（兔瓯：一种茶具，具体来说是一种茶碗，通常用兔毫釉烧制而成）碗中，（茶汤中的色彩和雾气）出现了种种怪异神奇、如梦如幻的情景；纷纷扬扬就好像撕碎的棉絮飘浮在空中，又像各种物体的影子倒映在寒冷的江面，能够千变万化；有如银色的瓶子头朝下、底朝上（首下尻高：韩愈《祭河南张员外文》所说“走官阶下，首下尻高”，意思是头埋得很低，屁股撅得老高），用瓶中倾注而下的茶汤写字，气势轻捷遒劲（嫖姚：勇健轻捷貌）；紫微仙人头戴着黑色的头巾（乌角巾：一种古代葛制黑色有折角的头巾，常为隐士所戴），呼唤我起来看一看两腋清风徐徐生起；俗世风尘（京尘：即“京洛尘”，比喻功名利禄等尘俗之事）沾满了衣袖，正想着可以洗一洗，素有疾患、出现昏花的眼睛也得以再次变得明亮；众人口味难调（汉鼎难调：夏商周三代以九鼎为传国之宝，《汉书·吾丘寿王传》中称汉代的鼎为“汉鼎”，古代因以鼎烹煮饮食，故以“汉鼎难调”比喻人的口味难以调配），所以更需要公平义理，评判记录茶事的优劣并不是公务要事；不如答应把分茶之技教给我们这些寒门儒士，回去以后续补《茶经》并将其传授给更多的出家人（衲子：出家人）。

诗人通过描述自己在胡铨家的茶宴上观察显上人分茶的情景，对茶的煎和分进行了比较，生动展现了禅师分茶的高超手法和茶叶、茶汤的形态变化，表达了对分茶技艺的赞叹，以及对生命力的赞美，绘就了一幅充满古典气息的茶文化图景。

七十三

以六一泉煮双井茶

宋·杨万里

鹰爪新茶蟹眼汤，松风鸣雪兔毫霜。
细参六一泉中味，故有涪翁句子香。
日铸建溪当退舍，落霞秋水梦还乡。
何时归上滕王阁，自看风炉自煮尝。

《竹院鸣泉图》（局部） 元代 赵孟頫 台北故宫博物院藏

杨万里（1127—1206）对茶的嗜爱是出了名的，几乎达到了不可一日无茶的境地。据说因为天天要喝茶，他在十年时间里把煮茶的鼎都给烧穿了，生病的时候，医生告诫他要忌茶，他却死活不从。绍熙三年（1192），他反对以铁钱行于江南诸郡，朝廷便下令让他去赣州当知府，他坚决不去，直接辞官而归，从此便闲居乡里，终日与茶为伴，以茶为乐。在他所写的茶诗中，保存下来的就有70余首之多，这些茶诗的内容，既有嗜茶如命的心境表达、茶之“味外之味”的体验感悟，也有以茶喻世的高尚情操。

这首《以六一泉煮双井茶》收录在《朝天集》中，大概作于淳熙十一年（1184）至淳熙十四年（1187）之间，当时杨万里在临安（今浙江杭州）任东宫侍读。诗中提到的“六一泉”位于安徽滁县城西南琅琊山麓，宋代僧人智仙在此修建了“醉翁亭”，亭旁有石泓，泉水甘如醍醐，莹如玻玉，又名玻璃泉。欧阳修为滁州太守时，常以此泉泉水烹煮茶叶。由于欧阳修晚年自号“六一居士”，故当地人将泉名改成“六一泉”，后成为历史上著名的泡茶名泉之一。“双井茶”产于黄庭坚的家乡分宁（今江西修水），因为黄庭坚的大力推广、宣传，又经过苏轼、欧阳修等大诗人、大政治家的诗文背书，双井茶在当时的京师一跃成名，晋身贡茶之列。时至今日，修水仍产“双井绿”，汤色碧绿澄清，滋味清香醇和，为喜爱绿茶的朋友们带来了醇美享受。

整首诗的大概意思是：形如鹰爪一般的新茶，在六一泉泉水的烹煮中，翻滚出水花像螃蟹眼睛一样的茶汤，就如同松林中风声鸣响、雪花飞舞，兔毫茶盏（兔毫：即兔毫茶盏的简称，是福建建窑专门烧制的黑釉茶盏，因釉面布满密集的筋脉状纹饰，酷似纤细发亮的兔毫而得名）上的茶沫好比撒上了一层霜露；只有细心地品味着用这六一泉煮出来的茶水的滋味，才能仿佛闻到黄庭坚（涪翁：黄庭坚，字鲁直，自号山谷道人，晚年又号涪翁，曾写有《双井茶送子瞻》）诗句中的茶香；日铸茶（日铸茶：又名日注茶、日铸雪芽，产于绍兴东南五十里的会稽山日铸岭，以御茶湾所产茶叶制成的日铸茶为上佳，是我国历史名茶之一）也好，建溪（建溪：即建溪茶，因产于福建建溪流域而得名，其具有代表性的北苑贡茶曾闻名于世，是中国御贡史最长的茶）所产的贡茶也罢，此时此刻都应当退避三舍，茶水的味道让我仿佛回到了故乡，梦见了“落霞与孤鹜齐飞，秋水共长天一色”（王勃《秋日登洪府滕王阁饯别序》）的情景；唉，什么时候才能回到老家，登上滕王阁，一边侍看着风炉，一边亲自烹煮着茶水，悠然自得地独自品尝呢？

诗人通过对取泉、煮茶、品茶过程的生动描绘，将自己对六一泉、双井茶的偏爱和对家乡的深切思念融入其中，在浓郁的茶香中抒发了自己对茶与生活的热爱，以及对故乡风物魂牵梦绕的美好情怀。

七十四

题煮泉亭

宋·喻良能

甘香曾饮谷帘前，携茗仍来试煮泉。

更觉清风生两腋，始知鸿渐是茶仙。

《幽溪听泉图》 南宋 丁野夫 私人收藏

喻良能（1120—?），字叔奇，号锦园，人称香山先生，乌伤（今浙江义乌）人，南宋诗人。绍兴二十七年（1157）与兄弟良倚同榜中进士，良倚获任上虞县主簿，良能则任广德县尉，负责地方治安，后累官至兵部郎中、工部郎官，世人亦因此称他的出生地为“郎官里”。其为人为文皆广有善誉，当时的思想家、文学家、永康学派代表陈亮评价他：“于人煦煦有恩意，能使人别去三日念辄不释。其为文，精深简雅，读之愈久而意若新。”喻良能与义乌人何恪、喻良弼、陈炳等四人均品行清高，志趣相投，交往甚密，且以文名于世，尤工于诗，陈亮称之为“乌伤四君子”，说：“乌伤固多士，而称雄于其间者，余熟其四人焉，盖非特乌伤之雄也。”

喻良能所处的南宋时期，是一个充满了变革与动荡的时代。北方边疆战事频繁，民族矛盾十分尖锐，但朝廷偏安的江南，社会经济发展相对稳定。在这种背景下，南宋一朝的文化思想相对活跃，诗词歌赋成为文人墨客表达情感、抒发抱负的重要方式。喻良能家庭并不显赫，但他从小酷爱文字，勤奋好学，并深受儒家文化熏陶，为其日后的诗歌创作奠定了坚实基础。他参加过科举考试，取得了不错的成绩，也担任过一些官职，尽管不够显赫，但在为官期间表现出清正廉洁的品质深受百姓爱戴，以至于被世人称作“喻青天”。他为人豁达，待人真诚，与陆游、范成大等著名诗人交情深厚，互相切磋诗艺，共同推动南宋诗坛发展。他一生创作了大量诗作，数量多达一千余首。他主张诗文要“言志抒情”，强调创作应真实反映内心世界和社会现实，这一思想对后世产生了深远的影响。

喻良能所写的茶诗不算多，这首《题煮泉亭》是其中质量较高的一首。煮泉亭位于江西省庐山大汉阳峰下的康王谷，陆羽所称的“天下第一泉”谷帘泉就在这个地方。整首诗的大概意思是，我曾经在谷帘泉煮过茶，品尝过用泉水煮好的又甜又香的茶汤，这一次，我又携带着茶叶，仍旧来到谷帘泉，试着用这里的泉水煮茶品饮；这茶一喝下去，便立即感觉到两侧腋下生出了习习清风（取卢仝《七碗茶诗》“七碗吃不得也，唯觉两腋习习清风生”之意），这个时候，我才真正体会到，陆羽真不愧是茶中的大仙啊。

在陆羽看来，茶与水的关系极为重要，煮茶一定得讲究水的品质，为此，他在自己的《茶经·五之煮》中特意记载了取水时的要诀，即“用山水上，江水中，井水下”。意思是煮茶时山泉水第一、江水第二、井水最下。宋人继承并升华了这一思想，在他们看来，水的排名并不重要，也不必太在乎山泉、溪水、井水之优劣，最应当看重的，是当下对泉水煮茶的品饮感受，因此，他们更加重视茶叶与泉水的调和、烹茶技术与茶器的选择。

喻良能的这一首《题煮泉亭》正是这一风尚的反映，强调了茶与水的搭配，认为好的茶需要好的水来提升品质，也充分表达了自己对好茶好泉和煮茶品饮的热爱，以及对陆羽重视佳茗配佳泉的深切感悟。

七十五

云谷二十六咏·其二十二·茶坂

宋·朱熹

携籝北岭西，采撷供茗饮。

一啜夜窗寒，跏趺谢衾枕。

《东冈草堂图》（局部） 明代 莫是龙 台北故宫博物院藏

朱熹（1130—1200），字元晦，一字仲晦，号晦庵，别称紫阳，世称晦庵先生、朱文公，祖籍徽州婺源（今江西婺源），出生于南剑州尤溪（今福建尤溪），南宋理学家、哲学家、思想家、政治家、教育家、诗人。朱熹幼年丧父，随母定居崇安（今福建武夷山），依父友刘子羽生活，受业于胡宪、刘勉之、刘子翚三先生。绍兴十八年（1148）赐同进士出身，历仕高宗、孝宗、光宗、宁宗四朝，曾任江西南康知军、福建漳州知府、浙东提举、焕章阁侍制兼侍讲等职。朱熹是唯一一位非孔子亲传弟子而享祀孔庙的人，位列大成殿十二哲者。朱熹的哲学体系以“二程”（程颢、程颐）的理本论为基础，吸取周敦颐太极说、张载的气本论及佛道思想而成，与“二程”学说合称为“程朱理学”。其思想对元、明、清三朝影响很大，成为三朝官方哲学，所著《四书章句集注》是钦定的教科书和科举考试的标准。朱熹还留下了1250余首诗作，其造诣和成就均不容忽视。

朱熹自小便与茶结缘。他的父亲朱松是一个嗜茶成癖的人，据传，在朱熹出生后的第三天，按风俗应当举行“三朝”洗儿之礼，朱松便用宋代贡茶“月团”煮汤，为他洗三朝。冥冥之中，似乎就注定了他与茶的不解之缘。长大成人后，他的活动轨迹亦多数是在宋朝的主要产茶区。他不仅两度被举荐出任江西和浙东的督茶官，还亲自种茶、采茶、制茶，而且每到一地，便力荐百姓种植茶树以增加收入。淳熙十年（1183），他在武夷山隐屏峰下、九曲溪中段兴建武夷精舍（后亦称紫阳书院，在今云窝景区的入口附近），于此著书、讲学。在武夷精舍的四周，他建有茶圃三处，亲手植茶百余株，世人称之为“文公茶”，是武夷名丛之一。著书、讲学之余，他常常与朋友及门人品茗游乐，体会“客至莫嫌茶当酒，山居偏与竹为邻”的悠然自得。

朱熹所说的“茶坂”位于福建省南平市建阳区，他曾经在建阳云谷山修筑了晦庵草堂，在草堂之岭北培植了百余株茶树，并将这块地方命名为“茶坂”。“坂”是山坡、斜坡的意思，“茶坂”就是指种茶的山坡。整首诗的大概意思是：我提着竹篓子（籯：箱笼一类的竹编器具）来到北岭西边的坡地上采摘茶叶，采回来的茶叶是供我烹煮饮用的；轻轻地喝上一口煮好的茶汤，（温暖清香），仿佛让人更加感觉到夜晚的寒凉与清冷，盘坐（跏趺：佛教中修禅者的坐法。两足交叉置于左右股上称“全跏坐”，单以左足押在右股上或单以右足押在左股上叫“半跏坐”。佛经说跏趺可以减少妄念，集中思想）在床上，真是要感谢身边的被子和枕头（衾枕：被子和枕头，泛指卧具，亦比喻夫妻）啊，（让我可以忘记寒冷，沉浸在淡淡的茶香与静谧之中）。

朱熹现存茶诗12首，数量虽不多，但涵盖种茶、采茶、饮茶、名人古迹及品鉴等方面，主要有《咏武夷茶》（《春谷》）、《积芳圃》《武夷精舍杂咏·茶灶》《再次王宰韵》《春日过上天竺》《香茶供养黄檗长老悟公故人之塔并以小诗见意二首》《康王谷水帘》等。这首《茶坂》是其中较为隽永的一首，简洁而富有意境，很好地展现了茶文化中追求心灵宁静与品味自然之美的精神。

七十六

定叟弟频寄黄檗仰山新芽尝口占小诗适灾患亡聊久不得遣寄今日方能写此二首

宋·张栻

其一

瘴雨昏昏梅子黄，午窗归梦一绳床。

江南云腴忽到眼，中有吾家棠棣香。

其二

集云峰顶风霜饱，黄檗洲前水石清。

不入贡包供玉食，只应山泽擅高名。

《雨余烟树图》（局部）　南宋　夏圭　美国波士顿美术馆藏

张栻（1133—1180），字敬夫（后改字钦夫）、乐斋，号南轩，四川绵竹人，南宋理学家、哲学家、教育家，湖湘学派集大成者，“东南三贤”之一，名相张浚之子。张栻先后师从张浚、王大宝、胡宏，学习儒家理学。隆兴元年（1163）由门荫入仕，负责宣抚司都督府书写机宜文字、除直秘阁，后累任江陵知府、湖北路安抚使、吏部侍郎等职。乾道元年（1165）主管岳麓书院教务，教授学生数千人，初步奠定了湖湘学派规模，成为一代学宗。张栻最大的贡献在学术思想与书院教育，他以长沙的岳麓书院、城南书院等为基地，培养了大批学者，使湖湘学派闻名全国，以至于当时的学者“以不得卒业于湖湘为恨”，对朱熹思想的形成与确立也产生过重要影响。

诗中提到的“黄檗洲”，指的是江西省宜丰县的黄檗山旁的沙洲，黄檗山因山上曾有许多黄檗树而得名，这些树木的树皮色黄味苦，古人常用其制作黄色染料或药用；黄檗山与仰山都位于江西宜春境内，属于武功山支脉，仰山的最高峰是集云峰，海拔1034米，常年云雾缭绕，是一个多云多雨的地方，也是宋代江西草茶的产地之一。

第一首诗的大概意思是：含有瘴气的雨淅淅沥沥下个不停，天地昏昏沉沉之间，江南的梅子应该已经成熟了，正午的窗下，我正在绳床上睡觉，做着回乡的美梦；忽然，从江南寄来的美如云腴（云腴：指茶叶，黄庭坚《双井茶送子瞻》中有“我家江南摘云腴”）的茶叶就来到了眼前，这里面还挟带着我家乡的棠棣花的清香呢。第二首诗的大概意思是：集云峰顶饱经风霜，黄檗洲前的流水和石块无比清澈；（在这样的环境下长出来的茶叶），不需要列为贡品供皇室享用，只需要在山林水泽中享有美好而崇高的名声就足够了。

这里需要说一说张栻的自注。张栻写道：“坡公贬草茶，未为确论，予谓建茶如台阁胜士，草茶之佳者如山泽高人，各有风致，未易疵也。”这句话的意思是，苏轼看不起草茶（草茶：即散茶，焙制时无须研膏，茶味短而淡），这并没有明确的论断，按我的说法，建茶（建茶：指产于福建武夷山的宋代贡茶，属于团茶一类）就好像高阁之中的名士，而草茶里面的好茶，就像山林湖泽中的高人，各有各的风味特色，不好轻易互相贬损。没想到朱熹看了这段话却表示了异议，认为张栻的说法“俗了建茶，却不如适间之说两全也”。朱熹评茶时以“中庸之为德”比喻建茶，而以伯夷叔齐比喻江茶（草茶中的上品），认为建茶是人工制作，乃中庸之道，外观之美难以掩盖其内在品质，而草茶纯属自然本色，颇有气节风度，非人工建茶能媲美。实际上，张栻关于“草茶如草泽高人，腊茶如台阁胜士”的说法，是专门针对苏轼贬低“草茶”之论而提出的，并非有意“俗了建茶”。

有意思的是，朱熹和张栻评茶，都喜欢采用拟人化的手法，以意象比喻茶的不同品格和审美属性。当然，二人的这些不同意见，也仅仅是品茶习性和审美情趣存在差异的反映。

七十七

茶花盛放满山

宋·岳珂

花容缜栗露冰肤，消得脂韦酪作奴。
叶底绽葩黄映玉，枝间著子碧垂珠。
洁躬淡薄隐君子，苦口森严大丈夫。
便合味言归隽永，移根禁篽比青蒲。

《茶花图》　南宋　佚名　台北故宫博物院藏

岳珂（1183—约1242），字肃之，号亦斋，晚号倦翁，江州（今江西九江）人，原籍相州汤阴（今河南汤阴），为岳飞之孙、岳霖之子，南宋文学家。开禧年间起家承务郎，考中进士。宋宁宗时获授奉议郎，负责嘉兴农事，为政颇有善绩，后任司农少卿、淮东总领兼制置使、户部侍郎、通城县男等。嘉熙年间拜江州太平兴国宫、户部尚书，册封邺侯、通议大夫。岳珂著述甚为丰富，居金佗坊时因痛恨祖父被秦桧陷害，著有《吁天辩诬》《天定录》等书，为岳飞申辩冤情，后结集为《金佗粹编》，是研究岳飞的重要资料。

作为南宋文人，岳珂自然对茶别有一番情味。他曾经写过一篇《黄鲁直煎茶赋帖赞》，说："茶虽以药煎，斯失正味。字托以笔试，斯失正体。以先生而比王定国，抑未知其何似。于赋之尾，与他本异，又莫详其孰是。要皆知乎识者之议，敬藏以俟。"在这里，岳珂以对煎茶技艺和文学创作的思考为主题，通过对比，表达了自己对于传统与创新、自然与人为关系的思考，揭示了过度追求技巧和烦琐修辞带来的问题，强调了自然和朴实之美的重要性。其中使用的比喻和修辞意境奇巧，显得生动而富有感染力，同时也留下了一些问题和悬念，引发读者进一步思考和解读，展现出了岳珂独特的创作风格和思想深度。

这首《茶花盛放满山》的遣词造句也有同样的情况，用到了一些较偏僻的意象与词语。比如，"缜栗"，原指缜密的栗树林，在这里引申为繁密、紧致的意思；"脂韦"，原指脂油及软皮，后用来形容油滑、柔弱，出自《楚辞·卜居》"将突梯滑稽，如脂如韦，以洁楹乎"，也用来比喻谄媚、圆滑，《新唐书·苏味道传》中有"然其为相，特具位，未尝有所发明，脂韦自营而已"的句子；"酪作奴"，是茶的别称，这种称谓最早见于北魏时期杨衒之所著的《洛阳伽蓝记·正觉寺》中，其中提到羊与齐鲁大邦相比，鱼与邾莒小国相比，而唯有茶不能与之相比，只能与酪酒作奴，后来"酪奴"一词就成了茶的别称。整首诗的大概意思是：茶花盛开的容颜繁密紧致，有着晨露一般冰清玉洁的肌肤，（它的美丽）足以消除这世上所有的脂粉与圆滑，只堪与美酒相伴；翠绿的叶片之间绽放出黄色的花朵，如同美玉般映放着光彩，枝头上长出的茶果，宛如碧绿的珍珠向下悬垂着；茶花的纯洁与淡泊，如同隐居山林放弃仕途的君子，而它的苦涩与严谨，又显然有着男子汉大丈夫一般的气概；一旦它的韵味值得说一说，那一定是意味深长、引人入胜的，它的根如果能移植到皇宫禁苑的篱笆中，也一定能与那些青蒲媲美。

非常有意思的是，在岳珂的笔下，茶花既有"隐君子"的淡雅，又有"大丈夫"的谨严，非常奇妙，这是人格化的体现。很显然，这样的茶花已经不仅仅是自然之中的一抹亮彩，更是诗人内心追求的真实写照。通过诗人细腻而生动的描绘，我们仿佛看到了那盛放满山的茶花，感受到了它们的纯洁与淡泊、苦涩与严谨。这些品质，才是诗人真正向往的人生境界。

金元茶诗

七十八

咏茶

金·王重阳

昔时曾见赵州来，今日卢仝七碗猜。

烹罢还知何处去，清风送我到蓬莱。

《溪山曳杖图》　北宋　朱义　私人收藏

王重阳（1112—1170），原名中孚，字允卿，后改名喆，字德威，号重阳子，因排行第三而自呼王三或王害疯，咸阳（今陕西咸阳）人，金代道士，道教全真道创始人。累世为地方高门大族。幼好读书，后入府学并考中进士。早年为儒生，善属文兼擅骑射，曾于武举考中甲科，慨然有经略天下之志。后长期任征酒小吏，遂愤然辞职，隐栖山林，其后悟道出家。先后收丘处机、王处一等人为徒，建立三教七宝会、金莲会、三光会、玉华会。因王重阳在山东宁海自题其庵名为“全真堂”，故入道者都被称为全真道士。

王重阳于茶颇有心得，写有不少与茶有关的诗词，比如《解佩令·茶肆茶无绝品至真》就很有味道：“茶无绝品，至真为上。相邀命，贵宾来往。盏热瓶煎，水沸时，云翻雪浪；轻轻吸，气清神爽。卢仝七碗，吃来豁畅。知滋味，赵州和尚。解佩新词，王害风、新成同唱。月明中，四人分朗。”这首词强调茶的至真品质，认为真正的佳茗能让人精神焕发，并通过卢仝品茶七碗的典故，展现了茶带来的畅快淋漓的感受，生动描绘了品茗的高雅之趣和茶文化的深沉内涵。

这首《咏茶》是王重阳众多茶诗中的一首。诗中提到的“赵州”指的是赵州和尚，即唐代高僧从谂禅师。相传他曾经询问新到的和尚：“曾到此间？”和尚说：“曾到。”赵州说：“吃茶去。”又问另一个和尚，和尚说：“不曾到。”赵州说：“吃茶去。”院主听到后有疑问：“为甚曾到也云吃茶去，不曾到也云吃茶去？”赵州便呼院主：“吃茶去。”凡此种种，赵州均以“吃茶去”一句来引导弟子领悟禅的奥义。后遂用为典故，并以“赵州茶”指寺院招待茶水。

整首诗的大概意思是：（茶这东西呀）过去曾经看见赵州禅师

为此而来，今天端在手上，便又想起卢仝《七碗茶歌》到底说的是怎样一种味道；茶叶烹煮好之后，我知道我该往哪里去了，（肯定是和赵州、卢仝们一样，端起碗来喝它个够），直感觉腋下清风习习，要把我送往蓬莱仙境了。

自从卢仝写了《七碗茶歌》之后，后世诗人多有写喝茶之后风生两腋而飘飘欲仙的，但王重阳却未落俗套，他不像其他诗人那样先说茶多好多好，而是先抛出一个悬念，说这玩意儿（茶）吸引过赵州禅师，而且卢仝还把它写得玄乎其玄，到底是什么味道呢？然后笔锋一转，说这茶烹煮好之后根本让人忍不住豪饮一番，直至产生飘飘如仙的感觉。全诗没有一个描写茶叶茶汤形色香味的字，却把自己喝的这一款茶烘托得神乎其神，让人如临其境、如尝其味。

这便是王重阳烘云托月的高妙与趣味。

七十九

陶学士烹茶图

金·李俊民

斗室天寒对酪奴，竹间雪鼎与风炉。

书生事业真堪笑，却谓粗人此景无。

《寒山雪霁图》（局部）　北宋　郭熙（传）　美国圣路易斯艺术博物馆藏

李俊民（1176—1260），字用章，自号鹤鸣老人，泽州晋城（今山西晋城）人。唐高祖李渊第二十二子韩王元嘉之后。年幼时勤于经史百家，尤为精通二程理学。承安五年（1200）以经义举进士第一，弃官不就而教授乡里，隐居嵩山，后元政府泽州长官段直从嵩山将其迎回任泽州教授。金亡后，忽必烈召之不出。能诗文，其诗感伤时世动乱，颇多幽愤之音。

诗中提到的“陶学士”，指的是北宋大臣陶谷，曾官至礼部尚书、刑部尚书、户部尚书等。史书记载陶谷强记好学，博经通史，诸子佛老皆有研究，曾因早年生存艰难曲折而热衷仕途、争斗投机。其人为官名声不好，但善文章、善隶书、嗜茶、喜收藏，以至积有隐士之名，并留下了“雪水烹茶”的典故。明代蒋一葵《尧山堂外纪·卷四十二》中有过记载：“陶谷得党太尉家姬，遇雪，取雪水烹茶，谓姬曰：‘党家儿识此味否？’姬曰：‘彼粗人，安知此？但能于销金帐中浅斟低唱，饮羊羔酒尔！’陶默然。”意思是陶谷得到了党太尉的家姬为妾，遇到下雪天，他取雪水烹茶，并问小妾：“党家人懂得欣赏这种品味吗？”小妾回答：“党太尉是位粗人，怎么会知道这些乐趣呢？只会在销金帐里浅斟低唱，饮些羊羔酒而已。”陶谷听后默然不语。这位小妾明显是在反讽陶谷，言外之意是比起党家的奢华生活，取雪烹茶虽然风雅，却太过寒酸了。

整首诗的大概意思是：天寒地冻的时候，在狭窄的陋室里与茶（酪奴：茶的别名，一种说法是北魏时期杨衒之所著的《洛阳伽蓝记·正觉寺》中所说茶是美酒的奴婢；另一种说法是北魏时期人们对茶的一种戏称，因北魏人不习惯饮茶，而偏好奶酪，因此戏称茶为“酪奴”，即酪浆的奴婢）相伴，闲暇的时候，也可以在竹林间用雪鼎和风炉（二者都是煮茶的器具）烹煮茶汤；这些读书人的事情真是太可笑了，（自己寒酸至极），却说人家是粗鲁之人，没有这种取雪煮水的雅致情形。

诗人通过细腻的场景描写，以自嘲的方式，展现了文人雅士对于生活情趣的追求与欣赏，以及对自然美景的敏感与热爱。诗中蕴含的对比意味，既是对陶学士高雅生活的赞美，也是对自己平凡生活的自我调侃和释怀，体现了诗人深邃的内心世界和对生活态度的独特见解。

有意思的是，明代大画家徐渭也曾经画过一幅《陶学士烹茶图》，画中是一位嗜茶老者的痴态，上面题诗云："醒吟醉草不曾闲，人人唤我作张颠。安能买景如图画，碧树红花煮月团。"这是一幅典型的明代文人茶事图，画中的嗜茶老者在优雅秀美的自然风光掩映下烹茶啜茗，十分惬意。但后来有人考证，说画中的"陶学士"并非陶谷，而是当时绍兴陶堰一位与徐渭交情甚笃的名士，徐渭落第后，曾在陶堰设馆授徒，故与其有交往。

八十

茗饮

元·元好问

宿醒未破厌觥船，紫笋分封入晓煎。
槐火石泉寒食后，鬓丝禅榻落花前。
一瓯春露香能永，万里清风意已便。
邂逅华胥犹可到，蓬莱未拟问群仙。

《江山雪霁图》（局部）　南宋　楼观（传）　台北故宫博物院藏

元好问（1190—1257），字裕之，号遗山，世称遗山先生，太原秀容（今山西忻州）人，金朝末年至大蒙古国时期文学家、历史学家。元好问自幼即有“神童”之誉，曾作《箕山》《琴台》二诗，为北方文宗赵秉文所嘉赏，名震京师，号称“元才子”。兴定五年（1221）进士及第，正大元年（1224）又以宏词科登第，历任权国史院编修、镇平县令、内乡县令、南阳县令、行尚书省左司员外郎等职。金朝灭亡后，元好问被囚数年。晚年重回故乡，隐居不仕，于家中筑野史亭，潜心著述。元好问是宋金对峙时期北方文学的主要代表、文坛盟主，又是金元之际在文学上承前启后的桥梁人物，被尊为“北方文雄”“一代文宗”，诗、文、词、曲皆善，其中以诗作成就最高，“丧乱诗”尤为有名。其词作为金代一朝之冠，可与两宋名家媲美；散曲虽传世不多，但在当时影响很大，有倡导之功。

作为北方少数民族政权，金朝建立之初，并无种茶制茶的传统，其所用之茶，主要来自宋朝的岁贡或双边商贸往来。直到承安四年（1199），才于淄州、密州、宁海、蔡州各设一坊，制造新茶，由此开始，金国饮茶之风逐渐盛行。泰和六年（1206），为控制茶叶消费，朝廷“遂命七品以上官，其家方许食茶，仍不得卖及馈献”（《金史》）。从中也可以看出，元好问在成长过程中，亲身体会了茶及茶文化在金国的传播与流行过程。但由于无法亲自种茶制茶，元好问的咏茶诗词多偏向于茶意、茶境等文化意境的塑造，而不是对产茶过程与茶叶品相的描绘。这首《茗饮》，便是诗人在宿醉之后煎茶醒酒，并以此写景叙事、表意抒情而作，所营造出来的，是一种朦胧俊逸的品饮意境。

整首诗的大概意思是：睡了一个晚上醒来，醉意还没有完全消解，开始厌倦宴席上的觥筹交错，清晨时分，将紫笋茶分装好，准备煎煮；正好是寒食节过后，用的是槐木柴火和石间的泉水，自己已经满头白发，坐在禅榻上，看着眼前的一地落花；一碗珍贵如春露的茶汤，散发出来的香气可以持久不散，有如万里清风吹过，让人的心情一下子变得更加舒畅；仿佛可以遇到理想中的妙境（华胥：古代神话中无为而治的理想之国，见《列子·黄帝》），即便原来向往过蓬莱仙山，此时此刻，也没有打算再去询问仙人们了。

据有关文献记载，金代茶诗约120篇，创作者以官僚士大夫为主。其中，元好问的茶诗共留存12首，几乎占了全金茶诗的一成。全真教王重阳、马钰、丘处机等人也有茶诗存世。金代茶诗延续了宋代的清俊风雅，同时也保留了北方民族特有的慷慨苍凉的语言特色，使得中国茶诗的发展呈现出新的风貌。元好问的这一首，很好地表达了诗人对自然美景的欣赏和对宁静生活的向往，算是比较清新婉约的了。

八十一

西域从王君玉乞茶因其韵七首(其一)

元・耶律楚材

积年不啜建溪茶，心窍黄尘塞五车。

碧玉瓯中思雪浪，黄金碾畔忆雷芽。

卢仝七碗诗难得，谂老三瓯梦亦赊。

敢乞君侯分数饼，暂教清兴绕烟霞。

《枫野春雨图》　明代　陈焕　私人收藏

耶律楚材（1190—1244），字晋卿，号湛然居士、玉泉老人，蒙古名吾图撒合里（意为长髯人），契丹族。辽东丹王突欲之八世孙，金尚书右丞耶律履之子，大蒙古国政治家，太祖、睿宗、太宗三朝宰辅。耶律楚材生于燕京（今北京），出身契丹贵族家庭，金泰和六年（1206）被征召授予掾职，后累任开州同知、左右司员外郎等职。耶律楚材大力推动文治，逐步构建“以儒治国”的方略，他主张的制度措施为元朝奠定了立国之基，对元朝的各项事业发展及治国走向产生了深远影响。耶律楚材深研老庄之学，形成了独特的文学思想倾向，其文学成就在大蒙古国的文人中有重大影响。

宋代茶艺的奢华与烦琐达到了巅峰，而北方的少数民族虽然也热爱茶饮，但更多的是出于生活需要，而非追求品茶的雅兴。对于烦琐的茶艺，他们显然有些不耐烦。而到了元代之后，制作精细、成本昂贵的团茶数量大幅减少，制作简易的末茶和可直接饮用的青茗与毛茶开始出现，推动了茶饮在少数民族中的流行。作为深受中原文化影响的辽皇族后裔和元初名相的耶律楚材，也非常自然地与茶越走越近，以至于从王君玉处讨要到了一点儿好茶叶，就情不自禁，一气呵成写下了七首茶诗。这里选取的是其中的第一首。

整首诗的大概意思是：多年没有喝到建溪（建溪茶：又称“建茶”，以福建北苑凤凰山一带为主体的产茶区，所产北苑贡茶闻名于世，为中国御贡时间最长的茶）产的好茶叶了，心里面好像被黄色的尘土塞满了（五车：形容黄土堆积之多，极言尘士之厚）；总是想着如碧玉一般的碗中浮起来的雪白的茶沫，以及在黄金制作的小碾旁边，那些惊蛰之后采摘制作的茶芽；卢仝喝了七碗之后，写出来的茶诗十分难得，赵州和尚（从谂禅师）三碗之后的梦境也非常幽远；大着胆子向您（君侯：王君玉）讨要几饼团茶，姑且也让自己清幽的雅兴像烟霞一样散发出来吧。

从诗名中可以知道，这首诗作于西域，起因是诗人难忍无茶之痛，向王君玉讨要茶叶，具体时间应该是耶律楚材随成吉思汗西征期间。而有关王君玉的史料记载较少，只知道他是建昌南城（今江西抚州）人，号夷门隐叟，著有《国老谈苑》一书。耶律楚材在《用前韵送王君玉西征》中有“一从西域识君侯，倾盖交欢忘彼此”“五车书史岂劳力，六韬三略无不通。诗咏珠玑无价直，青囊更有琴三尺”等句子，从中可知王君玉不仅是一位施展才略的西征志士，还是一位吟诗弄琴、酷爱茶道的高人。耶律楚材与王君玉诗中多次用“清茶”比兴两人的情谊，这在当时的北方和西域应是绝无仅有的，甚至可以直追唐宋文人的高雅情调。

八十二

夜坐弹离骚

元·耶律楚材

一曲离骚一碗茶，个中真味更何加。

香销烛烬穹庐冷，星斗阑干山月斜。

《寒驼残雪图》（局部） 清代 华喦 故宫博物院藏

耶律楚材（1190—1244）自幼学习汉籍，“博极群书，旁通天文、地理、律历、术数及释老、医卜之说，下笔为文，若宿构者。”曾亲自编制律历《西征庚午元历》，并在世界上首次提出了里差（时间差）概念；其所著《玉钥匙》《插泥剑》，对后世风水术数发展有着重要影响，是后世玄空飞星风水学的源流。耶律楚材还精通音律，尤擅古琴，自称有“琴癖”，善弹名曲《广陵散》。因其贡献杰出，受赐宋徽宗时号称天下第一的古琴“春雷”，终身携带，另有用过的古琴“石涧敲冰”，现藏于四川博物院。

成吉思汗曾对“身长八尺，美髯宏声”的耶律楚材评价说：“此人是天赐我家，尔后军国庶政，都可委托于他。”其继任者窝阔台大汗也说过：“非卿，则中原无今日。朕所以得安枕者，卿之力也。”

据有关考证，蒙古人饮茶的历史，大约源于成吉思汗时代。长春真人《西游记》中载“车驾北回，在路屡赐葡萄酒、瓜、茶等”；耶律楚材曾跟随成吉思汗西征，在《赠蒲察元帅七首·其三》诗中写有“一碗清茶点玉香”之句；《神茶罐的故事》也反映了蒙古人在成吉思汗时期开始流行饮茶。自幼受中原文化影响的耶律楚材在这一过程中功不可没，他不仅酷爱饮茶，还创作了不少质量较高的茶诗。他的《湛然居士集》中共收录诗作660余首，其中茶诗就多达23首，主要有《西域从王君玉乞茶因其韵七首》《对雪鼓琴》《西域蒲华城赠蒲察元帅》《赠蒲察元帅七首》（其三、其五、其六）、《用前韵送王君玉西征》等。

这首《夜坐弹离骚》是耶律楚材众多茶诗中比较有意境的一首。整首诗的大概意思是：（我独自坐在夜色当中），一边弹奏着屈原的《离骚》，一边品味着茶水，这其中真实的意味实在是无以复加啊；炉香已经熄灭，蜡烛也烧得只剩下灰烬，帐篷（穹庐：用毡布搭成的帐篷，即蒙古包）里面开始变得越来越清冷，栏杆之上是满天的星星，远处山头的月亮已经西斜，（夜更深了）。

整首诗展现给我们的，是一幅非常静谧而孤独的画面：夜深人静，星斗满天，诗人一边喝着茶，一边弹奏着充满忧愤之情的《离骚》。隔着文字，我们似乎就能感受到诗人内心的孤寂与清凉。而茶与《离骚》的组合，加上燃尽的香火与蜡烛、寂寞的星斗与栏杆、无声的远山与斜月，营造出来的，是一种具有强烈感染力的真挚情感与独特氛围。也正是在这种氛围中，诗人的心境与眼前的茶、千古绝唱《离骚》达到了完美的融合。此时无声胜有声，诗人无处诉说的内心，似乎已如那天边斜月，将如霜的光华洒得遍地都是。

八十三

题三教煎茶图二首

元・王旭

其一

石鼎风香松竹林，三人同坐不同心。
从渠七碗浇谈舌，争似忘言味更深。

其二

异端千载益纵横，半是文人羽翼成。
方丈茶香真饵物，钓来何止一书生。

《三教图》 明代 佚名 美国弗利尔美术馆藏

王旭，生年不详，疑卒于1320年，字景初，东平（今属山东）人，主要活动于元朝至元到大德年间。王旭早年家贫，靠教书为生，曾以文章知名于当时，著有《兰轩集》等，与同郡王构、永平王磐并称“三王”。元世祖至元二十七年（1290）受砀山县令礼遇，被请到县学主持讲席。其足迹遍及南北，但一生未入仕，依靠他人资助为生。王旭曾写信给友人许衡，其中自称“旭布衣，穷居于时，事无所好，独尝有志于古”。与王构、王磐相比，王旭处境最不好，诗文中往往流露出怀才不遇的情绪。

儒、释、道三大文化是中国文化的基本精神，往往是以儒家思想为主，佛道思想为辅，三教融合为一。从中晚唐开始，佛教思想、道教哲学就融合到了儒家思想文化里面。到北宋中叶，便已形成了一个以儒为主导、以佛道为辅助的三教合流思想格局，即进则以儒治世、守乃以道修身、退而以佛养心。文人禅学化、释道文人化也成为突出倾向，理学更是自其形成之日起就显示出融合儒、佛、道三家的趋势。因元朝有兼容各种宗教的国策，随着宗教的繁盛，以佛、道两教最为显著，元代文人几乎无人公开排斥佛老，对佛、道思想普遍认同，元代的释子和道士也大多出身于儒士。因而，“三教同源”“三教归一”现象在元代非常突出。元代的儒学也有了新的发展，受当时的社会思潮的影响，儒家学者思想中往往包含着释道思想，儒士崇尚儒学的同时，又信奉佛老，以宗教作为调节心理的一种重要手段。

王旭的这首《题三教煎茶图》，正是这一文化融合趋势的真实写照。其一的大概意思是：清风吹过，松竹林里的石鼎煮出来的茶汤散发着香味，分别代表儒、释、道的三人一起坐着品尝茶水，他们心中秉持的哲学理念并不相同；但从他们（渠：江南方言，他、他们）饮至卢仝所说的“七碗”之后，舌尖的谈兴似乎被浇灭了，三人仿佛忘记了用来争论的言语，应该是从茶中体会到了更加深刻的意味吧。其二的大概意思是：千百年来，各种不同的奇谈怪论纵横交错，多半都是文人自以为羽翼丰满、思想成熟而牵强附会；只有方丈泡出来的茶香才是真正的好诱饵啊，吸引过来（钓来）的何止是一介书生呢？

茶对儒、释、道三家融合的纽带作用，在这首诗里表现得非常充分。其实，无论是道家，还是儒、释二家，在对茶的和、静、清的本性认识上是有相通之处的。《道德经》阐述“道”的特性之一是“和其光，同其尘”，茶的淡雅包容正可体现这一追求，自然也就能得到诸家喜爱了。

八十四

马图

元·虞集

昔在乾淳抚蜀师，卖茶买马济时危。

乡人啜茗同观画，解说前朝复有谁。

《天马赋图》（局部）　元代　赵孟頫　美国弗利尔美术馆藏

虞集(1272—1348),字伯生,号道园,世称邵庵先生、青城樵者、芝亭老人，南宋左丞相虞允文五世孙，元朝著名学者、诗人，祖籍成都仁寿（今四川仁寿），出生于临川崇仁（今江西崇仁）。虞集少时受益于家学，曾随名儒吴澄游学各地。大德元年（1297）被举荐为大都路儒学教授，先后担任过国子助教、博士、翰林待制兼国史编修、奎章阁侍书学士、翰林侍讲学士等职。虞集是元中期最负盛名的诗人，其诗不仅体裁多样，而且大多典雅精切、格律谨严、深沉含蓄、纵横无碍，与揭傒斯、杨载、范梈齐名，并称“元诗四大家”。亦素负文名，引领有元一代文风，同揭傒斯、柳贯、黄溍并称“儒林四杰”。

诗中所说的“乾淳”，指的是宋孝宗在位时用过的两个年号，即乾道和淳熙。当时，宋孝宗平反岳飞冤狱，起用主战派人士，锐意收复中原。尤其在内政上，宋孝宗积极整顿吏治，裁汰冗官，惩治贪污，加强集权，重视农业生产。在此影响下，偏安一隅的南宋进入了一个相对繁荣兴盛的时期，出现政治清明、社会稳定、经济繁荣、文化昌盛的太平景象。这一时期，也被史学界称为“乾淳之治”。而虞集的先辈虞允文正是“乾淳之治”中的重要人物，他是抗击金兵入侵的主战派代表，曾在乾道年间被宋孝宗任命为资政殿大学士、四川宣抚使，兼知枢密院事，后又累迁至宰相，是宋孝宗倚重的大臣之一。

诗中提到的“卖茶买马”，则是指当时南宋极为重要的一项政治经济策略，即茶马易市，用所产茶叶交换周边少数民族的马匹。这一做法最早出现于唐代，但直到宋朝才成为定制。茶叶能解毒去病、分解油腻、帮助消化，由于自然环境方面的原因，多食肉奶制品的吐蕃等少数民族对茶叶十分依赖，因此，控制了茶叶供给，就等于控制了他们的生活。尤其自宋朝时期，茶叶不但成为中原王朝与西北、西南地区少数民族之间的大宗经贸产品，而且也成为与少数民族之间保持友好关系的物质手段。宋朝用茶买来的马分两种，其一曰良马，用于战争，主要来自今青海地区的吐蕃等少数民族；其二曰“羁縻马，产于西南诸蛮，短小不及格，今黎、叙等五州军所产是也”。以茶易马的意图有二，一是从羁縻马中挑选一部分良健者作为战马，以补充战马；二是安抚西南少数民族，使他们不至于反抗宋朝政府。诗中说的“济时危”，正是指虞允文等督抚四川时以茶易马，增强南宋战备，以应对金兵南下西进，救南宋于危难之时。

整首诗的大概意思是：过去在宋孝宗乾道、淳熙年间，在四川负责军事的统帅们，曾经通过茶马交易解决了战备和经费问题，挽救了当时南宋的危局；如今时过境迁了，只剩下乡人们聚在一起，一边喝着茶，一边观赏这幅买马图，解释说明着前朝的历史当中，还应该有哪些人和事。

诗人通过生动细腻的笔触，将历史、经济、生活与艺术巧妙融合，不仅展现了古代社会的风貌，也蕴含了对历史变迁的感慨和对文化传承的思考。

八十五

煮土茶歌

元·洪希文

论茶自古称壑源，品水无出中泠泉。

莆中苦茶出土产，乡味自汲井水煎。

器新火活清味永，且从平地休登仙。

王侯第宅斗绝品，揣分不到山翁前。

临风一啜心自省，此意莫与他人传。

《玉洞仙源图》（局部） 明代 仇英 故宫博物院藏

洪希文（1282—1366），字汝质，号去华山人，福建莆田人，洪岩虎之子。元军占领兴化，大肆屠杀兴化民众、实行残酷的民族压迫政策时，身为兴化军教授的洪岩虎颇具民族气节，不与元统治者合作，愤而离城入山隐居。洪希文少年时即在父亲的影响下痛恨元朝统治者，跟随父兄隐居深山，生活极为艰苦，但也磨炼出了他坚强的意志，养成了他不屈不挠、刚正不阿的性格。洪希文身居深山老林，却始终心系国家、民族。他向自己的父亲学习，刻苦念书、作文、赋诗，博学多才，其诗风清遒激壮，有《续轩渠集》十卷。

诗中说到的“壑源”，是宋代产自建州的名茶。宋代贡茶之中，以北苑贡茶最为著名。狭义的北苑贡茶，指的是产自宋代建州北苑御茶园的官焙贡茶。但广义的北苑贡茶，还包括宋代建州的私焙贡茶。壑源与北苑御茶园仅一山之隔，是宋代建州私焙贡茶的顶级代表，名气非常大。北宋宋子安在《东溪试茶录》中说：“壑源，建安郡东望北苑之南山，丛然而秀，高峙数百丈”，“次出壑源岭，高土沃地，茶味甲于诸焙”。宋徽宗赵佶也在所著《大观茶论》中说，“本朝之兴，岁修建溪之贡，尤团凤饼，名冠天下。壑源之品，亦自此而盛”，“夫茶以味为上，甘香重滑，为味之全，惟北苑、壑源之品兼之”。

另诗中提到的“中泠泉”，又名“天下第一泉”，原在扬子江心，是万里长江中独一无二的泉眼。中泠泉水宛如一条戏水白龙，自池底汹涌而出，“绿如翡翠，浓似琼浆”，甘洌醇厚，尤宜煎茶。唐代陆羽品评煎茶用水时，将中泠泉列为天下第七，陆羽之后的名士刘伯刍在品尝了全国各地沏茶之水的水质后，将水分为七等，中泠泉因其水味和煮茶味佳为第一等，因此也被誉为“天下第一泉”。南宋名将文天祥畅饮中泠泉后，曾赋诗一首：“扬子江心第一泉，南金来北铸文渊。男儿斩却楼兰首，闲品茶经拜羽仙。”

整首诗的大概意思是：自古以来，谈论茶品优劣，都会说到产自建州的壑源茶，而品评煮茶的泉水，则没有比中泠泉水更好的了；莆田有一种味道稍苦的茶，是本土特产，朴素的味道是用自家汲取的井水煎煮出来的；煮茶的器具和煎煮的柴火都是新置而干燥的，这样煮出来的味道才纯正，才能保持久远，可以让人在平常的地方就享受生活，不需要追求那种成仙的感觉；权贵府邸中通过斗茶评选出来的上等绝品，我们这些山林老翁是享受不到的；面对习习清风，喝上一口自产的土茶，心里自然能够体会到生活的乐趣，个中滋味不需要与别人分享。

诗人通过细腻的笔触，描绘了煮茶的雅趣和对茶道的深刻理解，不仅展现了煮茶的艺术，更蕴含了返璞归真与超然物外的深邃人生哲理，从更高层面体现了诗人对茶文化的独到见解和深厚情感。

八十六

题四皓对弈瀹茶图·二首之二

金元·艾性夫

石乳云腴拨不开，春风潋滟碧瓷杯。
应无俗客烦敲臼，只恐东宫聘使来。

《四皓图》（局部）　五代十国　王齐翰　美国大都会艺术博物馆藏

艾性夫（《江西通志》作艾性），字天谓，生卒年均不详，约元世祖至元年间在世，元朝讲学家、诗人。江西东乡（今属江西抚州）人，与其叔艾叔可、艾宪可齐名，人称“抚州三艾”。宋亡后浪游各地，与遗民耆老多有结交，晚年出仕元朝，曾任浙江道提举。艾家阖门教授，求学者络绎不绝。艾性夫工诗，尤擅长五、七言古体，笔力排荡，精新华妙，脍炙人口，为当时绝唱，《四库全书总目》亦认为：“其诗气韵清拔，以妍雅为宗，绝不似宋末有韵之语录。”著有诗集《孤山晚稿》，原本已佚。

诗中提到的“四皓”，指的是商山四皓。他们是秦朝末年的四位博士，分别为东园公唐秉、夏黄公崔广、绮里季吴实、甪（lù）里先生周术。秦始皇时有七十名博士官，这四位职掌的内容一曰通古今；二曰辨然否；三曰典教职。因不满秦始皇焚书坑儒的暴行，四人离职而隐居于商山，后人便用“商山四皓”来泛指有名望的隐士。“瀹”在这里的意思是烹煮，最早关于饮茶的记载出现在汉代。

另外诗中说到的“东宫聘使”也与“四皓”有关。班固的《汉书·王贡两龚鲍传》中提道：“汉兴有园公、绮里季、夏黄公、甪里先生，此四人者，当秦之世，避而入商雒深山，以待天下之定也。自高祖闻而召之，不至。其后吕后用留侯计，使皇太子卑辞束帛致礼，安车迎而致之。四人既至，从太子见，高祖客而敬焉，太子得以为重，遂用自安。语在《留侯传》。”大致意思是说，这四位秦朝的博士隐避在深山老林中，等待着天下大势定下来，刘邦听说了他们的名气，想把他们招到身边来，但他们没有答应。之后吕太后用了留侯张良的计谋，让太子刘盈用非常客气恳切的言辞，加上礼物，安排车辆去迎候他们，他们才答应，并随着太子拜见了刘邦，刘邦对他们非常客气敬重，太子也因此被刘邦认为能干点儿事而得以保全自己的地位（刘邦此前曾有过改立太子的念头）。

整首诗的大概意思是：烹煮好的茶水上面，有着石乳一般细腻、云腴（腴：肥厚、肥沃）一般浓烈的浮沫，用东西挑拨也难以分开，就好像春风荡漾（潋滟：水波荡漾、水面满溢的样子）在碧绿的瓷杯之中；此时此刻，应该不会有那些庸俗的客人来打扰他们敲打茶臼（指研磨茶叶以供烹煮）吧，唯一担心的，是东宫（东宫：皇宫中位于东边的宫殿。在中国古代宫殿建筑中，东宫因方位而得名，通常用作太子的住所和办公地点。也用来代指储君太子。这里指汉太子刘盈）那边派来聘请他们进宫的使者到了，（他们就再也无法安心品茶、自得其乐了）。

诗人通过描述“四皓”隐居山中的生活情景，表达了自己对高洁生活的向往和对尘世纷扰的排斥，希望能够远离俗世打扰，独自享受宁静生活，同时也流露出对被朝廷征召的忧虑，感慨即使是在山中也难以完全摆脱尘世的牵绊。

八十七

煮茶声

元·谢宗可

龙芽香煖火初红，曲几蒲团听未终。
瑞雪浮江喧玉浪，白云迷洞响松风。
蝇飞蚓窍诗怀醒，车绕羊肠醉梦空。
如诉苍生辛苦事，蓬莱好问玉川翁。

《雪阁临江图》（局部） 南宋 佚名 美国波士顿美术馆藏

谢宗可（生卒年及生平全不可考，1330 年在世），金陵（今江苏南京）人，元朝诗人，代表作《咏物诗》一卷，有百篇咏物诗传于世。元代诗人汪泽民曾题其诗卷，认为他的诗绮靡而不伤于华，平淡而不流于俗，“大抵元人咏物，颇尚纤巧，而宗可尤以见长”。

谢宗可写有不少茶诗，但这一首特别有意思，它没有沿袭古代咏茶诗对茶形、茶品、茶器、茶水、茶技及茶的色香味感受与体验、思考等方面的描述，而是专注于对煮茶声响的细心体味，极尽铺陈比拟之能事，把煮茶过程中的各种声响描绘得细致入微、精妙绝伦，让人不禁拍案叫绝。诗中的“煖”字通“暖”，是温暖的意思；提到的“蒲团”是指古代的一种坐具，大多都是以蒲草编织而成的圆形、扁平的坐垫，也称圆座，乃修行人坐禅及跪拜时的所用之物。

整首诗的大概意思是：形似蛟龙的芽茶（龙芽是当时一种茶的名称）散发着清香，刚刚烧红的炉火让人感觉非常温暖，倚靠着曲而矮的茶几（曲几：一种古老的家具，通常由弯曲的木材制成，形状多为半圆形，具有三个支撑脚。它可以在车上供人向前伏靠，也可以在床上供人向后或旁边倚靠），我坐在蒲草编织的圆垫上，一直没有停歇地静静听着烹煮茶水的种种声音；釜中的茶汤已经飘上了一层白沫，就像瑞雪浮在江面上，白玉般的浪花大声喧哗，杂乱无章，如同白色的云彩迷失在山洞之中，发出清风拂过松林的声响；接下来又好像苍蝇飞过蚯蚓的洞穴，非常细微轻巧，把我的诗兴都勾起来了，又仿佛车辆绕行在羊肠小道上，曲曲折折的，把人从醉梦中摇醒，感觉人生到头来还是万事皆空；嘈嘈杂杂，又好像有人在诉说老百姓的各种辛酸苦楚，唉，蓬莱仙境到底好不好，真想问一问那位曾经写过《七碗茶歌》的玉川子（卢仝字玉川，号玉川子）啊。

煮茶本是日常小事，古代诗人也写过无数跟煮茶相关的诗，但谢宗可的这一首，却通过独辟蹊径的听觉描述，展现了他深刻的人生感慨和对社会现实的关注。第一句“龙芽香煖火初红”，描绘的是煮茶时的温馨氛围，展示了诗人享受静谧时光的悠然状态。接着，“曲几蒲团听未终”写的是诗人坐在弯曲的矮桌旁边，静心聆听煮茶的声音，仿佛把人带入了一种近乎修行的氛围之中。“瑞雪浮江喧玉浪，白云迷洞响松风”则通过江面飘落的瑞雪和山洞中松风弄响的回荡，将听觉与视觉结合，营造出一种超凡脱俗的意境。“蝇飞蚓窍诗怀醒，车绕羊肠醉梦空”更是进一步深化了诗人的精神追求，即使是细微的声响也能引发诗兴，醉梦之中也同样能感知浮华易逝、万事皆空。最后，“如诉苍生辛苦事，蓬莱好问玉川翁”，把关注点自然而然地转移到百姓苍生的疾苦上，哪有什么蓬莱仙境，有的只是芸芸众生的辛酸苦楚啊。从悠然听煮茶之声，到听出民生苦诉，传达出来的，是诗人对现实世界的深入思考和对普罗大众的深切关注。

明清茶诗

八十八

煮雪斋为贡文学赋禁言茶

明·高启

自扫琼瑶试晓烹，石炉松火两同清。

旋涡尚作飞花舞，沸响还疑洒竹鸣。

不信秦山经岁积，俄惊蜀浪向春生。

一瓯细啜真天味，却笑中泠妄得名。

《山庄暮雪图》　南宋　夏圭　私人收藏

高启（1336—1374），字季迪，号槎轩，长洲（今江苏苏州）人，元末曾隐居吴淞青丘，因自号青丘子，明初诗人、文学家。洪武二年（1369）被征诏入朝修撰《元史》，授翰林院编修。洪武三年（1370）受命教授诸王，擢为户部右侍郎，固辞不就，返青丘授徒自给。高启才华高逸，学问渊博，能文且尤精于诗，与宋濂、刘基并称“明初诗文三大家”，又与杨基、张羽、徐贲一道被人誉为“吴中四杰”，当时论者把他们比作“初唐四杰”。其诗雄健有力，才情奔放，一变元末缛丽诗风，格调清新俊逸，写民生则质朴真切，富有生活气息，吊古抒怀则感慨深沉，风格雄劲奔放。

清代纪晓岚在《四库全书总目提要》中曾经高度评价高启，称其“天才高逸，实据明一代诗人之上，其于诗，拟汉魏似汉魏，拟六朝似六朝，拟唐似唐，拟宋似宋，凡古人之所长无不兼之”，而且强调“振元末纤秾缛丽之习而返之于正，启实有力”。鉴于高启在诗歌方面的巨大成就，后人尊他为“明初诗人之冠”，历代诗评家也都对他给予了充分肯定，比如，有“大清第一才子”之称的赵翼，就在《瓯北诗话》中推崇高启为“（明）开国诗人第一”。高启不仅诗写得好，对茶也有着浓厚兴趣，尤其难得的是，他能够透过茶叶看到茶产业背后的世道民生，比如，他曾写过一首名为《采茶词》的诗：“雷过溪山碧云暖，幽丛半吐枪旗短。银钗女儿相应歌，筐中摘得谁最多。归来清香犹在手，高品先将呈太守。竹炉新焙未得尝，笼盛贩与湖南商。山家不解种禾黍，衣食年年在春雨。”揭示采茶人辛勤劳作却无法享受上等香茗的社会现实，尤其是最后一句“衣食年年在春雨”，道出了采茶人辛酸的处境，引人深思，发人深省。

这首《煮雪斋为贡文学赋禁言茶》，是高启众多茶诗中的一首，独特之处在于全诗都在写烹茶品茶却没有出现一个茶字。整首诗的大概意思是：早上起来，我独自打扫着地上的积雪（琼瑶：原指美丽的玉石，这里代指雪花），试着煮上一钵早茶，石头制作的炉子和松木燃起的柴火，二者都显得十分清新；茶汤烧开之后，激起的旋涡就好像飞扬的花朵在跳着舞蹈，茶水沸腾的声音仿佛就是雨珠洒落在竹子上发出的鸣响；不相信秦岭（秦山：指长安以南的终南山，山为秦岭山脉的一部分，故云秦山。杜甫《同诸公登慈恩寺塔》中有“秦山忽破碎，泾渭不可求”的句子）的积雪能够一年又一年地堆积（岁积：即积岁，多年的意思）起来，突然间却惊讶地发现蜀地的江水在春天里苏醒过来，翻起浪花（从茶钵中感受到春天的气息，蜀浪在这里暗喻蜀茶煮出的茶水）；端上一碗新煮的茶汤，细细品味，真的是天地间最纯正的味道啊，让人不得不取笑那中泠泉水（又名“天下第一泉”，原在扬子江心，是万里长江中独一无二的泉眼）实在是妄得虚名。

诗人在整首诗中不写一“茶”字，却生动形象地描绘了茶的烹制过程和品茶时的感受，表达了对茶的热爱和对自然的赞美，展示了自己煮雪烹茶、乐在其中的生活状态与追求。

八十九

爱茶歌

明 · 吴宽

汤翁爱茶如爱酒，不数三升并五斗。
先春堂开无长物，只将茶灶连茶臼。
堂中无事长煮茶，终日茶杯不离口。
当筵侍立惟茶童，入门来谒惟茶友。
谢茶有诗学卢仝，煎茶有赋拟黄九。
茶经续编不借人，茶谱补遗将脱手。
平生种茶不办租，山下茶园知几亩。
世人可向茶乡游，此中亦有无何有。

《对竹图》（局部）　明代　唐寅　台北故宫博物院藏

吴宽（1436—1504），字原博，号匏庵、玉亭主，世称匏庵先生或匏翁，直隶长洲县（今江苏苏州）人，明朝文学家、书法家。吴宽于成化八年（1472）状元及第，授翰林修撰，曾侍奉太子朱祐樘（明孝宗）读书九年，晋升为右春坊右谕德，后累迁左春坊左庶子兼翰林侍读、詹事府少詹事兼翰林侍读学士、吏部右侍郎、礼部尚书等职。吴宽自少好学，老而弥笃，力攻《左传》《汉书》，研习唐宋大家之诗文，尤喜苏轼，能文能诗。其为文“不事追琢，独严体裁，蕴藉简淡，理致悠长”；诗则“用事浑然天成，不见痕迹”，自成一家，是成化、弘治时期诗坛中除李东阳之外的重要领军人物。又擅书法，书姿秀润，时出奇崛，虽拘模于苏，而多所自得。

诗中所说的“汤翁”是吴宽的自号，意思是爱喝茶汤的老翁。“黄九”是指北宋诗人、书法家黄庭坚，因其在家中排行第九，故称之，宋杨伯嵒《臆乘·行第》中曾提到：“前辈以行第称，多见之诗”“少游称后山为陈三，山谷（黄庭坚）为黄九”。最后一句中的“无何有”，是“无何有之乡”的缩写，出自《庄子·逍遥游》，其中提到：“今子有大树，患其无用，何不树之于无何有之乡、广莫之野。”“无何有之乡”原指空旷而没有什么东西的地方，后多用来指虚无之处或虚幻的境界，也可以用来形容无所牵绊、逍遥自得的状态。

整首诗的大概意思是：我这个喜欢喝茶的老头子，热爱茶汤就如同别人嗜爱美酒，从不计较是五斗还是三升；早春时节打开厅堂，里面没有一样多余的东西（长物：出自《世说新语》，原意指身外多余之物），只有煮茶用的灶台和石臼；坐在厅堂里面无所事事，更多的时间就是用来煮茶，整日里几乎杯不离手、茶不离口；在筵席旁站着侍候的，只有奉茶的童子，而上门来拜见的，也只有爱茶的朋友；有人送茶邀饮需要表达谢意的时候，就学卢仝的样子写诗，煎煮茶汤的时候，就模仿黄庭坚的风格写赋；写成的《茶经》（唐陆羽所作）续编，舍不得借给别人阅览，正在撰写的《茶谱》（明朱权所作）补遗，也即将脱稿；平日里种植茶叶从来不办理租赁手续，山下的茶园也不知道到底有几亩；感兴趣的世人可以到茶乡来游览游览，这里面其实也有可以让人无所牵绊、自得其乐的梦幻仙境啊。

这是一首非常有意思的诗，写得通俗流畅，塑造出了一个活灵活现的茶翁形象，生动展示了古代文人士大夫的日常生活方式和独特审美情趣。

九十

茶陵竹枝歌（其六）

明·李东阳

依饷蒸藜郎插田，劝郎休上贩茶船。

郎在田中暮相见，郎乘船去是何年。

《山楼观稼图》（局部） 明代 沈士充 故宫博物院藏

李东阳（1447—1516），字宾之，号西涯，湖广茶陵（今湖南省茶陵县）人，以戍籍居京师，明朝文学家、书法家，“茶陵诗派”核心人物。李东阳自小颖悟，先后受业于邵玉、黎淳、柯潜等。天顺八年（1464）考中进士，初选为翰林院庶吉士，历任翰林院编修、侍讲、侍讲学士、学士，后累迁礼部右侍郎、知制诰、礼部尚书加太子少保兼文渊阁大学士、户部尚书兼谨身殿大学士等职。李东阳一生著述甚丰，存世诗约3000首，文近1000篇，其作诗、评诗多体现中正折中的美学风尚，尤为重视诗法和诗艺，认为文和诗不同，“各有所宜”，形式上也有各自的内在法度，文“记述铺叙”“纵横开阖”，诗“高下长短音节”，各有体式，均不可乱。

竹枝词（也叫竹枝歌）是一种带有浓郁地域特色的诗词体裁，原本起源于巴、渝一带的民歌。唐代刘禹锡把这一民歌样式变成诗体用于实践，创作了许多优秀作品，留下了一些脍炙人口的句子，比如“东边日出西边雨，道是无晴却有晴”等，对后世文人影响极大。由于社会历史变迁及作者个人思想情感的影响，竹枝词在漫长的历史发展中，其作品逐渐分化成三种类型：一类是由文人搜集整理保存下来的民间歌谣；二类是由文人吸收、融会竹枝词歌谣的精华而创作出来的带有浓郁民歌色彩的诗歌；三类是借竹枝词格调而写出的七言绝句，这一类文人气较浓，但仍冠以“竹枝词”。竹枝词“志土风而详习尚”，以吟咏风土为主要特色，常用于状摹世态民情中，洋溢着鲜活的文化个性和浓厚的乡土气息，与地域文化有不解之缘，对社会文化史和历史人文地理等学科研究均具有重要的史料价值。

成化八年（1472）二月，李东阳父子三人返乡祭祖。他们从北京出发，一路顺大运河南下，转长江，入湘江，溯洣水，进入了茶陵境内，最后沿茶水逆流北上，前往他们的祖居之地（今茶陵县高陇镇龙集）。这一路上，李东阳父子足足走了9个月，沿途所见颇丰，李东阳便以诗词的形式记载见闻感受，其中就包括《茶陵竹枝歌》10首。这是一组组诗，借助竹枝词这种民歌形式创作，主要反映明代茶陵的春日景象，以及沿途的风土人情。当时的茶陵是历史上有名的茶乡，地多山陵，山陵上又有很多野生茶林，因此被人称为“茶陵”。种茶、采茶、卖茶，长途贩运茶叶，成了茶陵人生活的一部分。而贩茶的男子久久不归，也常常会引发闺中少妇的哀怨，李东阳便模拟她们的口吻，非常诗意地发了一通小小的牢骚。

整首诗的大概意思是：我在家里蒸熟了饭菜（藜：一种野菜），你在田里忙着栽插秧苗，我还是想劝一劝你不要登上那些贩卖茶叶的小船，（去做一个茶叶贩子）；你在田地里耕作，（尽管日子紧巴一点儿，但毕竟）我们早上晚上都可以相守在一起，你如果坐上船去贩卖茶叶，（山高水远，前路莫测），谁知道什么时候才能回家呀？

诗中生动描绘了一幅农村生活的画面，丈夫在田中辛勤劳作，妻子在家中准备饭菜，日子简朴而温馨，尽管外出贩茶可能会有更高的收益，但妻子依旧希望丈夫留在家里，相互厮守，省得自己独守空房、牵肠挂肚。夫妻之间的恩爱与虽苦且甜的相守追求跃然纸上，充满了生活气息。

九十一

煎茶

明·文徵明

老去卢仝兴味长，风檐自试雨前枪。
竹符调水沙泉活，瓦鼎然松翠鬣香。
黄鸟啼花春酒醒，碧桐摇日午窗凉。
五千文字非吾事，聊洗百年汤饼肠。

《林榭煎茶图》（局部）　明代　文徵明　天津博物馆藏

文徵明（1470—1559），名壁，字徵明、徵仲，号衡山居士，人称“文待诏”，长洲（今江苏苏州）人，明代著名画家、书法家、文学家。文徵明出身于仕宦之家，早年攻诗文书画，先后师事吴宽、李应祯、沈周等人，少时即负有盛名。正德末年（1521）由巡抚李充嗣向朝廷举荐，得任翰林院待诏，后参与纂修《武宗实录》，并担任经筵讲官。不久辞官南归，筑玉磬山房，家居以翰墨自娱，潜心于诗文书画30余年。文徵明绘画重视用笔墨表现花卉的美和特征，技法的变化与对象特征紧密结合，他的花鸟画以朱竹、菊花、兰花、水仙和古木竹石等为主题，题材和表现手法均属于文人写意画的范畴，山水画为其艺术创作的主要方面，传世作品数量甚众，风格也多种多样。

到了明代，饮茶方式由煎煮向冲泡发展，茶成为当时人们的生活必需品。而对于文人士大夫来说，茶的清淡、自然、含蓄、内敛，依旧是文人精神的最好体现，可以代表和反映他们内心的追求，于是，明代文人将煮茗啜茶作为雅致生活的赏心乐事。文人雅聚之时，虽然可以无酒，却不能无茶。文徵明生于名茶产地苏州，深谙茶道、茶俗、茶趣，曾有“吾生不饮酒，亦自得茗醉”的句子，爱茶、嗜茶也就成了他骨子里终其一生的情怀。他曾经创作过一幅《林榭煎茶图》，描绘文士以茶会友的情形，图中一名士人策杖过桥而来，对岸草堂之下，一位高士靠坐在窗边，看着童子在廊下烹茶，草堂内陈设简约，满架书卷烘托出主人的博学与简逸，堂外则嘉木成林、云白江清、山色空蒙，愈发展现出画中人物恬静无争的心境。此图不仅展现了煎茶的场景，更传达了文人对于茶文化的深刻理解与真挚热爱，正是他好茶爱茶、以茶传达心志的生动体现。

诗中所说的“雨前枪”，俗称雨前茶，指的是谷雨前采摘的茶叶，叶芽细嫩，像古代的旌旗，故称“旗枪”。“汤饼肠”，原意是习惯了吃汤饼（类似羊肉泡馍）的肚肠，后泛指普通人的肠胃，宋代吴潜《谢惠计院分饷新茶》有“平生腐儒汤饼肠”的句子，杨万里也写过“老子平生汤饼肠，客间汤饼亦何尝。怪来今晚加餐饭，一味庐山笋蕨香”。

整首诗的大概意思是：年纪大了，才开始体会卢仝对茶的描述意味深长，于是，在透着风的屋檐下面亲手来试一试煎煮谷雨前采制的嫩茶；用竹符对水量进行调节，使得沙泉水变得十分活跃，在瓦鼎下面燃烧松枝，翠绿的松树针叶清香四溢；喝了春天酿制的美酒，刚刚醒过来，就听见黄莺在花间啼叫，阳光在碧绿的梧桐树枝上晃动，午后的窗前感觉有些许凉意；成千上万的文字工作（文案）并不是我关心的事情，只不过暂且用来冲洗一下我百年之身的肠胃罢了。

诗人通过生动的意象展现了茶具和煮茶的过程，营造出了一种清新自然的氛围，充分表达了自己对世俗事务的淡泊态度，认为五千文字（指代繁杂的文书工作）并不是他内心向往的目标，而只是聊以充饥肠胃、混混日子，自己真正爱好的是对茶与艺术的追求，体现了他对生活的超脱和淡泊名利的人生态度。

九十二

题事茗图

明·唐寅

日长何所事，茗碗自赍持。

料得南窗下，清风满鬓丝。

《事茗图》（局部）　明代　唐寅　故宫博物院藏

唐寅（1470—1524），字伯虎，后改字子畏，号六如居士、桃花庵主、鲁国唐生、逃禅仙吏等，南直隶苏州府吴县（今江苏苏州）人，明代著名画家、书法家、诗人。唐寅16岁中苏州府试第一，28岁时中南直隶乡试第一，次年入京应考会试时受科举案牵连入狱，被贬为吏，从此无心进取，游荡江湖，埋头于诗画之间，终成一代名家。唐寅在绘画上宗法李唐、刘松年，融会南北画派，笔墨细秀，布局疏朗，风格秀逸清俊，与沈周、文徵明、仇英合称“吴门四家”（或“明四家”）。唐寅的人物画师承唐代传统，色彩艳丽清雅，体态优美，造型准确；亦工于写意人物，笔简意赅，饶有意趣；其花鸟画长于水墨写意，洒脱秀逸。书法奇峭俊秀，取法赵孟頫。诗文与祝允明、文徵明、徐祯卿并称为“吴中四才子”。

唐寅的亲家王宠是明代书法家，也是吴县人，不仅工篆刻，善山水、花鸟，精于小楷、行草，而且诗文声誉也很高。王宠有一个好友加邻居叫作陈事茗，也是当时苏州的一个文人，尤其喜欢与人谈论茶事。因为王宠的原因，唐寅也得以与陈事茗交好，经常在一起品茗论茶，唐寅便以此为题材，创作了一幅名为《事茗图》的画。

这幅画分近、中、远三个层次。近景描绘的是突兀怪异的山石和树丛，向右突出的山石仿佛一只秃鹫的头，正侧面望着远方，石后是一片树丛，树丛后巨大的柱状山石挺拔巍然，墨色渐淡；中景为一片茅庐草舍，房前一道弯弯的小河静静流淌，庭前两棵苍松遒劲挺拔，枝叶稀疏，树下庭堂中有一文人正依案读书，人物神态悠然、潇洒，十分安闲，房后竹篁成林，树木繁茂，右侧小桥上有一老者策杖而来，方巾广袖，后面有一个童子紧紧跟随，沿着那桥的小溪放眼望去，溪水飞滩跃石，将观者引入远景；远景为一片高山，浮现在迷蒙水雾之中，好似一团乌云凌空，山中一条飞瀑或分或合，跃岩而下，使画面显得更加幽静。

画中有作者自题的一首诗：“日长何所事，茗碗自赍持。料得南窗下，清风满鬓丝。”落款为“吴趋唐寅”（吴趋是苏州的一个地名，即吴趋里，唐寅出生和成长于此地，因此他的许多画作上都会落款“吴趋唐寅”）。整首诗的大概意思是：漫漫长日里，没有什么要紧事可做的时候，就自己给自己泡上一杯好茶，端（赍：怀着，抱着）在手上悠闲地品尝；想象着这样子坐在南边的窗子下，清风习习，吹拂着满头的白发，（是何等优雅而惬意啊）。

诗人在画作中以细腻的笔触描绘了陈事茗居所的优美环境，前面有悬崖峭壁，巨石点缀，背后则是巍峨的高山，潺潺的流泉增添了宁静的氛围，庄子之外，溪水轻流，绿树环抱，构成了一幅静谧而诗意的画面，仿佛能听见茶香与清风的低语。加上这首自题诗，生动地展现了闲适而幽雅的生活场景，表达了诗人对宁静生活的向往和对心灵的疗愈。

九十三

擂茶

明·孙绪

何物狂生九鼎烹，敢辞粉骨报生成。

远将西蜀先春味，卧听南州隔竹声。

活火乍惊三昧手，调羹初试五侯鲭。

风流陆羽曾知否，惭愧江湖浪得名。

《竹居图》（局部）　明代　文徵明　香港艺术馆藏

孙绪（1474—1547），字诚甫，号沙溪，故城（今河北故城）人，明代官员。弘治十二年（1499）中进士第二甲第一名，授户部主事，后累迁行军参谋、吏部稽勋司主事、吏部考功司及文选司郎中、太仆寺少卿、太仆寺卿等职。明开州人王崇庆曾评价其“重交游，慎然诺，与人语，必倒衷曲，至于疾邪恶佞，则又毫发莫之”，且“生平不饮，乃劝人饮”。

这首诗所写的擂茶，原为中原的一种地方风味小吃，古时候，人们称它为“三生汤”，又名斗茶、红军茶，有的地方也称为打油茶，是中国最古老的茶道之一。现代各地的擂茶，是对汉魏粥茶、唐宋煎茶等古代茶文化的继承与发展，多以生茶叶（茶树鲜叶）、生姜和生米仁为主要原料，经混合研碎加水后烹煮成汤。具体的制作方法是先将茶叶放进牙钵（一种特制的内壁有锯齿纹的陶器），湿润后用石榴木或荔枝木等硬木做成约三尺长的擂槌（木杵）来回搅拌捣碎，接着将熟花生米、芝麻、九层塔（也叫金不换）等陆续投入牙钵，擂成糨糊状，放进适量的食盐，用煮沸的开水冲泡即可。泡出来后，将炒米等大把放入盛着咸茶的碗里，热气腾腾地端到客人面前。喝茶者团团围坐在客厅中，边饮边嚼， 边扯家常，或谈些见闻时事，主人则不时添上咸茶、炒米等劝饮，众乐陶陶，别有一番情趣。明代刘基《茶汤法》曾对其描述说：“芽茶用汤浸软，脂麻炒熟去皮，同擂极细。入川椒末、酥盐油饼再擂。如干，旋添浸茶汤。无油饼，则以干面代之。入锅煎热，随意入松子、胡桃、栗可。”

诗中提到的“三昧手”，源于北宋时期南屏谦师的点茶技艺，是对其点茶技艺高超的赞誉。在宋代，点茶是一种重要的娱乐活动，广泛用于斗茶和各种娱乐活动中，因此涌现出了许多高手。谦师是北宋时期的一位高僧，以精湛的点茶技艺闻名，苏东坡曾称赞他为“三昧手”。另外，诗中所说的“五侯鲭”，是一道具有悠久历史的陕菜菜品，起源于汉代长安（今西安），由西汉医学家娄护整合王氏五侯家的珍膳烹饪而成。这道菜以选料珍贵、工艺复杂、汤清味正、鲜美可口而著称，是汉代宫廷宴席中的珍品。“五侯”指的是汉成帝的母舅王谭、王根、王立、王商、王逢时五人，他们因同日封侯而得名“五侯”。“鲭”则是肉和鱼的杂烩。

整首诗的大概意思是：什么东西如此狂妄，竟然需要放在九鼎之中进行烹煮？它不畏粉身碎骨，以此来回报生命的恩赐；闻着从远处传来的西蜀早春的茶香味，静静躺坐着聆听隔岸南州竹林的声响；在“三昧手”的操作下，鲜活的火苗骤然惊起，调配出来的羹汤，初次尝试就好像“五侯鲭”一样美味；在茶世界里堪称一代风流的陆羽，可曾尝试和知晓这擂茶的独特风味，又是否会（因为并不了解擂茶）而惭愧自己在江湖中浪得虚名啊？

诗人通过描绘烹茶、品茶的情景，表达了自己对擂茶的热爱与敬畏，我们不仅从中可以感受到那醇厚的茶香，也可以深刻体会到作者“敢辞粉骨报生成”的风骨与追求。

九十四

题溪口店寄劳生希召龙游二首（其一）

明·汤显祖

谷雨将春去，茶烟满眼来。

如花立溪口，半是采茶回。

《春社图》（局部）　南宋　刘松年　台北故宫博物院藏

汤显祖（1550—1616），江西临川人，字义仍，号海若、若士、清远道人，明代戏曲家、文学家，被誉为“中国戏圣”和“东方莎士比亚”。汤显祖出身书香门第，早有才名，不仅精通古文诗词，而且能通晓天文地理、医药卜筮诸书。万历十一年（1583）中进士，累任太常寺博士、詹事府主簿和礼部祠祭司主事、浙江遂昌知县等职，后弃官归里，潜心于戏剧及诗词创作。其戏剧作品《牡丹亭》（原名《还魂记》）《紫钗记》《南柯记》《邯郸记》合称为“临川四梦”，不但为中国人民所喜爱，也传播到了英、日、德、俄等多个国家，被视为世界戏剧艺术中的珍品。其专著《宜黄县戏神清源师庙记》是中国戏曲史上论述戏剧表演的一篇重要文献，对导演学起了拓荒开路的作用。同时，汤显祖还是一位杰出的诗人。

万历十九年（1591），汤显祖在担任南京礼部祠祭司主事期间，上了一篇《论辅臣科臣疏》，严词弹劾首辅申时行和科臣杨文举、胡汝宁，揭露他们窃盗威柄、贪赃枉法、刻掠饥民的罪行，同时对万历登基二十年却几无建树的政治也作了抨击。疏文一出，神宗大怒，一道圣旨就把汤显祖放逐到了雷州半岛的徐闻县为典史。一年后遇赦，迁任浙江遂昌知县。龙游县溪口镇是出入遂昌的必经之地，在遂昌任职的五年间，汤显祖曾不少于10次经过溪口。万历二十六年（1598）春天，汤显祖赴北京上计（上计是古代一种考绩制度，起源于战国时期，并在秦汉时期逐渐完备。上计的主要内容是将地方官员的治理情况以统计簿册的形式上报朝廷，作为考核官员绩效的依据）后返回浙江，溪口镇纸商劳希召设宴款待，他十分感动，于席间当场在溪口土纸上挥毫写下《题溪口店寄劳生希召龙游二首》，其一“谷雨将春去，茶烟满眼来。如花立溪口，半是采茶回”；其二“忽忽登楼去，长安五度春。云何冷水店，尚有热心人”。

这两首诗都非常明白晓畅，其一的大概意思是，谷雨时节，春天逐渐远离，放眼望去，山间的茶树丛里薄雾缭绕，茶香四溢；勤劳美丽的采茶姑娘像一朵朵鲜花，俏立在溪口镇的村头村尾，她们大多都是刚刚从外面采茶回来的。

汤显祖虽然不能算专精茶道的茶人，却也写了不少涉及茶饮的文字，显示他与爱茶的文人雅士是同道中人，也反映了晚明品茶雅事的普遍趋势。比如，在他的《牡丹亭》第八出《劝农》中，就写到了杜丽娘的父亲杜宝当南安太守的时候，春天下乡劝农，剧情描述南安地方草木复苏，正是春耕时节，也是采摘新茶的季节。其中有一段写采茶女唱采茶歌，展示一旗半枪的茶芽，让太守十分高兴："乘谷雨，采新茶，一旗半枪金缕芽。呀，什么官员在此？学士雪炊他，书生困想他，竹烟新瓦。"非常有趣，显然是有着深厚生活基础的创作。

而这首《题溪口店寄劳生希召龙游二首·其一》，同样充满了对自然美景和劳动场景的赞美，也充分反映了汤显祖对遂昌风情和溪口茶叶的深情厚爱。

九十五

三吴

清·金圣叹

三吴二月万株花，花里开门处处斜。

十五女儿全不解，逢人轻易便留茶。

《寻春图》（局部）　清代　华嵒　安徽博物院藏

金圣叹（1608—1661），字若采，一说原姓张，明亡后改名人瑞，字圣叹，自称泐庵法师，苏州吴县（今江苏苏州）人，明末清初著名的文学家、文学批评家。金圣叹少有才名，入清后绝意仕进，其评点《贯华堂第五才子书施耐庵水浒传》《天下才子必读书》《贯华堂第六才子书西厢记》等皆颇得声名于世，后因“哭庙案”被处斩刑。金圣叹强调人物描写必须合乎人情，使读者能感觉到亲切可信，因而主张用“极近人之笔”写出“极骇人之事”，同时指出情节应围绕主要人物性格的塑造，情节就是典型性格的历史，认为情节的惊险性和传奇性能引起读者的美感享受，但情节的传奇性不能脱离现实性。其思想对清代小说评点家毛宗岗、张竹坡、脂砚斋等影响极大。

中国古代由茶文化而衍生出来的茶礼，与婚嫁风俗结下了不解之缘，早从宋代开始，就有了女子受聘许婚而谓“吃茶”的说法。陆游的《老学庵笔记》卷四中就曾记载：“靖州民俗，男女未嫁时，聚而踏歌。其歌有曰：‘小娘子，叶底花，无事出来吃盏茶。’”明人郎瑛的《七修类稿·吃茶》中更是有明确说法：“种茶下子，不可移植；移植则不复生也。故女子受聘，谓之‘吃茶’。又，聘以茶为礼者，见其从一之义（古人不知茶树可以移植，故言）。”清人崔灏的《通俗编·仪节》中也说：“俗，以女子许嫁曰‘吃茶’，有‘一家女不吃两家茶’之谚。”即以茶为喻，表示女子贞洁，有一旦许嫁而不侍二夫之意。历代文学作品关于“吃茶”为女子婚嫁的描写也有不少，如汤显祖《牡丹亭·圆驾》中有“俺俺俺，逗寒食，吃了他茶”的句子；《今古奇观》中则有“秀英已是十八岁了，尚未吃茶”的说法。可见，婚嫁习俗与茶礼融合，乃中国茶文化的一种独特现象。

金圣叹的这首《三吴》，正是茶礼婚俗的一种反映。整首诗的大概意思是：吴郡、吴兴、会稽（三吴：即吴郡、吴兴、会稽，是长江下游江南的一个地域名称。一般意义上的三吴也泛指江南吴地）这一带的地方，到了早春二月，便鲜花盛开，万紫千红，鲜花掩映之中，家家户户都打开了房门，门板向外倾斜着；年方十五的妙龄少女也许并不了解当地全部的婚嫁习俗，碰到有人来就非常热情，轻易便把人留下来喝茶。

诗人一如既往地发挥自己诙谐调侃的风格，在轻松欢快的描述之中塑造了一个天真无邪的少女形象，她不懂得成人世界的复杂情感和社交礼仪，每当有人来访时，她就会热情地请客人喝茶，表现出她的纯真和善良。这种逢人便请喝茶的行为虽然看似简单，却蕴含了对人性的温暖关怀和对乡间生活的热爱。

九十六

试中泠泉

清·康熙

缓酌中泠水，曾传第一泉。

如能作霖雨，沾洒遍山川。

《品泉图》 清代 金廷标 台北故宫博物院藏

康熙（1654—1722），本名爱新觉罗·玄烨，清定都北京后的第二位皇帝，自号体元主人，康熙为其年号。玄烨八岁登基，十四岁亲政，是中国历史上在位时间（61年）最长的皇帝。掌政后注重加强中央集权，笼络汉族士人，同时强调休养生息、发展经济，曾平定三藩之乱，统一台湾，挫败沙俄侵略军，三征噶尔丹，开创了康乾盛世的局面。

题中所说的中泠泉，也称作中濡泉、南泠泉、金山寺泉等，位于江苏省镇江市金山寺外。据《金山志》记载："中泠泉在金山之西，石弹山下，当波涛最险处。"苏东坡曾有诗云："中泠南畔石盘陀，古来出没随涛波。"意思是中泠泉位于滔滔长江水面之下，时出时没。唐宋时的金山还是"江心一朵芙蓉"，中泠泉也在长江之中，江水来自西边，受到石牌山和鹘山的阻挡，水势曲折转流，分为三泠（南泠、中泠、北泠），而泉水就在中间的一个水曲之下，故名"中泠泉"。因位置在金山的西南面，又称"南泠泉"。由于长江水深流急，泉水汲取极为不易，需在正午之时将带盖的铜瓶子用绳子放入泉中后，迅速拉开盖子，才能汲到真正的中泠泉水。唐代陆羽品评天下泉水时，中泠泉名列前茅。陆羽之后的名士刘伯刍，在品尝了全国各地沏茶用水的水质后，将水分为七等，中泠泉以其水味甘洌和煮茶味佳被定为第一等，也因此获称"天下第一泉"。

康熙南巡的时候，曾多次游览金山寺，赐名"江天禅寺"，并题书"江天一览"，刻碑立于金山的最高点上，同时赋诗《金山并序》云："金山在大江中，南眺润州，北临瓜步，登陟其上，纵目千里，泱泱乎大观也。朕率扈从诸臣历览诸胜，江山之奇，未有逾于此者：一览江天胜，东南势尽收。帆樯来极浦，台榭起中流。路出丹崖上，烟同碧汉浮。登临豁心目，浩荡俯沧洲。”另外，康熙还特意品饮中泠泉水，并赋诗二首，其一为“静饮中泠水，清寒味日新。顿令超象外，爽豁有天真”；其二就是这首《试中泠泉》：“缓酌中泠水，曾传第一泉。如能作霖雨，沾洒遍山川”。

诗中第二句“曾传第一泉”，是因为人们习惯性地认为中泠泉的“天下第一泉”是陆羽评定的，而实际上并不是，只是坊间以讹传讹。陆羽评定的天下第一泉是庐山的谷帘泉，对此进行转述的是张又新，张又新是刘伯刍的女婿，他在自己的煮茶专著《煎茶水记》中说，刑部侍郎刘伯刍将天下泉水分为七等，其中扬子江南泠水为第一等，这才是中泠泉“天下第一泉”的来历。整首诗的大概意思是：从容细致地品饮着用中泠泉水冲泡的茶汤，这种泉水曾经被人传说为天下排名第一的好泉；如此甘冽优质的泉水，如果能够化作雨露，洒遍大江南北的山川河流，就实在是太好了。

历朝历代写茶诗的皇帝有不少，但康熙能够想到化甘泉为雨露，让天下人共享，确实是有点儿与众不同，反映出了一个最高统治者对好东西不是想着独自占有，而是愿意和普天之众一起分享。

九十七

过无锡卖茶器处

清·曹寅

白石垂杨岸，香泥燕子家。

春归如昨日，茶兴满天涯。

《泛舟柳塘图》 南宋 佚名 美国大都会艺术博物馆藏

曹寅（1658—1712），字子清，号荔轩、楝亭，满洲正白旗包衣人，清康熙年间戏曲家、文学家，《红楼梦》作者曹雪芹的祖父。曹寅幼时即为康熙伴读，后又被选为御前侍卫。康熙二十九年（1690）自广储司郎中兼佐领出任苏州织造，并于两年后改任江宁织造。康熙三十三年（1694）专任江宁织造，后兼巡视两淮盐漕监察御史，官至通政使。曹寅任所江宁织造署在康熙六次南巡中曾四次作为行宫，设典接驾。康熙四十四年（1705），曹寅奉命刊刻《全唐诗》，又于康熙五十一年（1712）刊刻《佩文韵府》。曹寅在江南的二十余年间，成为主持江南风雅、众望所归的代表性艺文人物，享有较高声誉。

康熙初年，清廷为稳定南方，决定实施笼络南方士子以磨灭其反清意志的策略，并为此采取了一系列措施，任命曹玺、曹寅父子俩为江宁织造就是其中的重要一步。由于曹寅的母亲是康熙的保姆，康熙只比曹寅大四岁，因此曹寅从小就是跟在康熙屁股后头长大的，所受的教育自然也是当时最优秀的。曹寅没有辜负父母及康熙等人的期望，书文诗茶和骑射谋断样样皆精，再加上又是著名遗老顾景星的外甥，其儒雅风流、博学多才很快便得到了江南明朝遗民与汉族上层知识分子的广泛认同。在任职江宁织造期间，曹寅与江南士子及汉族官员们来往密切，经常在一起谈古论今、品茶唱和，成为实施康熙在江南笼络南方士子、磨灭其反清意志策略的重要人物。

因为长期居住于南京，曹寅曾多次到过或路过无锡，如康熙四十四年（1705）五月间，曹寅就有过苏州之行，来回路过无锡时，都曾泊舟上岸，并为此在《楝亭集》中留下了《舟中望惠山举酒调培山》《过无锡卖茶器处》《泊舟锡山晚游泉上》《明日复至泉上题湖断句》等诗以记述其游踪。值得注意的是，他在其中还写下了不少与茶有关的诗词，如《月夜舟泊惠山过秦园》，描绘了他在月夜乘船到达无锡惠山脚下的梁溪，停舟夜游寄畅园（秦园）、品茶赏月的情景："直为梁溪一系船，夜山风露共苍然。行来钟歇空园里，坐觉茶甘秋树边。池影低枝多宿鸟，月明此处却闻泉。畦丁款客浑常事，应怪深宵数笠圆。"另外还有一首名为《题丁云鹏〈玉川煎茶图〉》的诗："风流玉川子，磊落《月蚀诗》。想见煮茶处，颀然麾扇时。风泉逐俯仰，蕉竹映参差。兴致黄农上，僮奴若个知。"描绘唐代诗人卢仝煮茶的情景，表达了他对茶文化的热爱和对自然美景的向往。

整首诗的大概意思是：洁白的石栏岸边，垂挂着杨柳的枝条，卖茶器的人家散发着由茶香、器香、泥香等混合而成的浓郁香气，燕子正在房梁上衔泥筑巢；春天仿佛才刚刚离去，就好像昨天一样，而喝茶的兴致和氛围却弥漫得到处都是。

岸边的垂柳、梁间的燕子、浓郁的香气、幽雅的兴致，所有这一切都给人一种清新自然、节奏舒缓的感觉，暗示着乡村的宁静安详和洋溢在其中的勃勃生机，在自然景象的生动描绘之中，又蕴含着深刻的人生哲理，寓意美好事物虽然短暂，但其影响却可以长久存在。

九十八

七言诗

清·郑板桥

不风不雨正晴和，翠竹亭亭好节柯。
最爱晚凉佳客至，一壶新茗泡松萝。
几枝新叶萧萧竹，数笔横皴淡淡山。
正好清明连谷雨，一杯香茗坐其间。

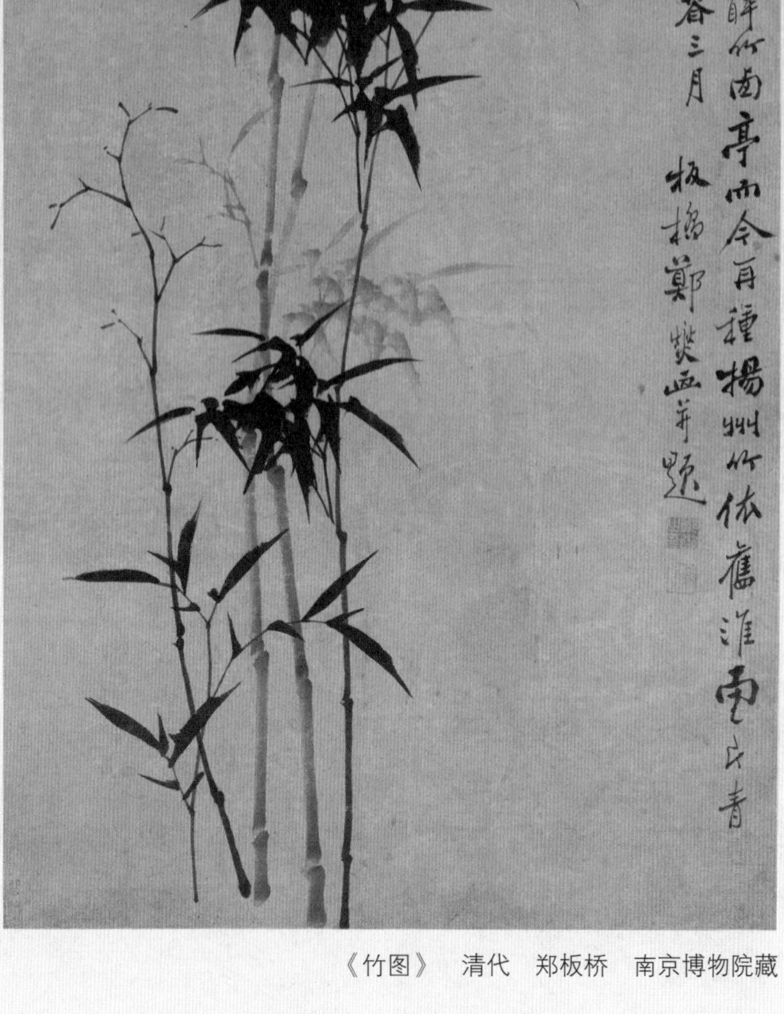

《竹图》　清代　郑板桥　南京博物院藏

郑板桥（1693—1766），原名郑燮，字克柔，号理庵、板桥，人称“板桥先生”，江苏兴化人，清代著名书画家、文学家。郑板桥于乾隆元年（1736）中进士，历任山东范县、潍县县令等职，后客居扬州，以卖画为生，是“扬州八怪”的重要代表人物。郑板桥绘画取法徐渭、石涛、八大诸人而自成家法，体貌疏朗，风格劲峭，擅画兰、竹、石、松、菊等，其中痴迷于画兰竹五十余年，成就也最为突出；亦工书法，用汉八分杂入楷行草，自称六分半书，并将书法用笔融于绘画之中。郑板桥主张继承传统十分学七要抛三，不泥古法，重视艺术的独创性和风格的多样化，所谓“未画之先，不立一格，既画之后，不留一格”，这种理念在今天仍有借鉴意义。其诗文真挚风趣，为大众所喜诵。兼能治印。世称其诗书画为“三绝”，为清代比较有代表性的文人画家之一。

郑板桥同时也是当时有名的茶人，终其一生，与茶结下了不解之缘。他认为茶可以清心除烦，曾在《真州八首》中说“除烦苦茗煎新水”；认为品茗才是真正的清雅之事，“此间清味谁分得，只合高人入茗杯”；他甚至还把饮茶和书法看得同等重要，在《书古人论笔墨三则赠韩梦周》中说：“大字难结密，小字常局促，真书苦不放，草书苦无法。茶苦患不美，酒美患不辣。”他始终觉得品茗是人间最美好的享受，坚持每天喝茶，常常以茶代酒，以茶会友，抒情畅怀，还将自己的养生经概括成五个方面、十个字，即喝茶、吃素、散步、糊涂、书画，把“喝茶”摆在第一。

诗中提到的“松萝”，指的是松萝茶，因产于黄山市休宁县松萝山而得名；“横皴”则是指山水画中常用的一种技法，主要用于表现山石树木的纹理和结构，通常把披麻皴、荷叶皴、乱麻皴等中锋用笔的皴法叫竖皴，把斧劈皴、折带皴、马牙皴等侧锋用笔的叫横皴。整首诗的大概意思是：既没有刮风，也没有下雨，正是晴朗温和的好天气，青翠的竹子高耸挺拔、亭亭玉立，竹节交叉摇曳，非常好看；最喜欢傍晚的时候，天气凉爽，有好朋友前来相聚，泡上一壶新炒制出来的松萝茶，共同品尝；与此同时，铺纸泼墨，先画上几杆凄清冷落的新竹，上面有稀疏的叶子，再点上几笔淡墨，用横皴的手法勾勒出若隐若无的山峦；正好是清明已过、临近谷雨的时节，端上一杯香茶，置身于竹石画作之间，是多么惬意啊。

诗人通过描写迎客、品茗、赏竹、作画等一系列悠闲活动，充分表达了自己淡泊、闲适、高雅的情趣与心境。

九十九

坐龙井上烹茶偶成

清·乾隆

龙井新茶龙井泉，一家风味称烹煎。

寸芽生自烂石上，时节焙成谷雨前。

何必凤团夸御茗，聊因雀舌润心莲。

呼之欲出辨才在，笑我依然文字禅。

《西湖图》　元代　佚名　美国克利夫兰艺术博物馆藏

乾隆（1711—1799），原名爱新觉罗·弘历，别署长春居士、信天主人，晚号古稀天子、十全老人，清朝第六位皇帝，乾隆为其年号，是中国历史上实际执掌最高权力时间最久的皇帝，也是最长寿的皇帝。他在康熙、雍正两朝文治武功的基础上，进一步完成多民族国家的统一，促使社会经济文化得到进一步发展。其在位时开设博学鸿词科，主持修编《四库全书》，汉学有了很大发展；同时，民间艺术也呈现出勃勃生机，如京剧就开始形成于这一时期。

乾隆一生嗜好饮茶，几乎尝尽了当时天下的名茶。他对茶艺之道也有所感悟与探索，比如，他特别关注雨前茶，对雨前茶到底是指雨水前的茶，还是谷雨前的茶，有过自己的思考和分析，在《烹雨前茶有作》一诗的按语中说："雨前茶只闻为谷雨，不闻为雨水也。是以许次纾《茶疏》云：'清明谷雨，摘茶之候也。清明太早，立夏太迟，谷雨前后，其时适中。'即前人题咏如苏轼诗'浮石已干霜后水，焦坑闲试雨前茶'；又胡悌诗'玉髓新烹谷雨茶'……又按《学林新编》云：'茶之佳者，造在社前；其次火前。'亦不言早至雨水前也。乃近日贡雨前茶，于二月初已到，计其摘制时，当在雨水之前矣。"

值得一说的是，乾隆对龙井茶情有独钟，他先后六次下江南，四次来到杭州西湖茶区，亲自在现场观看体验采茶制茶的过程。在品茶赏茶时，他也会感怀茶农的艰辛，比如在《雨前茶》一诗中就曾写道："二月新丝五月谷，穷黎剜尽心头肉。花瓷偶啜雨前茶，彷徨愧我为民牧。"新谷登场的时候，也正是新茶上市的时候，品着雨前茶，十分惬意，但一想到穷苦的黎民百姓为之付出的艰辛，心里总是感到惶恐不安。

乾隆一生留下了四万多首诗词，其中茶诗就多达200余首，足见他对茶的爱好有多么痴迷。这首《坐龙井上烹茶偶成》是其众多茶诗中的一首。整首诗的大概意思是：用西湖龙井出产的新茶，配上龙井泉（龙井泉本名龙泓、龙湫，位于浙江杭州市西湖西面风篁岭上，因大旱不涸，被古人认为与大海相通，有神龙潜居，故名龙井泉）泉水，这样烹煎出来的茶汤，具有独此一家的风味；冒出鲜嫩寸芽的茶树，生长在碎石散乱的肥沃土壤上，谷雨前摘下来的茶叶，应该在适当的时节进行烘焙；没有必要去夸耀皇宫中御用的团凤名茶，因为像雀舌一样细嫩的龙井茶已经滋润了我的心田(心莲：佛教中指清净心，象征着心灵纯净如同莲花一般）；此时此刻，真想请来具有辩才的高僧，一起谈佛论经，担心的是，他会不会笑话我还只能用诗文来参悟禅机啊。

生动描述之下,诗人对龙井茶的热爱和对茶道的体悟跃然纸上。

一百

过扬州

清·龚自珍

春灯如雪浸兰舟，不载江南半点愁。

谁信寻春此狂客，一茶一偈过扬州。

《两江名胜图册》（局部）　明代　沈周　上海博物馆藏

龚自珍（1792—1841），字璱人，号定盦（一作定庵），因晚年居住在昆山羽琌山馆，故又号羽琌山民，浙江仁和（今浙江杭州）人，清代著名思想家、诗人、文学家和改良主义先驱者。龚自珍曾任内阁中书、宗人府主事和礼部主事等官职，主张革除弊政，抵制外国侵略，亦全力支持林则徐禁除鸦片。龚自珍在创作上主张“更法”“改图”，其作品揭露清统治者的腐朽，洋溢着爱国热情，被柳亚子誉为“三百年来第一流”。其诗作《己亥杂诗》共315首，多咏怀讽喻之作。

作为晚清著名文人，龚自珍出身钟鸣鼎食之家，从小就接受了良好的教育。当其出生之时，乾隆皇帝已经在位长达57年，彼时的大清王朝疆域辽阔，人口众多，经济和文化水平也达到了巅峰，呈现出一派繁荣昌盛的景象。但在多年的升平气象之下，大清从帝王将相到平民百姓，都已经习惯了安稳、闲散的生活状态。正所谓盛极而衰，到龚自珍开始了解社会的时候，大清的状况发生了急剧的变化，外敌虎视眈眈，鸦片深入内地，白银逐渐流失，国力不断衰弱，再加上封建统治者骄奢淫逸，文武百官贪图享受，整个王朝的大厦已摇摇欲坠。面对这种情况，从小被寄予厚望并立志有所作为的龚自珍极其苦闷。

这首《过扬州》，便是诗人苦闷心境的典型反映。整首诗的大概意思是：庆贺新春的花灯发出明亮的光芒，把兰木做成的小船照得如同铺满了白雪，（船上的游客们正在花天酒地当中），让人感觉这条小船上连江南水乡的半点儿愁绪都不曾承载；谁能够相信啊，我这位前来寻欢作乐、探花赏春的、放荡不羁的狂客（狂客：放荡不羁之人，唐代诗人贺知章曾自号“四明狂客”），此时此刻却没有心思参与其中，在经过扬州的时候，只一边喝着清茶，一边唱着佛经词句。

诗人在这里自称“狂客”，也许本来想的是效仿唐代才子杜牧，“十年一觉扬州梦”，在扬州好好风流潇洒一番。可是当他看见“兰舟”上的游客那种醉生梦死、浑浑噩噩的状态，扑面而来的却是压抑和惆怅。“商女不知亡国恨，隔江犹唱后庭花”，眼前的景象让诗人感到深深忧虑，他担心如果国民都如此颓废下去，华夏民族难免遭遇覆灭的危险。然而，面对此情此景，诗人又只能默默无言，根本无力扭转局面，无奈之下的他唯有选择独善其身，超脱凡尘，凭着一茶一偈漂过让人忧闷的扬州，看似置身事外，仿佛眼不见心不烦，而实际上却透露出诗人此时此刻无比煎熬的内心。

“茶”代表着清醒，“偈”寄托着祈祷，全诗语言简练、寄寓深远，充分表达了诗人对现实状况的无比焦虑和对华夏安危的高度关注。

图书在版编目（CIP）数据

古代茶诗100首赏析/余悦，荣君著. -- 南昌：江西美术出版社，2025. 6. -- ISBN 978-7-5802-0245-1

Ⅰ. I207.22

中国国家版本馆CIP数据核字第2025PX3332号

出 品 人　刘　芳
责任编辑　姚屹雯　熊晶晶
责任校对　刘雯烨
责任印制　毛　翔
书籍设计　林思同　先鋒設計 PIONEER DESIGN

古代茶诗100首赏析
GUDAI CHASHI 100 SHOU SHANGXI

余　悦　荣　君／著

出　版：江西美术出版社
地　址：南昌市子安路66号
邮　编：330025
电　话：0791–86566309
网　址：www.jxfinearts.com
经　销：全国新华书店
印　刷：武汉精一佳印刷有限公司
版　次：2025年6月第1版
印　次：2025年6月第1次印刷
开　本：710 mm×1000 mm　1/16
印　张：25.75
字　数：220千字
ISBN 978-7-5802-0245-1
定　价：98.00元